# 琥珀の闇

## 警視庁文書捜査官

麻見和史

角川文庫
23533

# 目次

# 第一章　食卓のシュラフ

## 1

夜になってだいぶ冷え込んできたようだ。

今まで、目の前の仕事に集中していたから気にならなかったが、一段落すると興奮が収まった。それで周囲が寒いことに気がついたのだ。建物の中にいても、気温の低下はよくわかる。

男は手袋を嵌《は》めた手で、ウインドブレーカーのファスナーをきっちり閉めた。深呼吸をしてから、あらためて周囲を見回す。

電気が止まっているから、天井の明かりは点《つ》いていない。代わりに男はＬＥＤランタンを複数用意し、遺棄されていたふたつのパーティションに括《くく》り付けていた。その明かりで、フロアの片隅がぼんやりと照らし出されていた。

つるつるした床には、あちこちにごみが落ちている。ガムテープやビニール紐《ひも》、ネジ、紙袋などが散らばっていた。以前はきれいに掃除され、多くの人を招き入れていた場所だろうが、今は見る影もない。

廃墟《はいきょ》と呼ぶのにふさわしい場所だった。

耳を澄ますと、遠くから車の音が聞こえてきた。重く大きなエンジンの唸《うな》り。パーンというアフターファイアの音。すでに深夜と言っていい時間帯だが、まだまだ車が走っているのだ。時が止まってしまったようなこの場所とは、まったく対照的なことだった。

この廃墟の中、自分の目の前にあるのは非日常の空間だ。普通の生活とは隔絶された世界。犯罪が行われている場所——。

男は作業の第二段階に取りかかった。

フロアの隅に置かれたテーブルに、ゆっくりと近づいていく。六人用のテーブルは、ランタンの光で二方向から照らされていた。真っ暗なフロアの中、ここだけがぼんやり明るくなっている。

咳《せき》をすると、その音はフロアの中に軽く反響した。これは面白い、と男は思った。広いフロア。反響する音。ろうそくの代わりにぼんやりとテーブルを照らすＬＥＤの明かり。こうして見ると、まるで最後の晩餐《ばんさん》か何かのようではないか。

とはいえ、今テーブルの上にあるものは、晩餐にふさわしいとは言えないだろう。

そこにあるのは寝袋——登山用のマミー型シュラフだった。マミーとはミイラのことだ。シュラフは人の形に膨らんでいた。名前のとおり、エジプトのミイラを思わせるような外観だった。

男はファスナーを丁寧に開いて、シュラフの中を確認した。固く閉ざされた目。わずかに開かれた唇。青白い肌。冬山で寒さをこらえながらキャンプする人のように見える。

チェックが終わると、元通りシュラフのファスナーを閉めた。念のため、薄い布をかけておく。キャンパーの顔は見えなくなった。

男は床に置いてあったバッグを開いて、いくつかの品を取り出した。位置を考えながら、それらをテーブルの上、シュラフの周りに並べていく。さしずめ、何かの儀式の現場といった雰囲気になってきた。

続いて壁に近づき、何枚かの紙を貼り付けた。少し壁から離れて、曲がっていないかたしかめる。ほかにもいくつかの品の位置決めをした。

作業をしながら、男は口元に笑みを浮かべていた。今まさに犯罪を行っているという、気持ちの高ぶり。暗い場所でいろいろな品を配置するという行動が、妙に楽しくなってきた。文化祭の準備をしているような気分だ。

しばらくののち、すっかり準備が終わった。

男は、スタジオセットのように仕上がったその一角を満足げに見つめる。テーブルの上には、昆虫のサナギのように膨らんだシュラフがある。

ひとつうなずいてから、男はデジタルカメラを構えた。慎重に撮影の角度を決める。

ガラス窓の外、遠くから車のクラクションが聞こえてきた。

やがて、暗いフロアの中にフラッシュが何度か光った。

## 2

最近は秋が短くなったような気がする。

通勤電車の中はちょうどいい暖かさだった。吊《つ》り革につかまりながら、ついうとうとしてしまうぐらいの心地よさだ。ところが霞ケ関《かすみがせき》駅で降り、階段を登って地上に出ると、やけに空気がひんやりしていた。身が引き締まる思いだった。

十一月七日、午前七時五十分。

矢《や》代《しろ》朋彦《ともひこ》は官庁街を歩きだした。

広い通りの左右には省庁の建物が並んでいる。威厳があるというか、歴史を感じさせるというか、どっしりとした重みを感じさせるビルばかりだ。

警視庁本部に通うようになってから二年ほど経つが、いまだにこの辺りの雰囲気には慣れることがない。一般的な感覚からすれば、これは出世というべきなのだろう。だが、日本の中枢と言える官庁街に自分のような者がいるのは、どうにも不思議な感じがする。

前方に灰色の建物が見えてきた。

皇居の手前、桜田門《さくらだもん》駅のそばに建てられた特徴ある高層ビル。警視庁本部庁舎だ。春にはお濠《ほり》の桜が望める場所にある。

矢代は今、三十七歳。大学を卒業して警視庁に入庁し、所轄の刑事課にいた。所轄の場合、細々した事案に時間をとられるから、華々しく活躍するような場面はあまりない。だがあるとき、マスコミを賑《にぎ》わす凶悪殺人事件が管内で起こり、警視庁本部の捜査一課と仕事をした。

捜一のメンバーは目つきが鋭く、言動には厳しさが感じられた。同じ捜査員であっても所轄の刑事とは大違いだ。一緒に活動する中で、いろいろなことを教えてもらった。それ以来、矢代は捜査一課に憧《あこが》れるようになった。刑事になったからには、いつかは捜一に行って難しい事件を解決したい。そう思うようになった。

そして現在、矢代はその警視庁捜査一課に所属している。桜田門の本部庁舎の中に、矢代の席があるのだ。

とはいうものの、理想と現実ではあまりにも違いがある。

歩道で足を止め、矢代は渋い顔をして本部庁舎を見上げた。矢代が所属しているのは捜査一課の中でも、いわゆる「殺人班」ではなく、それを支援するための部署だった。科学捜査係文書解読班というのが正式名称だ。メンバーは三人しかいないのに、ひとつの部屋を与えられている。だがそれは決して、特別に優遇されているというわけではない。

上司の命令があれば、矢代たちも現場に出て事件の捜査に加わることができる。しかし支援するのが仕事だから、ほかの部署から要請がなければ活動できない、というルールがあった。捜査一課でありながら自発的に動けないもどかしさを、矢代は常に感じている。なんとかならないものだろうか、という気持ちがあった。

庁舎を見上げているうち、くしゃみが出た。ぶるっと体を震わせてから、矢代は再び歩きだした。

歩道を進むうち、ふと見ると植え込みの向こうに知った顔があった。身長百七十九・八センチといっただろうか。矢代よりも十センチほど背が高く、短い髪と紺色のスーツがよく似合うスポーツ女子。ずっと剣道をやっていると話していた。

後輩の夏目《なつめ》静香《しずか》巡査だ。

彼女の前にはグレーのスーツを着た男性が立っていた。矢代と同じぐらいの身長らしく、彼は背の高い夏目の顔を見上げている。男性の歳は三十代半ばだろうか。油断のない立ち姿から、警察関係者ではないかと思われた。

彼らは建物のそばにいて、歩道からは距離がある。立ち止まったりしなければ気づかれないだろう。矢代はほんの少し歩みを緩めて、それとなく夏目たちを観察した。

ふたりは世間話をしているわけではなさそうだった。夏目も男性も、真剣な顔をしている。言葉を交わしながら、夏目はしきりに首をかしげていた。一方、男性のほうは熱心に何かを説明しているようだ。

ふたりの表情から、何か込み入った内容だろうと想像できた。

――これはもしかして、見てはいけないものなのか……。

矢代はふたりから目を逸《そ》らし、足を速めて通り過ぎた。

いったい何だったのだろう、と気になった。男女があんな難しい顔で話していたとなると、かなり厄介な問題なのかもしれない。夏目とは同じ部署だが、自分が口を出すようなことではないと思えた。

売店で買い物をしてからエレベーターに乗った。この時間はどのかごも混んでいる。

エレベーターを降りて、廊下を歩いていった。途中、殺人班の知り合いに出会うたび、矢代は挨拶《あいさつ》をした。「おはよう」と返事をしてくれる先輩もいれば、「ああ」と無愛想にうなずくだけの人もいる。みな忙しいから、必要以上の会話はしない。

やがて矢代はひとつのドアの前に立った。そこには《文書解読班》というプレートが掛かっている。

ドアを開けると、目の前に段ボール箱の山があった。整理しきれない書類の箱が積んであるのだ。その向こうにはスチールラックが並び、文書を保存する箱がぎっしり押し込まれている。

段ボール箱を迂回《うかい》しながら、矢代は部屋の奥に向かった。

壁の近くには五つの机がある。四つは島になるように寄せてあり、残りひとつは少し離れて、壁を背にした位置にあった。そこがリーダーの席だ。

「おはようございます」

奥の席に向かって、矢代は声をかけた。だが、そこにいる女性から返事はない。よく見ると、彼女は内線電話の受話器を耳に当てていた。

「……ええ……はい……そうですか。……裏は取れていますか。……なるほど。それは非常に気になりますね」

真剣な顔で話を続けていたが、やがて彼女は「ありがとうございました」と言って電話を切った。ふう、と息をついてからこちらを向く。

「ああ、矢代さん。おはようございます」

挨拶をしながらも心はどこか遠くにある、というような表情だ。

矢代は自分の席に着き、鞄《かばん》を置きながら尋ねた。

「今の電話、何です？」

「ちょっと情報収集をね」

彼女が矢代の上司、鳴海《なるみ》理沙《りさ》だ。今年三十三歳で矢代より四つ下だが、階級は警部補だった。矢代は巡査部長だから、彼女の部下としてここにいる。最初のうちは不満を感じていたのだが、二年経った今はそうでもない。彼女の力を知ったからというのが大きいが、環境に慣れてしまったということもあるだろう。

情報収集という言葉を聞いて、矢代は不思議に感じた。理沙が積極的にそんなことをするのは珍しい。

椅子から立ち上がり、矢代は彼女の机のそばに行った。

「朝から何かあったんですか？」

「どうも岩下《いわした》管理官が本格的に動きだしたみたいで」

「え……。岩下さんが？」

岩下敦子《あつこ》は捜査一課の管理官で、殺人捜査などの指揮を執る立場にある。矢代たちは依頼を受けて捜査本部に行き、これまでに何回か岩下と一緒になった。

彼女はおそらく優秀な指揮官だ。だが問題は、岩下が矢代たち文書解読班をよく思っていないことだった。いや、はっきり言えば彼女は文書解読班を目のかたきにして、解体しようとさえ考えているらしいのだ。

実際、彼女がそんな話をするのを何度も聞いている。さらに一度などは矢代に接近し、引き抜こうとしたこともあった。矢代ははっきり断ったのだが、そのせいで岩下の怒りがさらに強まった可能性がある。

「いよいよ何か行動に移すんですかね」矢代は腕組みをした。「だけど、我々は何度も成果を挙げているでしょう。岩下さんがわあわあ騒いでも、役に立っている部署をなくすのは無理なのでは」

「それが、動いているのは岩下管理官だけではないようです。その上の小野塚《おのづか》理事官も……」

小野塚吾郎《ごろう》理事官は岩下管理官の上司だ。両者の間には深い関係がある。従って、岩下が矢代たちの敵だとするなら、小野塚も同じように敵だということになる。

「しかし、小野塚理事官の力で我々の部署をつぶせるでしょうか」

「直接つぶすのは難しいかもしれません。でも、何か仕掛けてくるらしいという情報が入ってきました」

「どう仕掛けてくるんです？　刺客でも送り込むんですかね」

苦笑いしながら矢代が尋ねると、理沙は急に真剣な顔になった。

「あるかもしれませんよ」

「いやいや、冗談に真顔で答えないでくださいよ」

などと矢代は笑い飛ばしたが、理沙はひとりで考え込んでいる。そんな顔をされると、こちらも心配になってきた。

ドアの開く音がして、誰かが部屋に入ってきた。慌てているのか、段ボール箱にぶつかってよろけたようだ。

「いたた……。おはようございます。鳴海主任、矢代先輩、ちょっとお話が」

現れたのは夏目だった。先ほどの男性との話を終えて、出勤してきたようだ。

少し前屈《まえかが》みになって、夏目は理沙のほうに顔を寄せた。

「例の件ですが、岩下管理官の出方がわかりました」

「本当ですか。よく情報がつかめましたね」

「今、そこで聞いてきたばかりです。最新情報です」

「ああ、そういうことだったのか」矢代は夏目に話しかけた。「さっき誰かと話しているのを見たんだよ。てっきり彼氏と揉《も》めているのかと……」

すると夏目は眉根《まゆね》を寄せ、軽蔑《けいべつ》するような視線をこちらに向けた。

「違いますよ！　彼氏なんているわけないでしょう。毎日仕事で忙しいっていうのに」

「……いや、うん、悪かった」矢代は首をすくめる。

気を取り直した様子で、夏目は理沙への報告を続けた。

「小野塚理事官が上に働きかけた結果、捜査一課に新しい部署が設立されたそうです。その部署は岩下管理官の指揮下に入ります」

矢代は理沙と顔を見合わせる。まったく予想外の話だった。

「それ、いつから動き始めるんでしょうか」と理沙。

「もう、すぐにでも動けるようですよ」

「異例のことですね。こんな中途半端な時期に」

「そうなんですよ」夏目は深くうなずいた。「やけに急いだ感じですよね」

急ごしらえの部署なら、本格運用までには時間がかかるはずだ。それを今すぐ動かすというのだから驚いてしまう。

「……で、いったい何をする部署なんだ？」矢代は尋ねた。

「問題はそこです。私が聞いた話だと、何か特別な方法で捜査をする部署だとか」

「特別な方法って何だろう」

　そこで理沙が「あっ！」と声を上げた。腰を浮かせて矢代を見つめる。

「もしかして、文書解読班にぶつけてくる気じゃないでしょうか」

「ぶつけるってどういうことですか」

「詳しくはわかりませんが、ほら、私たち自体が特殊な部署でしょう。それに対抗するために優秀なメンバーを集めて……」

「そういうことですか！」今度は夏目が声を上げた。「私たちをつぶすために、向こうも能力者を集めたんですね。まずいですよ。相手のスキルがわからなければ、作戦が立てられません。最悪、パーティ全滅というおそれも……」

　夏目は何か違う方向に想像を膨らませているようだ。彼女はそのままにしておいて、矢代は理沙のほうを向いた。

「でも、その部署が我々と直接関わることってあるんでしょうか」

「いくつか可能性がありますが……」

　彼女がそう言いかけたとき、再びドアの開く音が聞こえた。

　矢代たちは出入り口のほうに目を向ける。段ボール箱の陰から顔を見せたのは、グレーのスーツを着た中年男性だった。目尻《めじり》の下がった穏やかそうな顔に、銀縁眼鏡をかけている。だが、これで意外と曲者《くせもの》なのだ。

科学捜査係の係長・財津《ざいつ》喜延《よしのぶ》だった。理沙や矢代の上司だ。

「ああ、みんな揃ってたか」財津は矢代たちの前にやってきた。「出番だぞ。このあと捜査に出かける。もうじき出動要請が来るはずだ」

「朝いちで事件ですか？」矢代は財津に問いかけた。「この時間から要請が来るなんて珍しいですね」

「略取・誘拐疑いの事案だそうだ。早朝からＳＩＴが動いていたみたいだな」

「え？　略取・誘拐で、なぜ俺たちが呼ばれるんですかね」

「それは行ってみないとわからない。ただ、ＳＩＴといえば思い出すことがあるだろう」

五ヵ月前、矢代たち文書解読班はハイジャック事件の現場に呼ばれている。そのとき、前線で指揮を執っていたのがＳＩＴと呼ばれるチームだったのだ。

「一度仕事をしたから、文書解読班のことが頭に浮かんだのかもしれないな」

「ああ、なるほど。力を認めてもらえたのなら嬉《うれ》しいですよね」

夏目が言うと、財津は深くうなずいた。そのまま踵《きびす》を返したが、ふと思い出したという調子で彼は付け加えた。

「そうだ、鳴海。……今回、新設の部署にも出動要請がかかったらしい」

はっとした顔で、理沙は財津を見つめる。

「岩下管理官と関係のある部署ですね？」

「よく知っているな。俺にもまだ詳細はわからないんだが……」

それを聞いて、夏目が身じろぎをした。声を低めて彼女は尋ねた。

「刺客ですか。能力者？」

「いや、能力者かどうかは知らんが、ちょっと癖のある連中らしい。まあ、おまえたちは自分のできることをやればいいんだ。今までどおりしっかり頼む」

「わかりました」

夏目とともに、矢代は姿勢を正した。久しぶりの捜査だ。期待に応《こた》えなければ、という気持ちがある。

だが矢代たちの横で、理沙はじっと考え込んでいた。気のせいだろうか、彼女の表情に不安の色が混じっているように思える。

「二十分後に出発だ」と財津。

「了解です」

矢代たちはそう答えて、出動の準備を始めた。

## 3

矢代たちはタクシーを降り、警視庁神田《かんだ》警察署の庁舎に入っていった。

捜査本部が設置されると決まれば、応援を含めて五十名以上の刑事たちが集まることが多い。人の出入りが増えるから、署は物々しい雰囲気になるものだ。ところが今日は、どうもそういう気配が感じられなかった。

財津係長が一階にいた署員に近づき、来意を説明し始めた。矢代たちは少し離れた場所に立って、その様子を見守っている。ややあって、財津がこちらにやってきた。

「おかしいな。聞いてないって言うんだが」

「どういうことです?」理沙が不思議そうな顔をした。「場所が違うということはありませんよね」

「まだみんな集まっていないんでしょうか」と夏目。

「ちょっと待っててくれ」

財津は携帯電話を取り出し、どこかへ架電した。小声で何か話していたが、じきに事情がわかったようだ。

「会議室にいるらしい」

四人はエレベーターに乗り込んだ。目的のフロアでかごを降り、署員に目礼しながら廊下を歩きだす。やがて会議室が見つかった。

ノックのあとドアを開け、財津は中に入っていった。矢代たちもあとに続く。

一般的な会議室だった。ロの字形に配置されている長机には、三十人分ほどの席がある。ただ、それらの席に座っている者はまだひとりもいなかった。部屋の奥のほう、ホワイトボードの近くに七名の男性が集まっていて、何か相談しているようだ。

財津が彼らに声をかけた。

「捜査一課科学捜査係、到着しました」

スーツ姿の男性たちは話を中断し、こちらを向いた。中心にいた四十代半ばの男性が、足早に近づいてきた。

「お疲れさまです、財津係長。鳴海主任もよく来てくれた。感謝します」

矢代たちが知っている人物だった。浅黒い顔に、整髪料できれいに固めた髪。精悍《せいかん》な印象のある男性だ。

ＳＩＴ――捜査一課特殊犯捜査係の第一係を率いる、泉恭也《いずみきょうや》係長だった。

「ご無沙汰《ぶさた》しています。……と言っても、あれからまだ五カ月ですか」

理沙が彼に向かって会釈をした。

今年の六月、旅客機がハイジャックされる事件があった。対応したのは特殊班と呼ばれるＳＩＴだったが、ある事情から文書解読班に応援要請が出され、矢代たちは羽田《はねだ》空港に駆けつけた。泉たちには特殊任務に関するプライドがあるから、当初は文書解読班の参加を快く思わなかったに違いない。だが協力しながら事件に対応する中で、ある程度の信用を得られたのではないかと思う。

「今、捜査本部の準備をしています。少し待ってもらえますか」そう言ってから、泉はうしろを振り返った。「斉藤《さいとう》、この机はどうするんだ？」

ホワイトボードのほうから、三十代半ばの男性が小走りにやってきた。セルフレームの眼鏡に清潔そうなワイシャツとスーツ。真面目そうな雰囲気がある。彼はシステム手帳を開きながら答えた。

「長机をふたつずつ寄せて、四つの島を作りましょう。ＳＩＴ、所轄、文書解読班、あともうひとつ。それから幹部席も必要ですね。四つの島にはそれぞれパソコンとプリンターを用意しまして……」

てきぱきと要点を伝えてくれた。

彼は斉藤均《ひとし》といって、ハイジャック事件の現場にもいた。常にシステム手帳を持ち歩き、泉の右腕として活躍していたのが印象に残っている。

「手伝いますよ」

そう言って、夏目は手近な長机を動かし始めた。斉藤は申し訳なさそうな顔をする。

「すみません。文書解読班の方にそんなことをさせてしまって」

「私たちも捜査本部の一員ですから、任せてください」

じきに四つの島が出来上がった。ホワイトボードに近い前方の窓際はＳＩＴの場所だ。矢代たち文書解読班に割り当てられたのは、後方の窓際だった。

五分ほどして六人の男性が入ってきた。スーツとジャンパーが半々といった構成だ。彼らは神田署の刑事課や生活安全課のメンバーだという。これからの捜査で、ＳＩＴの指揮下に入るということだった。彼らは前方、廊下側に座った。

あとひとつ島が残っている。どこのグループが来るのだろうと矢代が考えていると、ドアがノックされた。姿を見せたのは女性ふたりと男性ひとりだ。

矢代は先頭にいる女性に注目した。捜査一課で管理官を務める岩下敦子だ。年齢は四十代後半だというが、肌の張りもよく、ファッションモデルのような容貌《ようぼう》だった。怜悧《れいり》な美しさとでも言うべきか。頭の切れる人物だという印象がある。

彼女は鋭い視線をこちらに向けた。反射的に矢代は頭を下げたが、岩下は表情を変えずにホワイトボードのほうへ進んでいく。ＳＩＴの島の前で、彼女は足を止めた。

「泉係長、遅くなって申し訳ありません」

「ああ、岩下管理官、お待ちしていました。あちらの席へどうぞ」

岩下は軽くうなずいて、後方、廊下側へと移動した。彼女たちの島は、文書解読班の隣だ。椅子に腰掛けるとき、岩下は理沙のほうをちらりと見た。緊張した表情で理沙は会釈をする。

「メンバーが揃ったので会議を始めます」みなを見回して、泉が言った。「急遽《きゅうきょ》集まってもらってすみませんでした。この捜査本部のことは現在、神田署内でも公にされていません。みなさんには慎重な行動をお願いしたいと思います」

所轄の刑事たちが顔を見合わせている。矢代も彼らと同じ思いだった。略取・誘拐疑いの事件とだけは聞いているが、それ以上のことは知らされていない。

「先に捜査態勢についてお話しします」泉は続けた。「この捜査本部は我々ＳＩＴが仕切ります。私は第一係の泉です。以後よろしくお願いします。現場責任者は私の上司である小此木《おこのぎ》健三《けんぞう》管理官です」

幹部席にいた細面の男性が立ち上がり、頭を下げた。ハイジャック事件で矢代たちも面識がある。小此木は管理官という立場なのだが、部下の話をよく聞き、理沙たちにも紳士的に振る舞ってくれた人だった。

続いて泉は、所轄のメンバーに自己紹介するよう促した。みな短く名乗るだけなので、矢代はメモをとるのに忙しい。

「次に、我々の捜査を支援してくれるチーム」泉は矢代たちのほうを向いた。「科学捜査係、文書解読班」

理沙は財津係長の様子をうかがった。どうぞ、と財津に手振りで示され、彼女は立ち上がる。

「文書解読班の鳴海理沙です。今回は財津係長より下命があり、捜査に参加させていただきます。部下は矢代巡査部長、夏目巡査の二名です。よろしくお願いします」

素早く起立して、矢代と夏目は捜査員たちに挨拶《あいさつ》をした。

最後はいよいよあのチームだ。矢代は元通り腰掛けたあと、隣の島にそっと目を向けた。

指名を受けて岩下管理官が椅子から立った。

「捜査一課の岩下です。今般新しく設立された部署、情報分析班の二名をこの捜査に参加させます。まず、リーダーの早峰優梨《はやみねゆうり》」

その名を聞いて矢代ははっとした。今までずっと岩下管理官を見ていて、気がつかなかったのだ。

「早峰です。班長を拝命しています。よろしくお願いいたします」

立ち上がって挨拶をしたのは、三十代前半の小柄な女性だった。黒い瞳《ひとみ》に知的な光がある。セミロングの髪をうしろでひとつに縛っていて、清楚《せいそ》な印象だ。色白の頬に少し赤みが差しているのは、いくぶん緊張しているせいだろうか。

やはりそうか、と矢代は思った。自分の知っている人物だ。彼女は矢代に気づいたようで目礼をした。矢代もうなずいてみせた。

もうひとり、男性のメンバーも席から立って一礼した。

「唐沢功児《からさわこうじ》です。私は工学部の出身で、コンピューター関連を担当しています。よろしくお願いします」

見たところ三十前というところだから、早峰の部下だと思われる。背はかなり高く、百八十センチ以上ありそうだ。早峰が小柄だから、よけい彼が大きく感じられた。緊張している早峰とは対照的に、唐沢はのんびりした雰囲気を持っていて、どことなく大きな草食動物を連想させる。

このふたりが情報分析班に所属しているらしかった。科学捜査係とは異なり、岩下管理官が直接指揮しているという。その部署について詳しく聞きたい気持ちがあるのだが、今は会議中だ。矢代は前方に視線を戻した。

　メンバーの紹介が済むと、泉は事件の概要を説明し始めた。

「本日午前八時ごろ、千代田《ちよだ》区神田駿河《するが》台《だい》にある東京文学博物館の敷地内で、不審な文書が見つかりました。手書きした文章をコピーしたのだと思われます。その文章がかなり奇妙なものでした」

　泉は拡大コピーした紙を、ホワイトボードに磁石で貼った。そこにはこう記されていた。

《ケイサツのミナサンへ　アキチャンはカワイイ　カワイイネ　アノコはワタシがイタダイタ　アキチャンはモウジキ　ツチにカエル　ツチのナカで　クサバナのエイヨウナエドコデス　ニヤニヤシタ　ハナがサキマス　アキチャンは　モアイのハナヅラ　ジュウジのキズ　のチカクにイル　ミツケテ　ミツケテ　ハヤクタスケテ》

　矢代は眉《まゆ》をひそめて、その文章を二回読んだ。

　すぐに感じたのは、やけに気味が悪いということだった。読んでいて不快な気分になる文章だ。書かれている内容があまりに異様だった。

「メッセージはこの封筒に入れられていました。市販品で、多く出回っているものです」

　泉は別の紙をみなに見せた。そこには封筒の写真がコピーされている。白いものではなく、私信に使うような青い封筒だった。

「文章の内容については、まだ何もわかっていません。ですが、これは『アキチャン』という人物を略取または誘拐したという声明文のように読めます。今回我々に与えられた任務は、このアキチャンを特定し、事件性があれば救出することです」

「ちょっとよろしいでしょうか」財津係長が質問した。「……ということは、まだ被害者がいるかどうかわかっていないわけですか？」

「現状、そういうことです」

妙だな、と矢代は首をかしげた。まだ事件になっていないというのに、なぜ捜査チームが集められたのだろう。

矢代は会議室の中を見回した。ＳＩＴは捜査一課長の指示で捜査本部を設置し、所轄は手足となって動く。それはいいとして、文書解読班や情報分析班にまで出動要請がかかったのはなぜなのか。

――もしかしたら、これは文書解読班と情報分析班のテストなのでは？

謎のメッセージが見つかったというのなら、両チームの実力を測るのにうってつけのような気がする。捜査一課幹部の誰かが、この場をセッティングしたのではないか、と思われた。

我が文書解読班のリーダーはどう感じているのだろう。矢代は、隣に座った理沙の様子を窺《うかが》った。彼女は真剣な顔でホワイトボードを見つめている。この謎めいた文章が、彼女の探究心を刺激していることは明らかだった。

「細かいところはあとで分析してもらうとして……」泉は理沙に問いかけた。「鳴海くん、今見てもらったばかりだが、この文章から何か感じることはあるか？　率直な感想を聞かせてほしい」

　理沙は泉のほうに視線を向けた。興奮を隠しきれないという表情だ。

「いいですね！」

　言ってしまってから少し後悔したようだった。彼女は咳払《せきばら》いをした。

「すみません。犯罪が疑われる状況だというのに不謹慎でした。……ですが、この文章は非常に刺激的です。まだ読み解くことはできませんが、筆記者の独創的な企《たくら》みが感じられます。おそらくこのメッセージは筆記者からの挑戦状だと思います」

「挑戦状？」

「一見、奇怪な文章と感じられるのは、ひらがなとカタカナが交ざっているせいです。普通なら名詞だけをカタカナにする、などのルールを作りたくなるところですが、この文章ではそうなっていません。だから読んでいて落ち着かず、何か居心地の悪いような感じがします。そして、それ以上に私たちを不快にさせるのはこの内容です。『アキチャン』は『ツチにカエル』、これは死を連想させるわけですが、そのあとの表現が独特です。『クサバナのエイヨウ』に『ナエドコ』、さらには『ニヤニヤシタ　ハナがサキマス』ですから……。静かな悪意とでも言うんでしょうか、これほど人を不安にさせる文章を書いたのはどんな人物なのか。ぜひ会ってみたいですね」

文章心理学を専攻してきた彼女は、文字や文章に特別な関心を持っている。特に、こういう謎めいたメッセージには強く惹《ひ》かれる傾向があった。暗号や謎解きといったことに目がなく、時間を忘れて解読に熱中するのだ。

目を輝かせながら、理沙は話を続けた。

「筆記者はすべて計算の上で書いたのだと思います。我々がこれを嫌なものと感じるのは、筆記者による演出が利いているからです。文才があると思いますよ、この人物は」

「さっき君は、これを挑戦状だと言ったな」

「ええ。筆記者はヒントを出して挑戦してきています。『アキチャン』が救出されるかどうか、息を詰めて様子を窺っているんじゃないでしょうか」

理沙は一旦《いったん》そこで言葉を切った。まだ言いたいことはありそうだが、今はその時ではないと考えたのだろう。

泉はホワイトボードに貼った拡大コピーを見てから、再び口を開いた。

「今回、文書解読班に参加してもらったのは、この文章の分析を頼みたかったからです。今後の捜査で存分に力を発揮してもらいたい。……財津係長、ご協力よろしくお願いします」

「わかりました」

財津はそう答えたあと、理沙のほうに顔を近づけて何かささやいた。捜査に関して、指示を出したようだ。

泉は手元の資料をめくったあと、捜査員たちを見回した。

「実際のところ、このメッセージだけでは事件性があるかどうか、判断の難しい部分がありました。ですが、これと同じ封筒に一枚の写真が入っていました。正確に言うと、現像されたものではなく、デジタルカメラなどで撮影した画像をプリンターで出力したものです」

これも拡大コピーだろう。斉藤によって、大きな紙がホワイトボードに貼られた。

薄暗い部屋の中で撮影されたものだと思われる。白い壁の前の一画に、ぼんやりと明かりが灯《とも》されていた。左の壁際には空になった鉢がある。観葉植物が植えられていたのだろうか。

壁の前には横長のテーブルが置かれていた。形からすると食卓のようだ。椅子は配置されていない。

そのテーブルの上には奇妙なものが載っていた。矢代は思わず眉をひそめた。

あれはキャンプ用の寝袋ではないだろうか。そして、その中には誰かが入っているらしく、人の形に膨らんでいるのだ。

「テーブルの中央にあるのはシュラフ——寝袋でしょう。マミー型というもので、人の体に近い形になっています。見たところ、誰かが中にいるようです」

泉の説明を聞きながら、矢代は過去の記憶をたどった。以前、知人に誘われて一度だけキャンプをしたことがある。マミー型のシュラフなら、本来は顔の部分が開いているはずだ。だがこの写真のシュラフは、タオルか何かが掛けてあるようで人の顔は見えない。

「シュラフの中にいるのが、アキチャンということですか？」

硬い声で財津が尋ねた。矢代もちょうど、それを考えていたところだ。

「その可能性は否定できません」

だから、これをいたずらだと切り捨てることができなかったのだろう。捜査一課の中で検討が行われ、その結果、神田署に捜査本部が作られたというわけだ。

「細かいところを見ていきます」泉は写真を指差した。「テーブルにはほかにナイフ、フォーク、半分ほど水のような液体が入ったコップ、それから……これはたぶん、伏せて置かれたステンレス製の食器でしょう。深めの小さなボウルのような器、それが三つ」

「これだけ見れば、食事の準備をしているように思えますね」と理沙。

「そうです。しかし、シュラフの中身がメインディッシュだというのなら、悪趣味もいいところです」

腕組みをして矢代は考え込む。膨らんだシュラフは、虫のサナギのようにも見えた。これを撮影した人物は、いったい何を伝えようとしているのか。

さらによく見ると、テーブルの右端にチェーンと宝石のようなものが置かれていた。

「泉係長、右端にあるのはペンダントでしょうか」

矢代が尋ねると、泉はその部分を指先で軽く叩《たた》いた。

「矢代くんの言うとおり、ペンダントだと思う。チェーンの先に茶色っぽい宝石が付いているようだが、種類などは不明だ。それから、ここ……」

泉はテーブルの上、白い壁の一部分に指を動かした。

「剝《は》がれかけたポスターのようなものがあります。かろうじていくつか文字が読み取れて、植樹に関するものらしいとわかりました。役所か、あるいはどこかの組織が作ったポスターだと思われます。そしてもうひとつ、謎めいているのがこれです」

横へ一歩移動して、泉は別の部分を指し示した。

「壁に貼られた白い紙に、フェルトペンで数字が書かれています。左から『２０１０４４０６０２０３８』と読める。何を意味するのかわかりませんが、犯人は――そう呼んで差し支えないと思いますが、この人物は紙に数字を書いて壁に貼った。だとすれば、おそらく奴には何か言いたいこと、伝えたいことがあるんでしょう。このポスターもテーブルの上の品物も、すべて意味を持つと考えることができます」

泉の言うとおり、この写真はあまりにも作為的だった。先ほどのメッセージもそうだ。犯人は、この謎を解いてみろ、と勝負を挑んでいるように思える。

事件の概要を説明し終わると、泉は幹部席のほうに目を向けた。小此木管理官が椅子から立った。

「本当に事件が起こっているのかどうか、現時点で判断することはできません。だが、これだけ周到に用意された手がかりを見ると、単なるいたずらではない可能性がある。

もし略取・誘拐事件が起こっているとしたら、大々的に捜査を進めるわけにはいきません。この会議室に集まったメンバーで、ひそかに活動していく必要があります。みなさんにはそれを充分意識してもらいたい」

　捜査員たちはみなうなずき、表情を引き締めた。

　アキチャンという人の命が懸かっているかもしれないのだ。犯人にはもちろん、マスコミにも事件のことを知られるわけにはいかなかった。

「先ほど話があったとおり、指揮はＳＩＴが執ります」小此木は泉たちを指差した。「彼らの指示に従って、所轄のメンバーは捜査を進めてください。文書解読班はメッセージの解読を行い、犯人の意図を探ってほしい。それから情報分析班……」

　小此木は岩下管理官のほうを向いた。

　はい、と答えたのは、岩下のそばに座っていた早峰優梨だ。彼女は真剣な表情で小此木の言葉を待っていた。

「君たちは、過去の捜査情報をもとに調査を行う部署だと聞いている。間違っていないか？」

「おっしゃるとおりです」早峰は立ち上がり、姿勢を正した。「私たちは過去の捜査情報や犯行情報を検索し、分析します。それらのデータを使って現在の捜査を支援します。これまで警察内部には大量のデータが蓄積されてきましたが、それを効率よく活用する手段がありませんでした。私たちはそれらのデータを横断的、総括的に検索し、捜査に使える情報を見つけます。スピードと正確さで、みなさんのお役に立ちたいと考えています」

一礼して、彼女は元どおり椅子に腰掛けた。座ってもなお、きちんと背筋を伸ばしているようだ。そんな早峰を、唐沢は穏やかな表情でじっと見ている。

小此木はホワイトボードに書かれた項目を確認したあと、早峰たちに命じた。

「情報分析班には、まず先ほどの写真を調べてほしい。写されたものを詳しくチェックし、警察の持つデータと照合して手がかりを探す。……岩下管理官、それでよろしいですね？」

黙ったまま岩下はこくりとうなずいた。

「あの、すみません、ひとつよろしいでしょうか」

座ったばかりの早峰が、もう一度立ち上がった。眉《まゆ》をひそめながら、彼女は足早にみなの前へ出ていく。泉に会釈をしたあと、ホワイトボードのそばに行って写真を見つめた。

「ああ、やはりそうです」彼女は言った。「テーブルの手前のこの部分に、赤黒い汚れが写っています」

「そう言われれば、たしかに」泉はうなずく。

「確証はありませんが、これは血液じゃないでしょうか」

怪訝《けげん》そうな顔で、泉はその部分に目を近づけた。数秒後、低い声で唸《うな》ってから彼は早峰のほうを向いた。

「被害者の血か？」

「はい、その可能性があると思います」

泉は腕組みをして何か考えているようだ。やがて彼は表情を引き締めた。早峰を席に帰らせたあと、捜査員たちを見回す。

「やはり事件性がありそうだ。各員、慎重に活動を始めてください。所轄のメンバーはＳＩＴの指示を受けるように」

はい、と所轄の刑事たちが声を揃えて答えた。がたがたと椅子から立つ音が響く。

第一回の捜査会議は終了となった。

## 4

ＳＩＴや所轄のメンバー数名は捜査に出かけていった。

今の段階で聞き込みができるのは、メッセージや写真が発見された東京文学博物館の周辺だ。不審者がいなかったかどうか、情報収集することになるだろう。地道な活動だが、そこから始めなければ先へ進めない。

捜査本部に残ったのはＳＩＴの泉と斉藤、矢代たち文書解読班、そして早峰たち情報分析班だった。

文書解読班は今後の活動方針を相談し始めた。現状わかっていることと、そうでないことを切り分けていく。

意見を出し合っているうち、財津係長がふと黙り込んだ。どうしたのかと思って矢代は顔を上げる。財津のそばに岩下管理官が立っていた。岩下の表情の中には、冷たい悪意のようなものが感じられる。

「財津係長、会議が済んだのにまだいらっしゃるんですか」

硬い声で彼女は尋ねてきた。財津は口元に笑みを浮かべる。

「部下に指示を出さなくてはいけませんからね」

「鳴海さんがいれば充分なのでは？　彼女は優秀なリーダーなんでしょう？」

嫌みなことを岩下は言う。もともと彼女は、財津に不快感を抱いているのだ。だからその部下である理沙や矢代のことも嫌っている。財津より階級が高いことを利用して、いずれ文書解読班を解体しようという考えもあるらしい。

それを知っているから矢代は、ああ、またか、と思うだけだった。岩下は優秀な管理官だと思うが、たまに感情的になるところは残念だとしか言いようがない。

「鳴海は信頼できるリーダーです」財津は答えた。「しかし今回は略取・誘拐という難しい事件である可能性が高い。ミスは許されませんから、私もしっかり監督しませんとね」

黙ったまま、岩下は理沙のほうを向いた。

鋭い視線を受けて理沙は驚いたようだ。戸惑った表情を浮かべ、岩下に目礼をする。

理沙はもともとおっとりした性格で、弁の立つ同性には苦手意識を持っている。岩下のような女性は、まさに天敵と言っていいタイプだった。

「ねえ鳴海さん、あなたは今回の事件、どう思う？」

「あ、はい」理沙は姿勢を正した。「犯人はかなり知的な人物だと思います。メッセージもそうですが、おそらくあの写真にもたくさんのヒントを仕込んでいるんじゃないかと……。手強《てごわ》い相手です」

「そんな犯人を、あなたは追い詰めることができる？」

「ええと……。そうですね、まず捜査を始めないことには……」

理沙が曖昧《あいまい》な返事をすると、岩下はすかさず問いかけてきた。

「捕まえてみせる、とは言えないのかしら。自信がないの？」

「……そんなことはありませんが」

「だったら、成果を挙げると宣言してみたら？」

「宣言、ですか？」

どうも妙な空気になってきた。岩下は何が言いたいのだろう。口を挟もうかと矢代が考えていると、岩下はこんなことを持ち掛けてきた。

「じゃあ鳴海さん、勝負をしましょう。あなたたち文書解読班と、早峰たち情報分析班、どちらが捜査に貢献できるか、競争するの」

「え？　あの、おっしゃっていることがよくわかりませんが……」

「どちらも、今回ＳＩＴからサポートを要請されたチームよ。事件の解決に貢献するのは当然のことでしょう。まさか、仕事をする前から諦《あきら》めているわけじゃないわよね？」

「それはそうです。頑張るつもりです」

「なら勝負できるでしょう。成果を挙げたほうが勝ち」

「ま……まあ、わかりやすいですね」

理沙がうなずくのを見て、岩下は微笑を浮かべた。

「ところで、同じように捜査を支援する部署よね。ふたつもいらないと思わない？」

えっ、と言って理沙はまばたきをした。矢代や夏目も大きく身じろぎをする。

「これで負けたら、文書解読班は少し困ったことになるかもしれない。情報分析班は過去の蓄積データからさまざまなものを発見するはず。たとえば筆跡の鑑定、紙やインクの特定、文章の癖の分析……。そういうことも可能よ。早峰たちが実績を積んでいけば、もう文書解読班はいらないってことになるかもね」

ちょっと待ってください、と矢代は言った。おかしな勝負を受けないよう、理沙を諫《いさ》めるつもりだった。だがその前に、財津係長が口を開いた。

「岩下管理官、鳴海をからかわないでください。こいつはすぐ真に受けてしまうんですよ」

「真に受けてもらってけっこうです。私のほうは本気でこれを……」

「結果なんて、あとからついてくるものですよ。気張らず、自然体で行かないとね。さあ、お互い頑張りましょう」

財津はメモ帳を開いて、理沙とメッセージ関係の相談を始めた。岩下はひとり、取り残されてしまった恰好《かっこう》だ。

「ああ、岩下管理官」財津は思い出したという顔で言った。「すみません。このあと部外秘の打ち合わせをしますので、お引き取り願ってもよろしいですか」

そう言われては引き下がるしかないだろう。岩下は不機嫌そうな表情のまま、自分たちのチームのほうへ戻っていった。

矢代は夏目と顔を見合わせ、ほっと息をついた。

岩下が立ち去ると、財津は小声で「さて」と言った。

「邪魔者はいなくなった。早いところ打ち合わせを進めよう。……鳴海、メッセージを分析するに当たって、わかっていることを確認しておこうか。今の時点でどこまで読める？」

「まず、読みやすいよう漢字やひらがなに置き換えると、こうなるでしょうか」

理沙は紙を取り出し、ペンを走らせた。

《警察の皆さんへ　アキチャンは可愛い　可愛いね　あの子は私がいただいた　アキチ

ャンはもうじき　土に還《かえ》る　土の中で　草花の栄養　苗床です　にやにやした　花が咲きます　アキチャンは　モアイの鼻面（？）　十字の傷（？）　の近くにいる　見つけて見つけて　早く助けて》

　自分の書いた文章をしばらく見つめたあと、理沙は顔を上げた。

「土に還る、すなわち死亡するということでしょうが、そうなったときアキチャンは草花の栄養になってしまうわけですね。その前に早く見つけて、と警察を促しています」

「挑戦状というか、犯行声明というか……」矢代は言った。「とにかく警察向けのメッセージであることはたしかですね。あの子はいただいた、ですから、やはり略取または誘拐したわけですよね」

　夏目も大きくうなずいた。

「アキチャンは可愛い、と言っています。普通に考えればアキチャンは女性、それも若い子じゃないでしょうか」

「アキチャンはどういう人だろうな。アキコ、アキヨ、アキナ……」財津は指先で眼鏡のフレームを押し上げた。「犯人は彼女を狙った男、ということか」

　それを聞いて、夏目が首を左右に振った。

「係長、古いですよ。今の時代、女性同士も普通にありです。犯人も女性、アキチャンも女性という組み合わせも検討しないと」

「こうも考えられる」矢代は口を挟んだ。「犯人は女性、アキチャンは小学生ぐらいの男の子かもしれない。そういう嗜好《しこう》もあるよな、夏目」

　矢代に言われて、夏目はまばたきをした。納得したという口調で、

「半ズボンが似合いそうな少年と成人女性ですか。なるほど、その組み合わせもあり得ますね。……矢代先輩にそんなことを指摘されるとは思いませんでした」

「いやいや、ちょっと待て」財津が顔をしかめた。「仮にそういう組み合わせだったとしても、嗜好云々《うんぬん》だとは限らないだろう。いわゆる母性本能によって、女性が少年を可愛がるのは、これはもう自然なことであって……」

　話が錯綜《さくそう》してきたようだ。理沙がみなを見回し、紙を指し示した。

「そこは一旦《いったん》おいて、先へ行きましょう。モアイの鼻面、十字の傷と書きましたが、この解釈が正しいかどうかはわかりません。しかし、そのふたつがアキチャンの居場所を示す手がかりになるだろう、ということはたしかです」

　矢代たちは理沙の手元の紙をじっと見つめる。

「鳴海主任のこの表記が正しかったとして……」首をかしげながら夏目が言った。「モアイというのはイースター島にある、あのモアイ像でしょうか。その鼻面というと、ここ？」

　夏目は人差し指で、自分の鼻の頭をつついた。そうです、と理沙は答える。

「鼻面といったらそこですよね。『鼻』とか『鼻先』とかでもいいと思うんですが、犯

人はあえて鼻面と書いた。普通の会話ではあまり使わない言葉ですけどね」

「俺もそう感じた。薄気味悪さを演出しようとして、その言葉を使ったのかな」

腕組みをして、財津はしきりに首をかしげている。

「もうひとつのヒントが十字の傷です」理沙は続けた。「十字型の傷か、あるいは午前十時、午後十時の傷？　それとも、仕事に関係するという意味の『従事』なのか。誰かが何かに従事したときの傷……」

「警察の仕事に従事していて、名誉の負傷とかね」

思いつくままに矢代は言ったのだが、理沙は真面目な顔でこちらを見た。

「なるほど、可能性はありますね。もともとこのメッセージは警察の人間に向けて書いたもののようですから」

「ほかにも、傷を負うような仕事はいくらでもあるけどなあ」財津は指を折って数えていく。「消防士、自衛官、警備員……。そういう職業でなかったとしても、たとえば建設作業員とか、工場で働く人なんかも労災の可能性がある」

「小さな傷なら、調理師だって怪我をしますよね」と夏目。

ブレインストーミングのように意見を出し合ったが、今の段階では結論が出るはずもなかった。まだ手がかりが少なすぎるのだ。

「もう少しヒントがないと、解読は難しそうですね」矢代は椅子の背もたれに体を預けた。「犯人の性格や癖、これを書いたときの心理状態。そういったことがわからないと

「……」

「それに関しては、あそこがやってくれるかもな」

財津は顎《あご》をしゃくった。彼の視線の先には情報分析班がいる。早峰と唐沢、岩下管理官が何か話し合っているのが見えた。

「彼らは過去の捜査データを使って証拠品を分析するらしい」財津は小声で言った。「写真の内容を詳しく調べて報告してくれるだろう。あの写真にはたくさんの品物が写っていた。ブツの選び方や並べ方から、犯人の性格がわかるかもしれない」

「あ、なるほど。性格や癖、こだわり……そういうものから、メッセージを読み解くヒントが見つかる可能性はありますね」

さすが係長、と夏目は感心している。矢代は咳払《せきばら》いをして彼女を見つめた。

「でも、それを待っているわけにはいかないぞ。我々は我々のやり方で捜査を進める必要がある。……ですよね、鳴海主任」

「そのとおりです。問題点を整理しましょう」

理沙は別の紙を用意して、タスク管理図を書いていった。

- □神田駿河台事件
  - □東京文学博物館付近の確認
  - □防犯カメラ

- □目撃証言
- □遺留品
  - □メッセージ
    - □内容分析
      - □文章の癖・特徴
      - □文章の解読
        - □《アキチャン》
        - □《モアイのハナヅラ》
        - □《ジュウジのキズ》
  - □写真
    - □内容分析　【情報分析班】
      - □シュラフ
      - □ナイフとフォーク
      - □液体の入ったコップ
      - □伏せてある食器
      - □ペンダント
      - □植樹のポスター
      - □《２０１０４４０６０２０３８》

理沙は出来上がった図を指差した。

「私たち文書解読班が担当するのはメッセージですね。用紙やインク、付着した指紋、筆跡などはほかの部署に任せるとして、重要なのは内容の分析です。文章の解読は私に任せてください」

矢代にも異存はない。解読に関して、理沙以上の適任者はいないだろう。

「俺と夏目はいつものように、外で情報を集めたほうがいいと思います。まずはメッセージが見つかった東京文学博物館ですね。ＳＩＴや所轄の捜査員が向かっていますが、我々も現場を見て、聞き込みをしておくべきかと」

「矢代先輩に賛成です。私たちは頭を使うより、足で稼ぐほうが得意ですもんね」

無邪気な調子で夏目が問いかけてくる。

「いやいや、頭も使ってくれよな」

顔をしかめながら、矢代は後輩にそう答えた。

準備ができ次第、出発することになった。

夏目が資料をコピーしている間、矢代は隣の島の様子を窺《うかが》っていた。打ち合わせが一段落したらしく、岩下管理官が廊下へ出ていく。今がチャンスだと思って、情報分析班のほうへ近づいていった。

すぐに気づいたようで、早峰がこちらに目を向けた。

「久しぶりだな、早峰」

矢代は微笑を浮かべて声をかける。

彼女は椅子から立ち上がったが、表情は硬いままだった。

「ご無沙汰《ぶさた》しています、矢代さん」

おや、と矢代は思った。どこか他人行儀に感じられる。以前の早峰は「矢代先輩」と自分を呼んでくれていたのだ。

「驚いたよ。新しい部署が出来たと聞いていたけど、早峰が選ばれていたとはな」

「捜査本部での活動は今回が初めてになります」

「君がリーダーなんだろう？　すごいじゃないか」

「別にすごくはありません。唐沢より私のほうが、階級が上だったというだけです」

ああ、なるほど、と矢代は戸惑いながらうなずいた。相手のつっけんどんな物言いに少し驚かされていた。

「唐沢と申します」早峰の隣に座っていた男性が、椅子から立った。「私は早峰警部補の部下として、本件捜査に全力を尽くす所存です。よろしくお願いします」

　これはまたずいぶん丁寧な男だな、と矢代は思った。唐沢は身長百八十センチ以上あるから、話していても矢代が相手を見上げる恰好《かっこう》になる。だが唐沢は穏やかそうな顔をしていて圧迫感はなく、のんびりした性格らしいと思われた。

「そうか、早峰は警部補になったのか。たいしたもんだ」

早峰はたしか、矢代より五つ下の三十二歳だ。矢代が所轄の刑事だったころ、同じ署の鑑識係だった彼女とはよく顔を合わせた。当時早峰は経験不足で、苦戦する場面もあったようだが、どんな現場でも粘り強く作業していたのが印象的だった。とにかく真面目な性格なのだ。

いつだったか署の四、五人で昼食をとったことがあり、そのとき彼女から話を聞いた。大学では情報工学を学んだそうだ。警察では科捜研に入りたかったのだが、事情があって叶《かな》わなかった。それで鑑識係になったということだった。

「鑑識から捜査一課の新設部署に入るなんて、大変な出世だ。大学で勉強してきたことが活《い》かせそうじゃないか」

「そのための異動ですから」早峰は表情を変えずに言った。「岩下管理官の命令に従って、私は任務をまっとうするだけです」

「縁あって同じ捜査本部に入ったんだ。一緒に頑張っていこう」

矢代がそう言うと、早峰は黙り込んだ。目を伏せて何か思案しているようだ。やがて彼女は、あらためて矢代の顔を見つめた。

「負けませんから」

「……え？」

「矢代さん。私は必ず勝ってみせます」

頭を下げ、早峰は椅子に腰掛けた。それにならって唐沢も自分の席に座る。

もうこちらを向いてはくれないようだった。よそよそしくて、どうにも会話が嚙《か》み合わない感じだ。小さく息をついてから矢代は踵《きびす》を返した。

自分の島に戻ると、理沙や夏目と目が合った。ふたりとも興味津々という顔をしている。

「お知り合いなんですか？」理沙が小声で尋ねてきた。

「ええ。所轄にいたとき、一緒に仕事をしたことがあって……」

矢代は早峰に関することを簡単に説明する。なるほど、と理沙は言った。

「情報工学が専門だから、あの部署のリーダーに抜擢《ばってき》されたわけですね」

「以前とはちょっと感じが変わっていて驚きました」

「どう変わったんです？」

「やる気充分というか、ライバル心剝《む》き出しというか……。必ず勝ってみせる、と言われました」

理沙は意外そうな表情を見せたあと、情報分析班のほうに目をやった。矢代もそちらに視線を向ける。そこで、はっとした。

先ほど目を逸《そ》らしていた早峰が、今は理沙をじっと見つめていたのだ。明らかな敵意が感じられる。

顔を強張《こわば》らせて、理沙は矢代にささやきかけた。

「あの……私、なんだか睨《にら》まれているんですけど」

「捜査本部は初めてらしいですから、早峰は少し緊張しているんでしょう」

　そう答えてみたものの、矢代も落ち着かない気分だ。

　準備が出来ました、と夏目が報告してきた。矢代たちはふたりで現場に出発した。

## 5

　神田神保町《じんぼうちょう》の古書店のそばを通って、千代田通りを北に歩いていく。

　東京文学博物館は千代田区神田駿河台にあった。壁面をタイル張りにしたビルの一階に、筆文字を模した看板が出ている。その看板の横に、催し物の屋外掲示板があった。ガラスの引き戸式になっていて、中にポスターが貼られている。現在は「神保町ゆかりの文士たち」という展覧会が開かれているらしい。

　階段を数段登ったところが出入り口だった。文学博物館というだけあって、歴史や風格が感じられる場所だ。

　ここに来るまで、矢代たちは何人かの捜査員を目にしていた。すでにＳＩＴと所轄のメンバーが聞き込みを開始しているのだ。

　不可解なメッセージや写真が見つかったあとだが、今日は通常どおり開館しているようだった。自動ドアを抜けて、矢代たちは博物館の受付に向かった。

受付のカウンターには制服姿の女性がいる。矢代は警察手帳を呈示した。

「警視庁の者です。今朝見つかった封筒の件でお邪魔しました。少し話を聞かせていただきたいんですが」

「あ……もう、別の刑事さんがお見えになりましたけど」

「あらためてお願いできませんか。いろいろと確認したいことがありますので」

捜査の初期段階ではこういうことがよく起こる。いくつかの部署がそれぞれ活動するため、同じ証言者に何度も話を聞くケースが出てくる。相手は迷惑だと感じるかもしれないが、捜査する側にとっては大事なことだった。聞き手が変わることによって、新しい情報が引き出される場合もあるのだ。

矢代たちは応接室に案内された。しばらく待つように言われる。

三畳ほどしかない、ごく狭い部屋だった。質素な造りで、これといった装飾品もない。

夏目は室内を見回して、感心したように言った。

「博物館の中にもこういう部屋があるんですね」

「まあ、そりゃあるだろう。業者との打ち合わせもするだろうし」

「不思議な感じです。普段、博物館や美術館に来ても、裏のほうを見せてもらうことってありませんから」

立ったまましばらく待っていると、三分ほどでスーツ姿の男性がやってきた。歳は五十前後だろうか。白髪が目立つ、物腰のやわらかい人物だった。

「お待たせしました。磯島《いそじま》と申します」

彼は名刺を差し出した。総務部の部長と印刷されている。

受け取りながら、矢代は警察手帳を相手に見せた。

「警視庁の矢代と申します。お忙しいところ、すみません。繰り返しになって恐縮ですが、ぜひご協力をお願いします」

「私も気になっていました。博物館には不特定のお客様がいらっしゃいますから、何かあってはいけないと思いまして」

協力的な人のようで助かった。

勧められてソファに腰掛けたあと、矢代は早速、質問を始めた。

「封筒を見つけた経緯を詳しく教えていただけますか」

「……館の出入り口から道路へ出るところに、掲示板があったのをご覧になりましたか？」

「見ました。ポスターが貼ってありましたね」

「今朝は備品の確認作業がありまして、いつもより早く午前七時ごろ、職員が出勤したんです。玄関周りをチェックしたとき、あの掲示板に青い封筒が貼ってあるのを見つけた、ということでした」

「どういう状態だったんですか」

「ガムテープで、ガラスの上に貼られていたそうです。わりと無造作な感じで」

「それを職員の方が剝《は》がした。それから？」

「封はされていなかったので、その場で中を確認しました。そうしたら脅迫文というか、声明文というか、変な紙と写真が入っていたので驚いたと……。私が出勤したのが七時半ごろでしたかね。報告を受けて、放っておいてはまずいと感じたので警察に通報しました」

　そのあとまず所轄が動き、略取・誘拐事件の疑いがあるということで、ＳＩＴの出動となったのだろう。

「じきに刑事さんや鑑識の方が見えましてね」磯島は続けた。「掲示板やその周辺の指紋を採っていったようです」

　まずはそこに手がかりがあるかどうかだ。鑑識課は今ごろ、指紋のデータベースで前歴者のチェックをしてくれているだろう。

　矢代は鞄《かばん》からＡ４判の紙を取り出した。例のメッセージと写真をコピーしたものだ。

「このメッセージについて心当たりはありませんか。たとえばこちらの博物館に、アキチャンという人が関係しているようなことは？」

「調べてみたんですが、それはないですね。職員の中にそういう名前の者はいませんし、念のため家族の名前も聞きましたが、アキチャンという子はいないそうです」

「展覧会のお客さんはどうですか。アキチャンという人が博物館を訪れていた可能性は？」

「あいにくうちは、来館者に記名を求めていないんです。お客様の名前はわかりません」

　そうですか、と言って矢代は考え込む。

アキチャンがこの館に関係ないとしたら、犯人はたまたまあの掲示板を選んだだけなのだろうか。メッセージを貼り付けるのは、どこでもよかったということか。

「あそこは目立つ場所ですよね」矢代は掲示板を頭に思い浮かべた。「表の道路はけっこう車の交通量があります。人通りも多いでしょうし」

「ただ、歩道から少し引っ込んだ場所ですから、普通に歩いている人は気がつかないかもしれません」

「そうですか。じゃあ、誰か職員が出勤してくれれば気づくだろう、と犯人は思ったのかな……」

だとすれば、遅くとも今日の開館時刻までには気づいてもらえる、と犯人は期待していたのだろう。

矢代が思案していると、隣で夏目が口を開いた。

「細かい内容についてはいかがでしょう。モアイのハナヅラ、ジュウジのキズという言葉を見て、何か気がつくことはありませんか」

難しい顔をして、磯島はコピーされた文章を見つめた。何度か読み直したようだが、じきに彼は首を横に振った。

「さあ、何のことなのかさっぱり……」

「モアイ像に関わるような展覧会はありませんでしたか。あるいは、文学作品の中にそういうものが描かれているとか」

「聞いたことがないですね」

「十字の傷はいかがです？　たとえばですね」夏目は記憶をたどる表情になった。「頬に十字型の傷を持っている幕末の人斬りとか。小説に出てきませんか？」

何を思い浮かべているのか、夏目は目を輝かせて尋ねた。磯島は困ったような顔をする。

「そういう人物が描かれた作品はあるでしょうが、うちの展覧会で大々的に取り上げたことはないと思います」

「間違いありませんか？　一度よく調べていただいたほうがいいのでは」

「……わかりました。確認してみましょう」

渋い顔をしながらも、磯島は内線電話をかけ、担当部署に問い合わせをしてくれた。しばらくやりとりしていたが、やがて彼は首を横に振った。

「やはり、そのたぐいの展示はなかったようです」

夏目は残念そうな顔をする。矢代は話題を変えた。

「こちらの博物館に防犯カメラはないでしょうか。出入り口の辺りに」

「正面玄関の中、受付のところにはあります」

「外はどうです？　掲示板が写っていないでしょうか」

「ああ……外には付いていないんですよ」

そうですか、とつぶやいて矢代は軽く息をついた。

この先、何か思い出すことがあれば連絡してくれるよう頼んでおく。捜査協力への礼を述べて、矢代たちはソファから立ち上がった。

正面玄関を出て、あらためて掲示板の辺りを確認してみた。

磯島が話していたとおり、博物館の外壁に防犯カメラは設置されていない。矢代は歩道に出て、辺りに目を走らせた。向かって左側のビルには、一階に調剤薬局がある。右側はガラス張りのカフェだ。

それぞれ訪ねてみたが、どちらにも店外を写すような防犯カメラはない、ということだった。今朝七時以前に出勤してきた人もいないため、目撃証言なども得られない。

「まあ、そうですよねえ」夏目が言った。「こういうお店では、外にカメラを付ける必要もないでしょうし」

「よし、じゃあ奥の手だ。刑事らしい捜査をしよう」

「どういうことです？」

「聞き込みを続けるんだよ。足で稼ぐしかないだろう？」

矢代は歩きだした。うなずいて夏目はあとからついてくる。

地道な捜査は、ふたりとも得意とするところだった。動き回ってこそ情報が得られるのだ、と矢代は信じている。それは所轄時代から変わることがなかった。なにしろ自分は「お遍路さん」とあだ名を付けられるぐらい我慢強い性格なのだ。

通りに並ぶ店で、順番に聞き込みをしていく。早朝、出勤した人はいないか。あるいは昨夜遅く、不審な人物を見かけなかったか。店の外を撮影する防犯カメラは設置されていないか。

しかし場所柄、深夜や早朝に営業していた店はないようだった。近くに大学があるため昼は賑《にぎ》わうのだが、深夜や早朝は人通りも少なくなるらしい。

平日昼間のこの時間帯、通りには若者の姿が多かった。楽器店から出てくるグループはバンド仲間だろうか。一方、リクルートスーツを着ているのは就職活動中の学生だろう。

「昔のことを思い出しますね」夏目はなつかしそうな顔になった。「私もあんなふうに就活を頑張っていたものですよ」

「最初から警察官志望じゃなかったのか？」

「もちろんそうです。ずっと剣道をやっていたし、警察官になりたかったんですよね。でも採用試験で落ちるかもしれないじゃないですか。念のため、普通の企業の説明会にも顔を出していました」

「どんな会社が狙いだったんだ。警備会社とか？」

「いえいえ、警察が駄目なら、手堅いところで金融機関とかね。私、お金に囲まれて仕事をしたかったので」

「その志望動機だけで落とされそうだな」

「そんな馬鹿な。みんなお金が好きだから金融機関に就職するんでしょう?」

などと話しているうち、矢代の頭にある考えが浮かんだ。

「このへんに銀行はないかな。ATMでもいい。そういう場所なら防犯カメラがあるんじゃないか?」

「おお、なるほど。……あ、でも銀行は靖国《やすくに》通りのほうにしかないですね。それに、ATMに設置されている防犯カメラって、外は写していないんじゃないかと」

諦《あきら》めずに矢代は、建ち並ぶビルを覗《のぞ》きながら歩いていく。これだけ店舗や建物があるのだ。どこかにカメラが付いているのではないか。

やがて、矢代はひとつの看板に目を留めた。

「あそこはどうだ? 可能性がありそうだぞ」

矢代たちは足早にその建物に向かった。

小さな店舗だが、取り扱っているものに特徴がある。金券ショップだ。看板に書かれた文字を読むと、高額な品の買い取りもしているようだった。

矢代はうしろを振り返った。東京文学博物館からの距離は、およそ五十メートルというところだ。

「先輩、あれを!」

夏目がガラス戸の上を指差した。外が見える位置に防犯カメラが設置されている。

ガラス戸を開け、カウンターに近づいていく。店内に客はいなかった。話を訊《き》くにはちょうどいいタイミングだ。

「いらっしゃいませ」店の男性が声をかけてきた。

「警察の者ですが」矢代は警察手帳を相手に見せた。「外に防犯カメラがありますよね。記録された映像を見せていただけませんか」

「え……。あの、それはどういう……」

「今、捜査を行っていまして、不審者の手がかりを探しているんです。店の前の道を通った可能性があるもので」

男性はここの店長だという。部下の女性に店番を任せて、彼は矢代たちを奥の部屋に案内してくれた。

そこは狭い事務室だった。段ボール箱が積み上げられているのを見て、矢代は親近感を抱いてしまった。文書解読班の執務室も、入り口付近はこんな感じだ。

店長はパイプ椅子に腰掛け、ノートパソコンに向かった。

「ええと、何時ごろを調べればいいんですか？」

「今朝七時から、時間を遡《さかのぼ》っていってもらえますか」

「けっこう人通りがあると思いますけど……」

「早送りでお願いします」

タッチパッドを指で操作し、店長は午前七時ごろのデータを再生させた。何倍速かで映像を過去に戻していく。カメラが撮影しているのは、店の入り口付近の歩道だ。逆再生なので、みな不自然にうしろへ戻っていく。

　やがて辺りが暗くなってきた。日が昇る前の時間帯になったのだ。さらに暗くなり、通行人の姿はほとんどなくなった。やはり夜間は人通りが減るようだ。

「そこ、止めてください！」

　矢代はパイプ椅子のうしろから声をかけた。店長がデータの再生を止める。

「行きすぎました。ちょっと戻してもらえますか。午前四時二分ぐらいから、通常再生してください」

「四時二分……。あ！　この人ですか」店長も気づいたようだ。「神保町の古書店街のほうから歩いてきましたね」

　黒っぽいウインドブレーカーを着た人物が、靖国通りのほうからやってくる。フードをかぶっているため人相はわからない。だが、一点見逃せないのは、右手に封筒を持っていることだった。夜なのではっきりとは言えないが、青っぽい色のように思われる。

　――これは当たりじゃないのか？

　息を呑《の》んで、矢代はその人物をじっと見つめた。

　店長が静止画像をプリントアウトしてくれた。礼を言って矢代は受け取る。

「先へ進めますよ」

　映像は再び動きだした。不審者は店の前を通り、博物館のほうへ消えた。

　しばらくは動きがなかった。ほかに歩道を通る人はいない。ときどき車道をタクシーが走っていくのが見えるぐらいだ。

変化があったのはおよそ二分後だった。

先ほどの人物が博物館のほうから戻ってきたのだ。右手に持っていた封筒はなくなっている。不審者はそのまま古書店街のほうへ消えていった。

「こいつが何かの犯人なんですか？」

振り返り、怪《け》訝《げん》そうな顔で店長が尋ねてきた。

「その可能性があります」矢代は深くうなずいた。「助かりました。念のため、今の録画データを貸していただけませんか」

「本部の許可を取らなくちゃいけないので、少し時間がかかると思いますけど……」

「ええ、あとでまたうかがいます」

謝意を伝えて、矢代と夏目は金券ショップを出た。

歩道を少し進み、建物の角を曲がったところで矢代は携帯電話を取り出した。通話履歴から上司の番号を呼び出す。

すぐに通じないことは予想がついていた。相手が電話に出たのは、七コール目が鳴ったあとのことだ。

「鳴海です。矢代さん、すみません！　出るのが遅くなってしまって」

「かまいませんよ。解読に熱中していたんでしょう」

「モアイやジュウジのキズをネットで検索していたんですが……うーん、難しいですね」

悩んでいる様子が頭に浮かんでくる。文字や文章の謎に取り組み始めると、理沙は周りのことが目に入らなくなるのだ。

「こちらからの報告ですが、封筒を運んできた人物が防犯カメラに写っていました」

「本当ですか？」理沙は驚きの声を上げた。「すごいじゃないですか。SITからも所轄からも、まだそんな情報は入っていませんよ」

「いずれは誰かが気づいたと思いますけど、我々が一番乗りだったようですね」

矢代は先ほど画面で見た人物について、理沙に詳しく伝えた。

早速情報をつかんだと知って、理沙は大いに労《ねぎら》ってくれた。

「やはり現場に行ってもらって正解でしたね。その人物は午前四時過ぎ、青い封筒を掲示板に貼った。そのあと古書店街のほうに戻っていった。……矢代さん、神保町で情報収集をしてもらえますか。不審者は靖国通りに出たのか。出たとしたらそこからどこへ向かったのか」

「もしかしたら、神保町のどこかに潜んでいるという可能性も……」

「ああ、そうですよね。可能性はあります。不審者の画像をメールで送ってもらえますか。私から泉係長に報告しておきます」

「了解しました。元の映像データは、あとで金券ショップから借りますので」

「お願いします」

では、と言って矢代が電話を切ろうとすると、慌てた調子で理沙が付け加えた。

「あの、矢代さん、よろしくお願いしますね」

「……ええ、全力を尽くしますよ」

「今回の捜査は苦戦しそうな気がします。矢代さん、頼りにしていますから」

「わかりました」

電話を切って、矢代は首をかしげた。捜査中にあんなことを言われたのは初めてだ。メッセージの解読に自信がないのだろうか。

そばにいた夏目がこちらを見ていた。彼女は腰を屈《かが》めて尋ねてきた。

「どうかしたんですか、先輩」

「いや……。鳴海主任から伝言だ。よろしく頼むってさ」

夏目も不思議そうな顔をしている。

さあ行くぞ、と彼女に声をかけ、矢代は古書店街に向かって歩きだした。

## 6

午後八時から捜査本部で夜の会議が開かれた。

昼間の捜査中、重要な情報については随時連絡が入っていたが、細かい話をするにはまとまった時間が必要だ。殺人などの捜査本部と同様、この「神田駿河台事件」でも定例の会議が行われることになったのだった。

泉は小此木管理官と何か言葉を交わしていたが、やがてホワイトボードのそばに立った。

「では会議を始めます。本日集めた情報を報告してください。所轄からお願いします」

はい、と言って短髪、ジャンパー姿の刑事が立ち上がった。

「我々はまず、メッセージの見つかった東京文学博物館で聞き込みをしました。次いで二手に分かれ、一部メンバーは博物館周辺での情報収集を開始。別メンバーは博物館に出入りしている観葉植物レンタルの会社に出向きました」

「観葉植物？」

怪訝そうな顔をして泉が聞き返す。

「出入りしている業者の名前を調べたところ、アキヤマという会社が見つかりました。博物館の受付などに置く観葉植物を、定期的に貸し出しているところです。メッセージにアキチャンという名前が出ていましたので、関係あるかもしれないと思って」

「ああ、なるほど」

「それから、写真に観葉植物の鉢が写っていましたよね。何か意味があるんじゃないかと」

「そうか。空ではあったが、たしかに鉢が写っていたな。……それで、アキヤマで何かわかりましたか？」

「あいにく、事件との関係は見つかりませんでした。アキヤマの社員や家族で、行方不明になった者もいないとのこと。……ですが、アキチャンというのが個人の名前ではない可能性もありますので、見落としのないよう捜査を続けていきます」

「わかりました。ほかに何か……」

所轄の島で、別の捜査員が手を挙げた。泉は彼を指名した。

「我々はモアイについて調べました。JR渋谷《しぶや》駅のそばに『モヤイ像』というのがあります。正確にはモアイではないのですが、犯人が勘違いをしたかもしれないと思って、念のため確認しました」

待ち合わせの場所として、渋谷のモヤイ像は有名だ。矢代も学生時代、あそこを目印にして友人たちと集まったことが何度もある。

「調べたところ、モヤイ像というのは日本の新島《にいじま》で作られる石像だそうで、イースター島のモアイとは直接関係ないとのことです。ただ、都内だけでも何カ所かモヤイ像が設置されているんですよね。渋谷駅前、竹芝《たけしば》の客船ターミナル、それから蒲田《かまた》駅前……」

渋谷のモヤイは有名だが、ほかにも存在するとは知らなかった。

「で、それぞれの像を見てみました。モアイのハナヅラですから、鼻先の部分ですね。その辺りに何かないかとチェックしたんですが、十字型の傷をはじめとして、不審なものは発見できませんでした」

「像の周辺に何か隠されてはいなかったかな。たとえば別のメッセージを書いた紙とか」

「入念に調べましたが、特に見つかりませんでした」

そうですか、とつぶやいて泉は考え込む。

所轄に続いてＳＩＴによる報告があった。泉の近くに座っていた斉藤からだ。

「私たちＳＩＴは、東京文学博物館にクレームを付けた者のことを調べてみました。館の職員に過去の記録を見せてもらい、気になる人物をピックアップ。住所氏名のわかっている者について身辺調査を行いました。去年の十二月、博物館の展示内容に事実誤認があると何度も抗議してきた自称日本文学研究者。今年の五月、展示ケースにぶつかって怪我をしたから治療費をよこせ、と言ってきた会社員。それから……」

今回の犯人は奇怪なメッセージを書いたり、多くの品物を集めて写真を撮ったりしている。こだわりが強く、偏執的である可能性が高い。だからＳＩＴは、クレーマーというべき人物に目をつけたのだろう。

「ですが、今のところ事件への関与が疑われる者はいません。明日も引き続き、調べていきます。……一方、我々はメッセージに書かれていた『ツチ』に注目しました。被害者はどこかに埋められているように読めます。過去にＳＩＴが捜査した事件で、被害者を土に埋めたものが何件かありました。それらの事例を参考に、犯人の性格や心理状態を推測できないか試みています」

そのほか、いくつかの方法で犯人の姿を浮き彫りにしようと苦心しているらしい。ＳＩＴも今はまだ手探りの状態なのだ。

「次に文書解読班、お願いします」

泉に促され、理沙が資料を手にして立ち上がった。

「私たちはメッセージ解読と情報収集の二手に分かれて活動しました。すでにご報告しましたが、情報収集メンバーは現場近くの金券ショップで防犯カメラをチェック。今朝四時二分ごろ、不審な人物が封筒を持って博物館に向かう姿を確認しました。戻ってきたときには封筒がありませんでしたから、この人物が犯人である可能性が高いと思われます」

うん、と泉がうなずいている。その人物が犯人であろうということは、ＳＩＴの捜査員も認めていた。

「情報収集メンバーは、不審人物が向かった古書店街方面に移動し、聞き込みを続けました。その人物が歩いていたのは早朝ですから、まだ電車は動いていません。車やバイクなどで逃走したか、あるいはそのまま神保町に潜んでいるのか。目撃情報を探していますが、現時点では犯人の手がかりはつかめていません。……それから、東京文学博物館で過去の企画をあらためて調べてもらいましたが、モアイのハナヅラやジュウジのキズに関係するものは見つからない、ということでした」

「メッセージの解読についてはどうです？」

ああ、それは、と言って理沙は口ごもった。矢代は黙ったまま彼女の横顔を見つめる。咳払《せきばら》いをしてから、理沙はこう答えた。

「申し訳ありませんが、まだ検討中としか……」

「わかったことだけでも話してもらえないだろうか」

「部分的に読み解いたとしても、全体として犯人の意図することがわからなければ、かえって捜査が混乱すると思いますので……」

少し考える様子だったが、じきに泉は「わかった」と言った。

「文書解読班には一刻も早く結果を出してほしい。期待しています」

一礼して理沙は元どおり椅子に腰掛けた。ふう、と彼女が息をついたことに矢代は気づいた。どうも表情が冴《さ》えない。

「では最後に、情報分析班」

泉が指名すると、早峰が素早く椅子から立った。隣にいる岩下管理官をちらりと見てから、彼女は話しだした。

「まず私たちは、アキチャンとされるこの被害者の行方不明者届が出されていないか、データを調べてみました。ですが、それらしい人は見つかりませんでした。……次に私たちは写真の分析に取りかかりました。いくつかわかったことがあります。テーブルの上に載っているシュラフのメーカーと商品名が特定できました。出荷数が多いため販売ルートが割り出せるかどうかはわかりませんが……」

早峰はメーカー名と商品名を口にした。矢代たちは急いでメモをとる。

「それから、テーブルの上にあるペンダントですが、付いている宝石はおそらく琥珀《こはく》です」

「琥珀か……」泉はうなずいた。

「天然樹脂が化石になったものです。ペンダントとして使われることが多いようです」

アキチャンが身につけていたものだろうか、と矢代は考えた。そうだとすると、シュラフの中にいる人物は子供ではなく、ある年齢以上の女性だという可能性が高くなる。

「次に、テーブル上のステンレス製食器について」早峰は続けた。「伏せたボウルのような食器ですが、この表面に室内の様子が反射して映り込んでいました。ぼんやりしていますが、撮影者の姿も認められました」

えっ、と矢代は声を上げてしまった。そんなことまで、わかるものなのか。

「撮影者は暗い色の上衣を着て、フードをかぶっているようです。これは文書解読班が報告した不審人物――金券ショップの防犯カメラに写っていた者とよく似ています」

すごいな、と矢代はつぶやいた。まさか、あの食器からそんな情報が得られるとは思ってもみなかった。

「映っていたものが、もうひとつあります」早峰は硬い表情でみなを見回した。「テーブルから離れた壁際に、カタログスタンドらしきものが見えます。チラシか何かが差してあるようです。その中に、イチョウの葉に似たシンボルマークが確認できました。東京都のマークに酷似しています。このことから、そのチラシのようなものは、東京都が作ったのではないかと思われます。断言はできませんが、この写真の現場は東京都内であると推察されます。そして背後の壁やテーブルの外観などから、飲食店である可能性が高いと思われます」

「東京都のどこかにあるレストラン……。廃業した店か」

「はい。そういう場所を重点的に探すべきではないでしょうか」

泉は幹部席に近づいて、小此木と相談を始めた。

その間に矢代は理沙のほうを向き、声のトーンを落として話しかけた。

「分析班もなかなかやりますね」

「驚きました。もちろん、今報告されたことが事実かどうか確認は必要ですが、これで捜査が大きく進みそうです」

「おふたりとも、感心している場合じゃありませんよ」夏目が眉《まゆ》をひそめた。「分析班に一歩リードされたんじゃありませんか？　うちも頑張らないと」

すでに夏目は、早峰たちをライバル視しているらしい。どうやらこの捜査は、岩下管理官の思惑どおりになりそうだ。支援チームがふたつ並んでいれば、どうしてもそういう雰囲気になってくる。

この状況を財津係長はどう思っているのだろうか。矢代は上司のほうに目を向けた。財津は知らぬ顔で、熱心に資料を読んでいる。

やがて泉がホワイトボードのそばに戻ってきた。

「今後の方針について連絡します。ＳＩＴと所轄のメンバーは、都内で廃業し、放置されている飲食店を調べることとします。実際に動くのは明日からですが、今日のうちに可能な限りネット等で情報収集し、リストアップを進めること。難しいのは承知の上ですが、とにかく捜索を進めていくしかありません」

泉の言葉には歯切れの悪さがあった。それはそうだ、と矢代は思う。廃業した飲食店など、都内に何十、何百店とあるのではないか。これだけのヒントで場所を特定するのは至難の業だろう。

早峰や理沙を見てから、泉は言った。

「情報分析班は、引き続き写真の分析と各種データの調査を行ってほしい。……そして文書解読班はとにかくメッセージの解読を急ぐこと。重要なことがわかったら、時間にかかわらず私に連絡してください。何か質問は？」

捜査員たちは黙ったままだ。

「では本日の捜査会議を終わります」

一同で起立、礼をして会議は終了となった。

席を立つ捜査員たちが多い中、矢代は財津にそっと話しかけた。

「情報分析班が設立されることを、係長はご存じなかったんですよね？」

財津は資料から顔を上げ、矢代を見つめた。眼鏡のフレームを指で押し上げる。

「うん、知らなかった。いや、知らされていなかったというべきだろうな」

「岩下管理官が言っていましたね。彼らが成果を挙げるようになれば、もう文書解読班はいらなくなるんじゃないかって」

「となると、矢代たちはリストラされてしまうのかな」

矢代は思わず顔をしかめた。

「嫌なことを言わないでくださいよ。……実際、どうなんです？　鳴海主任のおかげで文書解読班はかなり評価されていますよね。仮に情報分析班が実績を挙げたとしても、我々はお払い箱にはならないでしょう？」

「難しいところなんだよなあ」

財津は椅子の背もたれに体重をかけた。きい、と軋《きし》んだ音がした。

「文書解読班が活躍しているのはたしかだが、おまえ、自分たちの戦力を考えてみたことがあるか？」

「戦力、というと？」

「文字や文章の解読については『文字の神様』だっけ？　そういうひらめきで、鳴海が真相に気づくケースが多い。いわば直感に頼った捜査方法だ。一方、矢代と夏目は足で稼ぐのをモットーとしている。ふたりともまだ若いのに、すごく古いタイプの刑事なんだよ。自分でその意識はあるよな？」

言われるまでもない。矢代はこくりとうなずいた。

「そして足で稼いだあと何かに気づくとしたら、おまえたちが頼るのは刑事の勘というやつだろう」

「まあ、そうですね」

「つまりだ。この事件はどうなっているのか、動機は何か、犯人は誰か。そういったことを考えるとき、みんな勘に頼っているんだよ。鳴海も矢代も夏目もな」

「言われてみれば、たしかに……」

「ところで、おまえは自分の部署の名前を知っているか？」

　え、と言って矢代はまばたきをする。

「文書解読班ですよね」

「その上だよ。おまえたちは、捜査一課の科学捜査係に所属しているんだ。本来、科学で捜査すべきなんだよ。勘じゃなくてな」

「ああ、なるほど」

「な？　そう考えたとき、どうだ。文書解読班はたしかに成果を挙げてはいる。だけど、あれは科学じゃないよなあ、という話にならないか？」

　矢代は身じろぎをした。まさか上司から、こんな形で突っ込まれるとは思わなかった。

「科学捜査をするのなら、大事なのは情報じゃないだろうか。過去のデータを横断的に検索し、独自の手法で分析する。そういう活動にこそ意味があると思わないか」

「ええ、まあ……」

「そうしたら、神がかり的に捜査をする文書解読班なんていらない、という話にならないか？」

財津の話を聞いて、矢代はのけぞりそうになった。

「部下の存在意義を否定しないでくださいよ。そもそも文書解読班は財津係長が作ったんでしょう？」

「そうなんだが、どんな組織でも見直しは必要だからなあ」

「成果を挙げ続ければいいんですよね？　そうすれば勘に頼ろうが神がかりだろうが、文句は言われないでしょう。殺人班の役に立ってみせます」

矢代が真剣な顔で主張すると、財津は口元を緩めた。

「悪い悪い、ちょっと不安を煽《あお》りすぎた。……でもな、上の人間は冷たいものだよ。そして、ケチをつけようと思えばいくらでもつけられる。そうならないよう、情報分析班に負けないでくれよな」

「他人事《ひとごと》みたいですね。財津係長は一緒に戦ってくれないんですか」

「いや、だって俺は岩下さんが怖いから……」

そんなことを言って財津は笑った。

隣の島に目をやると、その岩下がこちらをじっと見ていた。睨《にら》んでいると言ってもいい表情だ。

財津と矢代は、慌てて資料に目を落とした。

「おふたりとも真面目にやってください」夏目が口を尖《とが》らせた。「慢心はミスに繋《つな》がります。ミスは悪い噂に繋がります。私たちのこの部署を守るためには、失敗は許されませんよ」

夏目は全面的に戦う気でいるらしい。彼女はもともと、岩下管理官をあまりよく思っていないのだ。受けて立つ、という覚悟があるのだろう。

「ここが踏ん張りどきだと思います。そうですよね、鳴海主任」

そう夏目が話しかけたのだが、返事がなかった。

矢代たちが目を向けると、理沙は手元の資料を見つめていた。そこにはあのメッセージがコピーされている。余白にはさまざまな文字や図形がメモされていた。

今は、ひらめきが訪れるのを待つしかないようだった。


コーヒーを買いに行こうと思い、矢代は席を立った。

ふと見ると、岩下管理官がドアのそばで唐沢と話し込んでいた。彼らには近づきたくないから、少し時間をずらしたほうがいいだろう。

矢代は隣の島に向かった。ひとり残っている早峰は、ノートパソコンを操作しているところだ。矢代は彼女に話しかけた。

「驚いたよ。写真からあそこまで分析するとはたいしたもんだ」

操作の手を止めて、早峰は画面から顔を上げた。

「一刻も早く事件を解決したいですからね。私たち情報分析班は、必ず犯人を見つけなくてはいけないんです。それが岩下管理官のオーダーですから」

矢代は首をかしげた。彼女にとって岩下という人は、いったいどんな立場にあるのだろう。単に上司というだけではないような気がする。

「早峰は自分のために仕事をしているんじゃないのか？　岩下管理官のためなのか？」

すると、彼女は驚いたような顔をした。

「部下が上司のために働くのは、当然のことですよね？」

「そりゃそうだが、自分自身の評価も気になるだろう」

「私は岩下管理官のためだけに働いているんです」

冷たい口調で早峰は言う。矢代は腕組みをして首をかしげた。

「ここだけの話だけど、俺はちょっとな……。あの人のやり方には賛成できないところがある」

何気なく口にした一言だった。だがそれを聞くと、早峰の表情が急に険しくなった。白い頬が少し赤くなっている。明らかに不服そうな目で、彼女は矢代を見つめた。

「岩下管理官の悪口を言わないでください」

彼女は目を逸《そ》らし、パソコンの操作に戻った。苛立《いらだ》つようにキーボードを打つ音が、かちゃかちゃと辺りに響く。

そのまま早峰は、もう矢代を見ようとはしなかった。

## 7

　戸外よりはましだが、この室内もそこそこ寒く感じられる。

　エアコンのスイッチを入れれば、すぐに暖かい空気が吹き出してくるだろう。しかし、今はそうするまでもないと思っている。

　まもなく自分は外に出る。部屋を暖めても意味がないのだ。

　大きな机の上には、さまざまなものが置かれていた。まずはノートパソコン。これがなければ何をするにも困ってしまう。だから奮発して性能のいいものを買った。その横にあるのはビデオカメラだ。ほかに外部メディア、何枚かのメモ、いくつかの鍵《かぎ》。そして先ほどまでカメラに装着していた三脚。

　先日、あの廃墟《はいきょ》ではＬＥＤライトを使ったが、今夜はその必要がない。この部屋にはきちんと電気が通じていて、天井には青白い明かりが灯《とも》っている。まあまあの光量があるから、そのまま撮影ができた。

　先ほど録画した映像を、パソコンでざっと確認してみた。思ったよりも、よく録れているようだ。これでいい。あいつの姿をはっきり見ることができる。

　男はパソコンの映像を停止させ、顔を上げた。

　机から数メートル離れた西側の壁際。そこには椅子がある。ゆったりと深く腰掛けることのできるアウトドアチェアだ。

今、その椅子にはある人物が座っていた。奴は両手を後ろで縛られ、椅子の上からロープを何重にも巻かれている。身動きもできないはずだ。

アウトドアチェアを用意したのは正解だったな、と男は思った。奴はぐったりしているから、ずり落ちないよう体を背もたれに預ける形にする必要があった。そうしなければ、撮影はうまくいかなかったに違いない。

映像の再生ソフトを終了させ、男はネット上のニュースサイトを開いた。

政治、経済、国際。それらは関係ない。自分が見たいのは社会、特に国内で起こった事件の記事だ。

最新のニュースをチェックしていった。だが、結果は夕方と同じだった。東京文学博物館で見つかったメッセージと写真の件。そのニュースは今も報じられてはいない。

それはそうか、と男は思った。警察はあの青い封筒を入手しているはずだ。だが、内容が内容だから表立って動くことができないのだろう。

あのメッセージが事実だと判断するなら、被害者の身が危険にさらされるからマスコミへの公表はできない。一方、あれはいたずらだと判断したのなら、同様の犯行を招かないためにも警察は秘密にするだろう。

いずれにせよ、あの封筒については公にできないということだ。

まあそのほうがいい、と男は自分に言い聞かせた。大胆な事件を起こし、世間に注目されたい気持ちはある。だがそれ以上に、計画を完璧《かんぺき》に実行しなければという思いが強かった。下手にマスコミが騒いだりしたら、計画に支障が出るおそれがある。

このまま進めていこう、と思った。それが自分にとって、もっとも大事なことなのだ。

十分後、男は庭に出てシャベルを使っていた。

夜になり、気温はかなり下がっているのだが、ウインドブレーカーは脱いでいる。それでも体を動かしていると、うっすら汗が滲《にじ》んできた。部屋の暖房など必要ないと思ったのは、この作業が控えていたからだ。

腕を動かし、足を踏ん張って地面を掘っていく。全身の筋肉を使い、ひたすら力を込めていく作業だ。それを続けていると、男は無心になることができた。

これまでのさまざまな出来事が、頭に浮かんでは消えていく。

普段なら、思い出すたび全身の毛が逆立つような怒りを感じる記憶。だが今、その記憶はどこか遠い世界の出来事のように思われる。適度な疲労が、気持ちを落ち着かせてくれているのだろうか。いや、それは気のせいか。

無心になって土を掘っていく。

荒い息づかいとともに、男はひたすら体を動かし続けた。

# 第二章　コードとポスター

## 1

身支度を整えて矢代は仮眠室を出た。

すでに署員たちが忙しく廊下を行き来している。矢代は彼らに目礼しながら進んでいった。捜査本部のある会議室まではわずか数分だ。まさに究極の職住近接だと言える。

十一月八日、午前七時四十五分。捜査二日目の朝を迎えていた。

「おはようございます」

挨拶《あいさつ》しながら捜査本部に入っていく。室内には十数名の捜査員がいて、早くもそれぞれの作業を始めていた。パソコンを使う者、資料をコピーする者、電話で情報交換する者などさまざまだ。

文書解読班の島は会議室後方の窓際にある。すでに理沙がいて、赤ペンを片手に資料をじっと睨んでいた。机の上には国語辞典や外来語辞典、現代用語辞典などが開かれたままになっている。ひとめで、彼女が相当悩んでいることがわかった。

　書物をこよなく愛する理沙は、電子的な辞書より紙のほうを好んでいる。関係ない項目まで目に入ることになるが、そのほうが刺激になっていいそうだ。

「鳴海主任、お疲れさまです」矢代は理沙に声をかけた。「調子はいかがですか」

　うーん、と唸《うな》りながら彼女は顔を上げた。頭を掻《か》きむしったわけではないだろうが、かなり髪が乱れている。顔色も冴《さ》えない。こうなると、せっかくの整った容姿が台無しだ。

「ああ、矢代さん。おはようございます」

　理沙は難しい顔のまま返事をした。相当疲れているようだ。

「もしかして寝てないんですか？」

「少し休みましたよ。ここでこう、椅子を並べてその上で」

「そんな、納期前のプログラマーじゃないんですから……。仮眠室に行けばよかったのに」

「移動する時間がもったいなかったんですよ。できることなら、トイレに行くのも我慢したいぐらいで」

「いや、それは体に悪いですから」

　はいはい、と理沙は気のない返事をした。

　彼女はもともと文字や文章に強い関心を持つ性格だ。一度こうした謎に取り組むと、周りがまったく見えなくなってしまう。寝食を忘れるとは、まさにこのことだ。

「何かわかりましたか？」

椅子に腰掛けながら矢代は尋ねた。理沙はゆっくりと首を横に振る。

「うまくいきません。たぶん暗号文ではないので、法則を見つければ解読できるというものではないんですよね。文脈から何かが読み取れる、というわけでもなさそうです。となると、単語ひとつひとつの意味を特定していくしかない……。いろいろな可能性を探っているんですが、考えれば考えるほど深みに嵌《は》まってしまいます」

「ゴールが見えてこない感じですか」

「……というか、きちんとしたゴールがあるかどうかも不明です。アキチャンは本当に囚《とら》われているのか。危険にさらされているのか。そうだったとして、犯人が何を意図しているのかわからないですよね。ただアキチャンを助けさせたいというのなら、これは単なるゲームとも思えますが……」

「そういえば、犯人は何の要求もしていませんね。普通、誰かを誘拐したら、身代金をよこせとか何とか言ってきそうなのに」

「でしょう？　この犯人は知恵比べをしたいだけなのでは、と思えてしまって……。そうなると、メッセージには謎解きの要素が入っているような気がしてきます。たとえばクイズのような感じでね」

「犯人は自意識過剰で、プライドの高い奴なんですかね」

「もしかしたら、警察に恨みがあるのかもしれません」

理沙はセミロングの髪をいじりながら、また思案に沈んだ。

自分の席から、矢代は隣のチームを観察した。情報分析班の島では早峰と唐沢が熱心に何か話している。それを岩下管理官が見守り、ときどき口を挟んでいた。三人の表情はあまり明るくない。昨日は成果を挙げたが、その後、早峰たちも苦戦しているのだろう。

捜査員は徐々に集まってきた。夏目もやってきたので、矢代たちは三人で軽く打ち合わせをした。途中で電話があり、財津係長は朝の会議には出られないということだった。都合がつけば、夜の会議には参加してくれるらしい。管理職だから、ほかの案件もあって忙しいのだ。

捜査状況について話していると、矢代たちの島に若い男性が近づいてきた。

「みなさん、ご無沙汰《ぶさた》しています」

少年を思わせるような高い声だ。身長百六十センチほどと、男性としては小柄な人物だった。一昔前に流行《はや》ったような、古い形の黒縁眼鏡をかけている。

「谷崎《たにざき》さん、来てくれたんですか」

まばたきをしながら理沙が言った。矢代や夏目も驚いて彼の顔を見つめる。

現在二十六歳、まだ若手の谷崎廉太郎《れんたろう》巡査だ。矢代たちと同じ科学捜査係に所属しているが、彼の専門はＩＴ分野だった。

「財津係長の命令で、文書解読班を手伝うことになりました。昨日はほかの仕事で手が離せなくて……。すみませんでした」

「係長も、ちゃんと考えてくれていたんですね」矢代は理沙に話しかけた。「悲観的な気分になるところでした」

「どういうことです？」

「文書解読班は三人とも、勘で動きすぎるって言われたんですよ。それを補うために、データ分析のできる谷崎が必要だった、ということでしょう。最初からそう言ってくれればいいのに」

「そうですか、僕の力が必要ですか。わかりました。任せてください」

ふふん、と谷崎は口元を緩めて笑った。こいつ、相変わらずだなあ、と矢代は思った。谷崎には、褒めると調子に乗るようなところがある。

彼の様子を見て、夏目が口を開いた。

「谷崎くん、自信ありそうだけど大丈夫だろうね？　今回、失敗は許されないよ。文書解読班の将来がかかっているんだから」

え、と言って谷崎は夏目の顔を見上げた。夏目は彼を見下ろす。ふたりの身長差は二十センチほどある。

「文書解読班の将来って、どういうことですか」

「そのままの意味だよ」夏目は小声で答えた。「あちらさんに負けたら、私たちはすごくまずい立場になるの」

彼女の視線の先には岩下管理官や早峰がいた。

「管理官のそばにいる女性は誰ですか？」

「私たちのライバルだよ。情報分析班の早峰警部補。岩下管理官の部下」

「……なんだか厄介な状況みたいですね」

「だから君には頑張ってもらわないと。期待してるよ」

「はあ、わかりました」

戸惑うような表情を見せながらも、谷崎は深くうなずいた。

谷崎も交えて、矢代たちは打ち合わせを続けた。昨日、早峰たちは写真を分析して成果を得ている。そのことを知ると、谷崎は腕組みをして眉《まゆ》をひそめた。

「写真の分析なんかは僕の得意なジャンルです。昨日のうちに参加していれば、僕のほうが手柄を立てていたかもしれませんね」

悔しそうな表情をして彼は言う。どうやら夏目の言葉が効いて、谷崎もやる気になっているようだ。

やがて朝の捜査会議が開かれ、泉が今日の活動方針をみなに伝えた。昨夜から状況はあまり変わっていないため、議題はそう多くはなかった。

最後に理沙が手を挙げ、発言した。

「谷崎巡査が私たちのチームに加わることになりました。ＩＴ関係に精通しているため、このあと写真の分析も行いたいと思いますが、よろしいでしょうか」

「そうだな。今は早峰くんたちに任せているが、別の視点から調査してもらえば何か見つかるかもしれない。谷崎くん、やってもらえるか」

「了解です」

谷崎は短く答えただけだったが、口元に笑みを浮かべていた。どうやら気合充分という状態らしい。

会議が終わったあと、岩下管理官がこちらの島に近づいてくるのが見えた。

来ましたよ、と矢代は理沙にささやきかける。彼女もそれに気づいたようで、小さくうなずいた。

「鳴海さん、仲間を増やしたみたいね」岩下が言った。

「はい。ええと……岩下管理官は、谷崎さんのことをご存じですよね」

「知っているわ。たしか民間のソフトウェア開発会社を辞めて、中途採用で警視庁に入ったのよね」

「あ……はい」谷崎は相手の表情を窺《うかが》いながら言った。「そのとおりです」

「ねえ谷崎くん、私のところに来ない？」

突然、岩下は思いがけないことを口にした。谷崎は動揺しているようだ。

「え？　あの、それはどういう……」

「財津係長の下にいても、いいことはないわよ。文書解読班が解体されれば、あの人の責任を問う声が出てくる。科学捜査係も、首のすげ替えになるかもね」

「係長が替わるということですか？」

「それだけじゃなく、財津係長の息がかかった人は飛ばされるんじゃないかしら」

「……そんな可能性があるんですか？」

「私はそう思ってる。……谷崎くんの場合はどうかしら。ちょっと危ないような気がするわね。だってあなた、本来の仕事を離れて鳴海さんの手伝いばかりしているでしょう。そういう人は余剰人員に見えてしまうんじゃないかな」

谷崎は黙り込み、不安そうな表情になった。それを見て岩下は微笑を浮かべている。

「あの、管理官、そういう話はやめていただけませんか」

そう言ったのは理沙だった。少し腰が引けているが、意見せずにはいられなかったようだ。自分を鼓舞している様子が伝わってくる。

「ずいぶん強気ね、鳴海さん」

「ここは捜査本部ですので」理沙は緊張した声で続けた。「事件と関係ない話はいかがなものかと思います。まして、人事の話で若い巡査を不安がらせるようなことは……」

「ふうん」岩下は冷たい口調で言った。「あなたも偉くなったものね」

「……ご気分を害されたのならお詫《わ》びします。ですが、谷崎巡査は現在、私の指揮下にありますので」

「あらそう。まあ、寄せ集めのメンバーでせいぜい努力することね」

嫌みを言って岩下は去っていった。

彼女の背中を見送って、矢代たちは小さなため息をつく。

「どうしましょう。僕、スカウトされちゃいましたよ」

谷崎の声が聞こえた。プレッシャーを受けて困っているかと思ったが、見れば彼は苦笑いを浮かべていた。

「あの人の話は真に受けないほうがいいぞ」矢代はささやいた。「甘い言葉には気をつけろ」

「いやいや、大丈夫ですよ。僕、年上には興味ないんで」

冗談なのかどうなのか、谷崎はそんなことを言った。


会議のあと谷崎は早速、写真の分析を始めた。

何か成果があるかもしれないと思い、矢代と夏目はしばらくその作業を見守ることにした。谷崎からの質問に答え、あわせて昨夜早峰が報告したことも説明していく。

「なるほど。ここに写っているペンダントは琥珀《こはく》。部屋には東京都のチラシみたいなものがあるわけですか。……うしろの壁ですが、植樹のポスターと数字はまだ解明されていませんよね」

「そうなんだ。その意味がわかると嬉《うれ》しいんだけどな」

「調べてみましょう。まずはこの数字」

白い紙に手書きされた「２０１０４４０６０２０３８」という数字だ。谷崎は写真を指差しながら言った。

「頭四桁《けた》が『２０１０』となっていますね。西暦の年を表しているのか。でもそのあとが『４４０６』なので月日ではありません。ということは『２０１０』も年ではないんでしょうね」

「ああ、たしかにな。それは俺にもわかる」

「じゃあ見方を変えて、これは換字《かえじ》式《しき》暗号である、と仮定します。たとえば『１』はひらがなの『あ』、『２』は『い』、というふうに」

「単純に一文字ずつ置き換えるわけですね」

理沙が言うと、谷崎は大きくうなずいた。

「暗号解読ツールがあるので、それにかけてみましょう」

谷崎はノートパソコンを操作し始めた。ソフトを起動し、数字を入力していく。

しばらくソフトをいじっていたが、やがて彼は首をかしげた。

「そう簡単なものではないみたいですね。二文字ずつ変換させたらどうかな。……いや、全部で十三桁だから、数字がひとつ余ってしまう」

「二文字のあと一文字が何かの符号ということはないでしょうか」と理沙。

「ええと……そうすると最後の一桁が余ってしまいますね。ちょっと無理があるかなあ」

「だったら、三文字ずつの変換では？」

「十三桁ですから、やっぱり最後の『8』が余ってしまいます。間に符号を入れたと考えても、うまくいきません」

　谷崎と理沙はいろいろ検討しているが、どれも思うような形にならないらしい。話についていけなくなって、矢代は夏目と顔を見合わせた。こうなると、理沙たちふたりになんとか頑張ってもらうしかない。

「そもそも十三桁っていうのが嫌ですよね。素数だし」

　腕組みをしながら谷崎はつぶやいた。パソコンの画面を見つめたまま、考えを巡らしているようだ。そのうち何か思いついたのか、彼はキーボードを叩《たた》き始めた。

「十三桁、十三桁。……あ、そうか！　バーコードは十三桁だ」

「バーコードというと、レジでピッとやるやつだよな」

「そうです。ええと……」谷崎は検索したページに目を走らせた。「一般に、商品パッケージに数字とバーコードが一緒に印刷されているんですね。数字を機械で読み取れるようにしたのがバーコードです」

「数字のままだとレジで読めないってことか」

「スーパーなんかで使われるスキャナーは、バーコードだけを読むみたいです。……で、コードの頭二桁が国を表していて、たとえば『４９』とか『４５』は日本の商品なんですね。ちなみに日本で使われているものはＪＡＮコードというんだとか」

　夏目は机の上にあった消しゴムを手に取った。

「たしかに『４９』から始まっていますね。あれ？　でもこれ八桁しかないけど……」

「八桁は短縮タイプです。たとえば『４９６９８１１４』というのは、誰もがよく知っているカップ麺《めん》のコードなんですよ。国コードが二桁、事業者コードが四桁、商品コードが一桁、最後がチェックデジットと呼ばれるものです」

「事業者コードっていうのは会社の番号だな？」

「そうです。さっきの例だと『４９６９８１』で国と会社を表すことになるので、この部分は固定になります。七桁目が商品を表します。『１』だったら醤油《しょうゆ》味のラーメン、『４』だったらカレー味のラーメンとかね」

「最後の、チェックなんとかというのは？」

「チェックデジットは誤りがないか確認するための数字です。ルールに従って一桁目から七桁目までを計算した結果になります。『４９６９８１１』という商品のチェックデジットは『４』になると決まっています」

　難しい話になってきた。矢代と夏目は懸命にメモをとりながら説明を聞く。

「十三桁のＪＡＮコードの場合も、だいたい今と同じ仕組みになっています」谷崎は続けた。「国コードは同じですが、事業者コードと商品コードがそれぞれ長くなって、より多くの情報が表せるんですね。……と、ここまでが基礎知識なんですが」

「なんとなくわかったよ。ところで、あの写真の場合はどうなるんだ？」

　あらためて矢代たちは写真の数字を見つめた。

「国コードが『２０』ってことだよな。これはどこの国なんだろう」

「それがですね……」谷崎はパソコンのタッチパッドをタップした。「ええと……これだ。『２０』から『２９』は国コードじゃありません」

「え？　じゃあ何なんだ」

「インストアコードといって、スーパーなんかで自由に決めていいことになっています」

腑《ふ》に落ちないという顔で、理沙が首をかしげた。

「なんでそんな仕組みになっているんです？」

「これ、生鮮食品とか加工食品とか、お店独自の品物に使われるみたいですね」

「……今ひとつ、ぴんときませんけど」

「刺身とか野菜は重さによって値段が変わるでしょう。お店で重さを計った段階でインストアコードを決めて、バーコードを貼るらしいですよ。ほかに、そのお店だけで扱うお弁当なんかにも、インストアコードが使われるそうです」

自分がメモした内容を一度見直してから、矢代は顔を上げた。

「それで……結局どういうことなのかな」

「『２０』から始まるコードだけでは、どんな商品なのか特定できないってことです」

矢代はまばたきをしてから理沙のほうを向いた。彼女もまた、戸惑うような表情を浮かべている。

「すると、このコードを見ても意味がわからないのか？」矢代は尋ねた。

「そうです」

「犯人が貼ったこの数字は、何のヒントにもならないってことかい？」

「そのとおりです」

「……駄目じゃないか」

矢代は肩を落とした。今まで聞いてきた説明は何だったのだ、と言いたくなる。

だが、谷崎はまだ諦《あきら》めていないようだった。

「この十三桁のコードをもう少し調べてみます。もしかしたら、ネット上のどこかに手がかりがあるかもしれません」

「だけど、どこの何ていうお店にある品なのか、わからないんだろう？」

「とにかく探してみるしかありません」

谷崎は再びネット検索を始めた。それを横目で見ながら、矢代は軽く息をついた。徒労感が膨らんできて、つい、ぼやいてしまった。

「犯人も意地が悪いな。ヒントがヒントになっていないんじゃ、謎解きのしようがない」

資料を見ながら理沙は何か考えていたが、やがて口を開いた。

「矢代さん、たぶん私たちは試されているんですよ。あの写真に写っているもの、ひとつひとつに意味があるはずです。わざわざ壁に貼り付けてあるんだから、この十三桁の数字に意味がないとは思えません」

「じゃあ、もう少し考えてみますか……」矢代は写真を指先でつついた。「この数字の横にポスターが貼ってありますよね。植樹に関するものだということですけど」

「そうでしたね。植樹、植樹。何か思いつくことは？」

「植樹って誰がするんですかね」

「林業の人でしょうか。でも樹を植えて地球温暖化を防ごう、という趣旨だとしたら違いますよね。地方自治体がやるとか、あるいはどこかの団体がやるとか……」

なるほどね、とつぶやいて矢代は考えを巡らしてみる。

そのとき、夏目がはっとした表情になった。

「スーパーじゃないでしょうか。企業のイメージアップのため、スーパーが植樹を行うというのはあり得ますよね」

あ、と言って理沙は夏目のほうを向いた。

「たしかに考えられます。ポスターを作ったのがどこかのスーパーだったとして、そのスーパーにインストアコードがあったのなら……」

「この十三桁の数字が、何かの商品に付けられているかもしれません。犯人はその商品を私たちに知らせたいのでは？」

谷崎も納得したという顔でうなずいている。矢代は彼のほうに写真を差し出した。

「このポスターを作ったのがどこの会社なのか、調べてくれないか。今まではターゲットが絞れなくて、なかなか特定できなかったんだと思う。でもスーパーとか百貨店とか、そういう企業に限定したら見つけやすいんじゃないだろうか」

「わかりました。やってみます」

谷崎は独自の検索ツールなどを準備してくれた。写真のポスター画像を元データとして、それに似ているものをネット上でサーチしていく。

やがて検索結果が出た。

「当たりですよ、鳴海主任！」谷崎は興奮した口調で言った。「関東地方を中心に店舗展開している『ホリヨシ』というスーパーです。夏目さんの想像どおり、企業として植樹イベントを行っています。それを宣伝しようとして、このポスターを作ったみたいです」

「いいぞ、谷崎。俺はおまえを信じていた」と矢代。

無意識のうちに声が大きくなってしまった。理沙がこちらに向かって目配せをしている。矢代は慌てて口を閉ざした。

そうだった。隣の島には早峰たちがいるのだ。こちらが得た手がかりについて、まだ知られるわけにはいかない。

額を寄せ合い、声をひそめて矢代たちは相談を始めた。

## 2

矢代と夏目は電車を乗り継いで、大田《おおた》区へ移動した。

JR大森《おおもり》駅で降り、地図を確認しながら十分ほど歩く。住宅街を抜けたところにスーパーマーケットが見えた。駐車場を備えた、比較的大きな店だ。近づいていくと、《ホリヨシ大森店》という看板が見えた。この店の名前は矢代も知っている。買い物をしたことはないが、捜査中に町を歩いていて何度も見たことがあった。

「けっこう大きなスーパーだよな」矢代は夏目に話しかけた。「店舗数も多いはずだ」

「チェーン店だから、イメージアップのためにいろいろ活動している、と……。植樹もそのひとつなんですね」

用があるのは店ではなく、その奥の建物だ。そちらの正面入り口には《株式会社ホリヨシ》という看板が出ていた。ここがホリヨシの本部ビルだ。先ほどのお店は、本店という扱いなのかもしれない。

受付の女性に声をかけ、来意を告げる。

三分ほどでエレベーターから男性が降りてきた。眼鏡をかけた、四十代半ばぐらいの人物だ。本部の社員ではあるが、スーパーのロゴが入ったブルゾンを着ている。

「お待たせしてすみません。上坂《うえさか》と申します」

差し出された名刺には《商品部　商品管理課　課長》とある。

矢代たちは案内されて、一階にある応接室に入った。三人はテーブルを挟んでソファに腰掛ける。

上坂に向かって、矢代と夏目は警察手帳を呈示した。

「お忙しいところ、すみません」矢代は頭を下げた。「電話で事務所の方にはお話ししたんですが、バーコードの件でお尋ねしたいことがありまして」

「はいはい。どういったことでしょう」

「これなんですが」

矢代は鞄《かばん》からＡ４判の紙を取り出した。そこには例の十三桁《けた》の数字がコピーされている。

「インストアコードじゃないかと思うんです。ホリヨシさんで使っていませんか」

上坂は紙を受け取り、じっと見つめる。それから、手元の資料ファイルを開いた。指先で項目をなぞっているようだったが、やがて彼は顔を上げた。

「おっしゃるとおりです。うちの会社で独自に作ったコードですね」

よし、と矢代は拳《こぶし》を握った。自分たちの予想は的中したのだ。

「商品は何でしょうか」

「ケーキです。武田屋《たけだや》洋菓子店という会社がありまして、そこから納入される商品のためにコードを決めました。それを店舗で使っています」

ケーキとは予想外だった。だが、考えてみればあり得ることだ。カップ麺《めん》などと違って、機械で大量生産されるものではないから、ホリヨシ独自のコードを付けるほうが合理的なのだろう。

「その武田屋さんの場所を教えていただけますか」

「ああ、はい、お待ちください」上坂は再び資料に目を落とした。「大田区池上《いけがみ》ですね」

上坂は所在地と電話番号を教えてくれた。同じ大田区内だから、移動にそれほど時間はかからないだろう。

「ところで、上坂さん」夏目が口を開いた。「そのケーキは何ていう名前なんですか」

「資料によると、『秋風のタルト』です」

タルトですか、とつぶやいたあと、矢代はふと首をかしげた。

「秋風……」

その言葉が引っかかった。

矢代の様子を見て、上坂は怪訝《けげん》そうな顔をしている。

「あの、武田屋さんがどうかしたんでしょうか。もしかして何か事件に関係しているとか？」

「まだ何とも言えないんですが……」矢代は声のトーンを少し落とした。「武田屋さんについて気になることがありますか？」

「いえいえ、それはありません。社長の武田さんって苦労人らしいんですよ。だって、社長みずから商談に来ますからね。新商品の開発にも力を入れているし、頑張る人だなあ、と」

それで武田のことが気になっていたようだ。上坂はその人物に対して、いい印象を持っているのだろう。

捜査への協力に感謝して、矢代と夏目はソファから立ち上がった。

立ち食い蕎麦《そば》屋で昼食を済ませてから、矢代たちは池上に移動した。

武田屋洋菓子店は商店街の外れにあった。箱形の建物の一階に事務所と菓子工房があるらしい。近づいていくと甘い香りが漂ってきた。夏目は鼻をひくひくさせ、嬉《うれ》しそうな顔をする。

「あ、先輩。お店もありますよ」

工房の隣に小さなケーキショップがあった。スーパーにケーキを納品する傍ら、この店で近隣住民にも直接販売しているのだろう。

「ちょっと覗《のぞ》いてみませんか」

「仕事中だというのを忘れてないか？」

「何をおっしゃいます。これも立派な仕事ですよ」

そう言って夏目は店に近づいていった。

からからと音を立ててガラス戸が開いた。正面にはショーケースがあり、そのほか焼き菓子などを置いた台が設置されている。ショーケースには色とりどりのケーキが並んでいた。白く清潔な照明に照らされて、どの商品も美しく見える。特にイチゴやキウイなどが載ったケーキは美味《おい》しそうだ。

「いらっしゃいませ」

ショーケースの向こう側から、女性店員が声をかけてきた。半袖《はんそで》シャツに黒いエプロン、頭にはおしゃれな帽子をかぶっている。歳は三十前後だろうか。

「ああ、どれも素敵ですねえ」
目を輝かせながら夏目はショーケースを覗き込む。店員は笑顔を見せて、

「今の時期は栗やさつまいものケーキがお勧めです」

「秋風のタルトはどれですか？」

夏目が尋ねたのだが、返事がなかった。おや、と思って矢代は店員のほうに目を向ける。

戸惑うような表情がそこにあった。言葉を選ぶようにして彼女は答えた。

「その商品は、今はもう取り扱っていなくて……」

「そうなんですか？　楽しみにしていたんですけど」

「申し訳ありません。……あの、こちらのモンブランはいかがですか。今、一番人気のある商品なんですよ」

「ありがとうございます。またあとで」

一礼して夏目は矢代に目配せをした。うなずいて、矢代は彼女とともにショーケースから離れる。ガラス戸をそっと開け、外に出た。

矢代たちは隣の建物に向かった。

一階、正面玄関の中に入ると受付台があった。内線電話がひとつ置いてある。矢代は

受話器を取り、説明書きを見て総務部の番号を押した。

女性社員の声が聞こえたので、警察の人間だと伝える。相手は少し驚いたようだったが、すぐ玄関ホールに出てきてくれた。歳は四十代ぐらい、丸顔でショートカットの女性だ。灰色のジャンパーを着ていた。

「どういったご用件でしょうか」

彼女は矢代の顔色を窺《うかが》うような目をして尋ねてきた。

「ある事件を捜査しています。こちらで扱っていた秋風のタルトについてお訊《き》きしたいんですが」

「え？　秋風のタルトですか……」

ここでも奇妙な間があった。そのケーキは何かいわく付きなのだろうか。

「上の者に話してまいりますので、少しお待ちください」

一旦《いったん》、女性社員は奥に戻っていった。

矢代は夏目のほうをちらりと見た。いったい何だろう、と目で尋ねてみる。わかりません、というふうに夏目は首を横に振った。

女性はなかなか戻ってこない。社内で何か揉《も》めているのだろうか。

十分ほど経って、ようやく彼女は姿を見せた。顔色が冴《さ》えないから、やはり何かあったのだと思われる。警察官というのはどこに行っても煙たがられるものだが、ここ武田屋洋菓子店では特に警戒されているように感じられた。

女性社員は矢代たちを奥へ案内してくれた。廊下をしばらく進んだあと、彼女がノックしたドアには《社長室》というプレートが掛かっていた。

ゆっくりとドアを開け、女性は中に声をかける。

「刑事さんをお連れしました」

「ああ、ありがとう」部屋の奥から返事があった。

女性に促されて、矢代と夏目は社長室に入っていく。

それほど広くはない部屋だった。向かって右手に応接セットがあり、壁際には資料の並んだスチールラックが置いてある。正面奥にどっしりした机が見えた。女性と同じく灰色のジャンパーを着た男性が、椅子から立ち上がった。六十歳ぐらいだろうか。髪は半ば白くなり、目元には多くの皺《しわ》がある。それでも瞳《ひとみ》には力強い光があった。

男性は自分の机を離れ、急ぎ足でこちらにやってきた。

「すみません、ばたばたしていてお待たせしました」

頭を下げながら彼は言った。丁寧な物腰で、悪い印象はまったくない。彼は矢代たちを応接セットへ連れていき、ポケットから名刺を取り出した。

「社長の武田満夫《みつお》です」

「警視庁の矢代といいます」

武田に勧められて、矢代と夏目はソファに腰掛けた。向かい側に座った武田は、少し緊張しているようだ。タルトの件で刑事が訪ねてきた、と報告を受けたからだろうか。

遠回りする必要はないな、と矢代は判断した。

「早速ですが……ある事件の捜査中、このインストアコードを見つけました」

矢代はコードが書かれた紙をテーブルに置いた。武田はそれをちらりと見てから、矢代に視線を戻した。

「……これは何でしょう」

「武田屋洋菓子店さんは、スーパーのホリヨシさんと取引されていますよね？　武田屋さんが作ったケーキ類をホリヨシさんが販売するとき、こういうインストアコードを使っているんです。レジで売上などの管理をするときに必要なんです」

「なるほど」

「……で、この『２０１０４４０６０２０３８』というコードが指しているのは、秋風のタルトだとわかりました。今はもう作っていないそうですね」

尋ねながら、矢代は相手の表情を観察した。

武田は十三桁《けた》のコードを見つめたまま、じっと動かなかった。五秒、十秒と時間が経ったが、身じろぎひとつしない。どうも様子が変だった。彼はいったい何を考えているのか。

不安になって矢代が声をかけようとしたとき、ようやく武田は口を開いた。

「秋風のタルトは、私の判断で作るのをやめました」

返事があったことに少し安堵《あんど》して、矢代は質問を続けた。

「アキチャンという名前に心当たりはありませんか」

その言葉を聞いた途端、武田の表情が大きく歪《ゆが》んだ。眉根《まゆね》を寄せ、どこか宙の一点を見据えている。やがて彼は右手を額に押し当てた。

何が起こったのかと、矢代は戸惑いを感じた。夏目も驚いているようだ。

武田の口から、絞り出すような声が聞こえてきた。

「私には千《ち》秋《あき》という娘がいます。みんなからは秋ちゃん、秋ちゃんと呼ばれていました」

はっとして矢代は彼を見つめた。はやる気持ちを抑えて、相手の言葉の続きを待つ。

苦しそうに呼吸をしながら武田は言った。

「千秋は行方不明になりました。どこにいるのか、まったくわからなくて……」

彼は唇を嚙《か》み、小刻みに体を震わせている。

とうとう、あのメッセージの被害者にたどり着いたのだ。矢代は硬い声で尋ねた。

「千秋さんはいつ、いなくなったんですか？」
二、三日前なのか、それとももっと前なのか、と矢代は考えた。彼女は何者かにさらわれ、シュラフの中に押し込められているのではないか。
だが武田の返事を聞いて、矢代は自分の耳を疑った。

「ずっと昔……今から八年前です。それ以来、秋風のタルトを作るのはやめました」

矢代は息を吞《の》んだ。あまりにも予想外、想定外の話だ。

まばたきもせず、矢代は武田を見つめていた。

3

ドアがノックされ、先ほどの女性社員が入ってきた。

彼女は盆を持って応接セットに近づいてきたが、空気の異様さに気づいたらしい。三つの湯呑《ゆの》みをテーブルの上に置くと、一礼して足早に去っていった。

少し時間が経って、ようやく武田も落ち着いてきたようだった。顔色は悪いままだが、彼は矢代たちのほうを向いて深呼吸をした。

「すみませんでした。取り乱してしまって」

「いえ。辛《つら》いことを思い出させてしまったようで、申し訳ありません」

一応そうは言ったものの、矢代は早く事情を聞きたくて仕方なかった。相手を気づかいたい気持ちはある。だが、捜査員としては過去の出来事をどうにかして聞き出さなくてはならない。

どう話を進めるべきかと考えていると、隣にいた夏目が口を開いた。

「さっきお店を拝見しました。きれいなケーキがたくさんありますよね」

「それはどうも、ありがとうございます」

「うかがってもいいでしょうか。秋風のタルトというのは、どんなケーキだったんですか」

少しためらう素振りを見せたが、ぽつりぽつりと武田は話してくれた。

「生地にはチョコレートを混ぜましてね。栗をふんだんに使って、アーモンドスライスを載せて……焼き上げたあとに、ホワイトチョコを削ってかけてあるんですよ。甘いタルトです。本当に甘い……。あの子が好きなものばかり使いました」

「すごく美味《おい》しそう」夏目は微笑を浮かべた。「いつか食べてみたいですね」

「……嬉《うれ》しいですよ。そう言っていただけると」

「かなり人気があったんじゃないですか？」

「秋限定の商品なので、楽しみにしているお客さんがたくさんいらっしゃいました」

「私も『期間限定』って言葉に弱くて……。つい買っちゃいますよね」

屈託のない調子で夏目は言う。それを見て、武田は静かにうなずいている。

夏目を連れてきてよかった、と矢代は心から思った。自分ひとりだったら武田との距離を縮めるのに、もっと時間がかかっていたに違いない。

できるだけ穏やかな調子で、矢代は武田に問いかけた。

「今、私たちが捜査しているのは非常に不可解な事件です。誰が被害を受けているのか、現時点ではわかっていません」

「被害者がわからないんですか？」

「はい。……ですが、犯人はいくつかヒントを出してきています。その中にアキチャンという言葉と、秋風のタルトを表すインストアコードがあったんです。武田さん、八年前のことについて、お話を聞かせていただけませんか」

　武田は矢代を見て、夏目を見て、それからまた矢代に視線を戻した。まだ、ためらいがあるようだ。しばらく迷う様子だったが、やがて彼は低い声で唸《うな》ってから言った。

「どこからお話しすればいいでしょうか」

　ありがたい、と矢代は思った。武田は、辛い過去の記憶を掘り返そうとしている。その覚悟に感謝したかった。

「武田千秋さんというのが、娘さんのお名前ですね」

「そう。千秋はひとり娘です。甘いものが好きでね、笑顔が可愛い子でした」

「八年前に行方不明になった、と……」

「当時千秋は二十歳で、明慶《めいけい》大学の学生だったんです。文学部で日本文学を勉強していました」

　明慶大学は都内にいくつかキャンパスを構える有名私立大学だ。矢代も大学卒だが、とても明慶に入れるような学力はなかった。

「千秋は小さいころから自立心のある子でね、高校入学のときにうちを出て、学校の寮に入りました。でも親子仲が悪かったということはありません。小学生のころ病気で母親を亡くしていたので、千秋のほうが私に気をつかってくれていました。月に何度か寮から家に戻って、店を手伝ってくれていたんですよ」

　アルバイトという感じで、あのショーケースの向こうに立っていたのだろう。父親が経営する店だから、気持ちは楽だったのではないか。

「大学に入ってからは？」

「高校の寮を出てから、笹塚《ささづか》のアパートに移りました。おとなしい性格で、あまり友達はいなかったようです。とにかく読書が好きで、部屋の中は本だらけでした」

アパートの娘の部屋を思い出したのだろう。武田はなつかしそうな顔になった。だが、すぐに表情を引き締め、話を続けた。

「八年前の十月、事務連絡をとろうとした大学職員が千秋の携帯に電話をかけたそうです。でも繋《つな》がらなくて、そのまま三日経ってしまった。私のところに連絡があって、気になるから一度確認してくれないかということでした。私も電話したんですが、大学の言うとおり通じませんでした。電源が入っていないのか、壊れてしまったのか、携帯の場所を調べるソフトを使ってもわかりませんでした。

私は笹塚のアパートに行きました。チャイムを鳴らしたんですが応答がないので、大家さんを呼んで鍵《かぎ》を開けてもらいました。千秋はいませんでした。部屋の中は荒らされた様子もなく、きれいなままです。財布や携帯電話は見つかりませんでした。連絡がつかなくなってからもう三日です。何かあったに違いありません。すぐに私は警察に相談しました。行方不明者届というんですか、それを出しましてね。娘を捜してくれるよう頼みました」

そこで武田は言葉を切った。矢代にも話の続きは容易に想像がつく。それを口にすることは武田にとって大きな苦痛を伴うだろう。だが、はっきり聞かなければならない。

「警察が捜査したけれど、千秋さんは見つからなかった。そういうことですね？」

武田はちらりと矢代を見た。戸惑う様子だったが、じきにこう答えた。

「捜査をしてくれたんでしょうか……。私にはわかりません。届は受け取ってくれましたが、どうも積極的に動いてくれる雰囲気ではありませんでした。直接言われたわけじゃないんですが、こんなことには時間をかけたくない、という感じで……。もう二十歳だし、自分の意志でどこかへ行ったんじゃないかと、警察の人は考えていたようです。しっかり調べてくださいと、私は何度も頭を下げたんですが……」

淡々とした口調だった。だが、武田の言葉には悔しさや悲しさが込められている。いや、それより強いのは警察に対する憤りかもしれない。

「そのまま、今日まで千秋は行方不明です」

「失踪《しっそう》宣告は……」

「いえ、そういった手続きはしていません」

行方がわからなくなってから七年が経過すると、家族などが請求手続きを行い、その人物を法律上、死亡したとみなすことができる。行方不明のままだと、財産の相続など現実的な問題が生じるためだ。しかし武田満夫はその請求をしていないらしい。

八年間——。その間ずっと、満夫は娘の生存を信じてきたのだ。

自分だったらどうだろうかと矢代は考える。矢代はまだ独身で子供もいないが、もし娘が行方不明になったとしたらどうか。八年間、娘が戻るのを待っていられるだろうか。それとも、どこかのタイミングで諦《あきら》めてしまっているだろうか。

ふと見ると、夏目がハンカチで目元を拭《ふ》いていた。そうだった。彼女はこういう話に弱いのだ。矢代以上に相手に感情移入してしまうタイプだった。

「今でも娘さんを待っていらっしゃるんですね」夏目は言った。「辛い話です。本当に何と申し上げたらいいか……」

「警察には期待していたんですが、冷たいものですよね。忙しいのはわかります。でも、もう少し親身になってくれてもよかったんじゃないかと……」

「申し訳ありません。当時の担当者に代わってお詫《わ》びします」

夏目は深く頭を下げた。そこまでするのはやり過ぎだと思ったが、武田の前で彼女を注意するわけにもいかない。矢代は咳払《せきばら》いをしてから、メモ帳を開いた。

「武田さん、これからお話しすることは他言無用でお願いできますか。本来、一般の方に捜査情報をお知らせするわけにはいかないものですから」

アキチャンの父親が見つかったのだ。もはや武田は、神田駿河台事件と無関係ではないだろう。支障のない範囲で、今回の事件について伝えることにした。

「昨日の未明、ある場所に――いえ、はっきり言ったほうがいいですね。神田駿河台にある東京文学博物館に、メッセージと写真が置かれていました」

メッセージのほうはあまりに奇怪で、武田には刺激が強いかもしれない。矢代は写真だけをテーブルの上に置いた。

「これはどこかの飲食店の中だと思うんですが……」

武田は写真を自分のほうに引き寄せた。眼鏡をかけてから、じっと見つめる。

シュラフをはじめ、いくつかの品が写されていることを矢代は説明した。うしろの壁の植樹ポスターとインストアコードのことも伝えた。

「なるほど、このコードから秋風のタルトにたどり着いたわけですか。驚きましたね」

感心したように武田はうなずいている。

「この写真を見て、何か気がついたことはありませんか」

「そうですね。これといって特に……」

「場所も見覚えはありませんか」

「知らない場所です。……ずいぶん暗いですね。そういうお店なんですか？」

「たぶん、もう営業していないんでしょう。廃墟《はいきょ》だと思います」

「このシュラフの中に誰かが入っているみたいですが」

当然そこにも気づくだろう。どうしようかと矢代はしばらく考えた。その結果、メッセージについても説明しておくべきだと判断した。武田から情報を引き出すためには、こちらも情報を提示しなければならない。

「ご不快に感じるかもしれませんが、これも見ていただけますか。博物館に置かれていたメッセージです」

矢代はメッセージのコピーをテーブルに置いた。眼鏡の位置を直し、武田はそれに目を向ける。何度か文面を読んでから、彼は眉《まゆ》をひそめた。

「何なんです、これは……」

「アキチャンという人物が何者かに囚《とら》われている、と読めます」

「シュラフの中にアキチャンという人が？　いや、ちょっと待ってください。それって、まさかうちの千秋のことなんですか？」

武田は早口になって尋ねてきた。ソファから身を乗り出してきそうな勢いだ。矢代は両手を前に出して彼を制した。

「まだ何とも言えません。我々が千秋さんのことを知ったのは、ついさっきのことですから」

「ああ、まあ、そうですよね……」

武田は落ち着かない様子でソファに座り直した。テーブルに置かれた写真とメッセージを、何度も見比べている。

「もしですよ」武田は顔を上げて言った。「もしうちの娘が誰かに捕まって、このシュラフに押し込まれていたとしたら、これは誘拐事件ということになるんでしょうか」

「そうですね。今、我々は略取・誘拐事件と見て捜査を進めています」

八年間行方不明だった千秋が見つかったのかもしれない。武田はそう期待しているのだろう。だが状況は好ましいものではなかった。シュラフの中にいるのが千秋だったとして、彼女が今どんな状態なのかわからないからだ。眠らされているのか、怪我をしているのか、それとも――。

「写真には琥《こ》珀《はく》のペンダントが写っています。千秋さんはそういうものを持っていたでしょうか」

「わかりません。高校、大学とあの子は家を出ていましたから……」

装身具については何も知らないようだ。

しばらくメモ帳を見ていたが、やがて矢代はあることに気づいた。

「千秋さんは日本文学科でしたよね。だったら、東京文学博物館に行ったことがあったんじゃないでしょうか」

「ええと……場所はどこでしたっけ？」

「神田駿河台です。地下鉄なら神保町、ＪＲなら御《お》茶《ちゃ》ノ水《みず》駅が最寄りです」

「御茶ノ水の博物館ですか。それなら娘から聞いたことがあります。何度も行ったことがあるはずです」

やはりそうか、と矢代は思った。神田駿河台事件の犯人は、千秋が東京文学博物館に通っていたのを知っていたのだろう。だから青い封筒をあの掲示板に貼り付けたのだ。

「あの子はひとりであちこち出かけていたようです」武田は言った。「博物館とか美術館とか資料館とかです。映画もよく見に行っていました。本はもちろん好きでしたが、それ以外にもいろいろなことに興味を持っていたみたいで……」

犯人が千秋を知っていたことは間違いないと思われる。では、奴はどうやって彼女の情報を得たのか。

——犯人は千秋さんの知り合いだったんじゃないのか？

考えられることだった。彼女について、もう少し詳しく調べられないだろうか。

「千秋さんのアパートは当然、もう引き払っていますよね。部屋に残されていたものはどうなさいました？」

「全部持ってきました。今は私の家にあります。昔あの子が使っていた部屋の中です」

「武田さんの家はどこに？」

「この隣ですよ。会社のすぐそばにあります」

「それは好都合です。千秋さんの所持品を見せてもらえませんか。そこに手がかりがあるかもしれません。できれば、このあとすぐお願いします」

勢い込んで矢代は言った。どんなことでもいい、ヒントがほしかった。

武田は驚いた様子だったが、小さくうなずいたあと「わかりました」と答えた。

会社の建物を出て、敷地の裏手に回っていく。

すぐそばに二階建ての民家があった。それほど大きくはないが、日当たりもよく、庭木もきれいに手入れされている。

武田に案内され、矢代と夏目は二階に上がった。千秋の部屋は六畳間だった。さすがにしばらく掃除していないようで、室内の空気は埃《ほこり》っぽい。段ボール箱が五十箱ほど積み上げられていた。

窓を開けてから、武田はこちらを振り返った。

「全部段ボールに入れて持ってきました。洋服や雑貨もありますが、三十箱ぐらいは本なんですよ」

「そんなにあるんですか」と夏目。

理沙が知ったら目を輝かせるだろうな、と矢代は思った。本好きというのは、他人の蔵書に興味を持つものらしい。矢代などには理解できないことだ。

机の上に写真立てがあった。飾られているのは若い女性のスナップ写真だ。

「ああ、それが千秋です。大学入学のときに撮ったものです」

肩にかかるぐらいの黒髪。細い眉。目が大きくて可愛らしいが、はにかむような表情を見せていた。武田によればおとなしい性格で、友達は少なかったということだ。言われてみれば、そんなふうに感じられる。

その写真は貸してもらえることになった。

「箱は好きに調べてください。私はここで見ていますので」

そう言われたので、矢代と夏目は白手袋を嵌《は》め、段ボール箱を開けていった。中身を取り出し、ノートや手帳などがないか確認していく。もしメモなどが残っていれば、犯人の手がかりがつかめるかもしれない。

だが、すべての箱を開けても目的のものは見つからなかった。

「日記とかノートとか手帳とか、ありませんでしたかね」

矢代が訊《き》くと、武田は首をかしげた。

「そういうものはなかったような気がしますが……。でも考えてみれば変ですね。学校のノートもなかったし」

矢代は夏目に目配せをした。彼女も小さくうなずいている。

もしかしたら八年前、犯人が家捜しをして持ち去ったのかもしれない。自分の正体に繋《つな》がるようなメモが残されていると、まずいからだ。

ひとつだけ発見があった。クリアファイルの中に、千秋の知人のものらしい住所リストが入っていたのだ。これは、あとで聞き込みをするとき役に立つだろう。

調べが終わると、矢代は腰をさすりながら立ち上がった。段ボールと本の山を見渡して、軽く息をつく。

「あとでこの段ボールもお借りしていいでしょうか。別の捜査員をよこしますので」

「それはかまいませんが……。何かわかりそうですか？」

「念入りに調べてみます。少なくともこれらの本や雑貨、衣類などは千秋さんの趣味、嗜好《しこう》と繋がっていたはずです。いろいろな発見があると思います」

「そうですか。よろしくお願いします」

作業が一段落したので、武田とともに家を出た。

敷地の隅を通って武田屋洋菓子店の建物に戻っていく。その途中、従業員用のドアの前で携帯電話を使っている男性を見かけた。そこは喫煙所になっているようで、彼は右手に吸いかけの煙草を持っている。

歳は四十代半ば。角張った顔をした、浅黒い肌の人物だ。彼は武田に気づくと、慌てた様子で煙草を灰皿に押しつけた。

「社長、そちらが警察の……」

すでに矢代たちのことは伝わっているらしい。情報源はあの女性社員だろう。

「うん、警視庁の刑事さんだ。娘の部屋を見てもらっていた」

「こちらの方は？」と矢代は尋ねる。

「社員です。二十年ぐらい前からうちに勤めています」

武田に促され、その男性は自己紹介をした。

「営業部長の若槻《わかつき》明《あきら》です。よろしくお願いします」そのあと、彼は声のトーンを落とした。「刑事さん、秋ちゃんのこと、何かわかったんですか？」

「いえ、まだ何とも……。若槻さんは千秋さんのことをご存じなんですね」

「俺、一時期あのケーキショップの店長だったんですよ。秋ちゃんは高校、大学のとき月に二、三回アルバイトで店を手伝ってくれていたので」

「若槻さんからご覧になって、どんな人でした？」

「そうねえ。内気だったけど、すごく真面目でお客さんからも人気がありましたよ。毎週ケーキを買いに来てくれる男性客もいたし、看板娘って感じでした。ねえ、社長」

　そう訊かれて、武田はしんみりした表情になった。

「看板娘か。そうだな。将来は会社を継いでほしかったんだが……」

「ですよねえ。社長からそれを聞いていたから、俺もショックを受けてね。あんないい子が亡くなるなんて……」

　言ってしまってから、若槻はばつの悪そうな顔をした。

「ああ、すいません。まだ亡くなったと決まったわけじゃないですよね」

　じゃあ、と会釈をして、若槻は建物の中に戻っていった。

　若槻はあまり繊細な性格ではないようだ。だが彼の言ったことは、矢代もずっと思っていたことだった。八年前に消息不明になった千秋は、もう生きてはいないのではないか。何らかの事件に巻き込まれ、殺害されてしまったのではないだろうか。

　しかし矢代の口からそれを武田に話すことはできない。そんなことができるはずはない。

「ご協力いただいて、どうもありがとうございました」矢代は丁寧に礼を述べた。「何か思い出したら連絡をいただけませんか。ここにお願いします」

　捜査本部の電話番号を書いたメモを手渡す。

　それを受け取りながら、武田は矢代の顔を見つめた。

「刑事さん、捜査で何かわかったら教えていただけませんか。シュラフの中にいるのは私の娘なのか。そうだとしたら、いったいどういう状態なのか……」

「そうですね。お伝えすべきことがあれば、すぐにご連絡しましょう」

「八年間です」武田は言った。「八年間、私はあの子が戻るのを待ち続けました。もう一度会いたいという気持ちだけで、今日まで生きてきました。だからお願いです。小さなことでもけっこうですから、どうか私にも教えてください」

武田は拝むような仕草をした。矢代の横で、夏目がまたハンカチを取り出した。

「待っていてください。我々は捜査に全力を尽くします」

そう答えて、矢代は深く頭を下げた。

## 4

公園のベンチで少し休憩をとることにした。

捜査本部にいる理沙に報告を入れたあと、矢代は自販機に向かった。十一月になった今、温かい缶コーヒーが並んでいる。ふたつ買って、ひとつを夏目に手渡した。

「いただいちゃっていいんですか」

「その分、捜査に貢献してくれよ。期待しているんだから」

「もちろんです。この夏目、必ずお役に立ってみせます」

芝居がかった口調で彼女は言う。やれやれ、と矢代は苦笑いを浮かべた。

ベンチに腰掛け、コーヒーを一口飲んだ。飲み慣れた銘柄なのだが、気のせいだろうか、いつもより少し苦いような気がする。

砂場のそばに親子連れが何組かいた。子供たちはふざけあい、母親たちはお喋《しゃべ》りに夢中だ。どこにでもある、穏やかな午後の光景だった。

「子供がいるって、どんな感じなんでしょうね」

急に夏目がそんなことを言ったので、矢代は驚いてしまった。彼女のほうを向いて、そっと様子を窺《うかが》う。夏目は真剣な顔で親子連れを見ていた。

「まあ、なんだ……。幸せなんじゃないかな」

「じゃあ、その子供がいなくなるってどんな感じなんでしょう」

そういうことか、と矢代は納得した。彼女は今、武田満夫と千秋のことを思い出しているのだ。

「想像でしかないけど」矢代は言った。「たぶん、いろいろなことを後悔しているんじゃないかな。あの日、電話をかけておけばよかったとか、身辺に気をつけるよう注意しておくべきだったとか、もっと言えば、ひとり暮らしなんかさせなければよかったとか……」

「後悔しても仕方ないとわかっているでしょうけど、理屈じゃないですものね」

「そうだな。武田さんは相当、自分のことを責めたと思うよ」

砂場のほうから泣き声が聞こえてきた。遊んでいた女の子が転んでしまったようだ。

慌てた様子で母親が抱き起こす。

　コーヒーを飲み干して、夏目はこちらを向いた。

「矢代先輩、私たちの手でこの事件を必ず解決しましょう」

「ああ、もちろんだ」

　腕時計で時刻を確認したあと、矢代は立ち上がった。急がなければ、と思った。一刻も早く、手がかりを見つけなければならないのだ。

　午後八時から捜査会議が開かれた。

　矢代と夏目は終日聞き込みを続け、先ほど捜査本部に戻ってきたところだった。ほかの捜査員たちはすでに自分の席に着いている。

　夜の会議には財津係長も参加していた。彼は理沙の隣に座り、小声で何か話している。その後、メッセージの解読に進展はあっただろうか。

　ホワイトボードの横に立って、泉がみなを見回した。

「では二日目、夜の捜査会議を始めます」

　彼は捜査員を順番に指名して、今日の成果を聞いていった。

　所轄、ＳＩＴと話が続く。今日の午後、矢代たちが武田千秋のことを報告してから、その線の捜査が進んだようだった。武田満夫の関係者、千秋の関係者、武田屋洋菓子店の従業員、各種取引先についても聞き込みが行われているということだ。

今までアキチャンに関する情報はなかったわけだから、矢代たち文書解読班が手柄を立てたと言える。これは誇りに思っていいだろう。

だが理沙の顔色は冴《さ》えなかった。自分に与えられた仕事――メッセージの解読は、どうやら今日もうまくいっていないようだ。

文書解読班が報告する番になった。理沙に代わって矢代が椅子から立った。

「すでにご存じだと思いますが、我々は写真に写っていたポスターや数字を分析し、池上にある武田屋洋菓子店を訪問、武田千秋という女性がアキチャンである可能性が高いことを突き止めました。千秋さんは八年前、行方不明になっていて……」

メモ帳を見ながら説明していく。捜査員たちはみな熱心に話を聞いている。だがその中に、不快そうな表情を浮かべる者がいた。隣の島にいる岩下管理官と早峰優梨だ。一方、部下の唐沢はノートパソコンを操作していた。彼にはどこか飄々《ひょうひょう》とした雰囲気がある。

「……封筒を貼り付けた人物は、千秋さんに繋《つな》がるヒントを写真に残しています。奴が千秋さんのことを知っているのは間違いありません。シュラフの中身は千秋さんだと私は考えています」

矢代の説明を聞いて泉はうなずいた。

「なるほどな。ひとつの可能性として、それは考える必要があるだろう。ところで、あの荷物は何なんだ？」

泉は会議室後方を指差した。そこには五十個ほどの段ボール箱が置かれている。

すみません、と矢代は詫《わ》びた。

「所轄メンバーに依頼して、武田千秋さんが持っていた荷物をこの捜査本部に運び入れました。窮屈になってしまって申し訳ありません。あの段ボール箱の中身は、我々文書解読班で調べる予定です」

そのほかいくつかの報告をしてから、矢代は一礼して着席した。

泉が怪《け》訝《げん》そうな顔で尋ねてきた。

「矢代くん、メッセージの分析についてはどうなんだ」

「ああ、それはですね……」

言葉に詰まって、矢代は理沙のほうを向いた。渋い表情で理沙は立ち上がる。

「申し訳ありません。現時点ではまだ進んでいません。アキチャンが武田千秋さんである可能性が高まったため、文章の解読をやり直す必要が生じてしまいました。また、写真の分析にも時間がかかっていまして……」

苦しいところだな、と矢代は思った。報告できるだけの成果がないため、理沙の説明は歯切れが悪い。本人にも忸《じく》怩《じ》たるものがあるはずだ。

そのあと情報分析班が報告をしたが、早峰のチームにもこれといった発見はなかったようだった。

小此木管理官のほうをちらりと見たあと、泉は捜査員たちに言った。

「武田千秋のことがわかって一歩前進というところですが、あの写真の飲食店についてはまだ何の情報もありません。引き続き解読班、分析班には頑張ってほしい。……ほかに何かありますか？」

泉はみなを見回す。誰も発言しようとしない中、岩下管理官が手を挙げた。

「ひとつよろしいかしら」

「どうぞ、管理官」

泉の許可を得て、岩下は立ち上がった。

「シュラフの中身について、一度考えてみる必要があると思います。文書解読班によれば、武田千秋が入っている可能性が高いということですが、はたしてそうでしょうか。彼女は八年前に行方不明になっている。だとすれば、なぜ今になって犯人はこんなことをしたのか。シュラフの中に押し込む理由がわかりません。武田千秋という人物は、本当にあの中にいるんでしょうか？」

さすが岩下さんだな、と矢代は思う。彼女はそこを見逃さなかったのだ。

「その件について意見があります」

矢代が手を挙げると、泉はすぐに指名してくれた。

「じつは昼間、私と夏目でシュラフの中身について推測してみました」みなに向かって、矢代は考えを説明した。「第一の可能性としては先ほども言ったとおり、押し込められているのは武田千秋さんなのではないか、ということです。たとえばですね、八年前の件は略取や誘拐ではなく、千秋さんが自分の意志で行方をくらましたのだと仮定してみます。今になって千秋さんを見つけた何者かが、彼女を捕らえた。そして何かの目的のために、あのようなメッセージや写真を用意した、ということです」

矢代の話を聞いて、岩下は大きく首をかしげた。

「武田千秋はどうして失踪《しっそう》したのかしら」

「それはまだわかりません」

「犯人は何の目的で、わざわざメッセージや写真を用意したの？」

「それもまだわかっていません」

岩下は眉《まゆ》をひそめ、険しい表情で矢代を見つめた。

「矢代くん、無理があるんじゃない？」

「今後、捜査が進む中でいろいろ明らかになってくるのではないかと……」

たしかに、正直これは苦しい推測だと矢代も思っている。だが、今の時点でその考えをつぶしてしまうのは惜しい。

咳払《せきばら》いをしてから、矢代は話を続けた。

「第二の可能性はこうです。あのシュラフの中身は千秋さんではない。ではいったい誰なのかということになります。ここで考えられるのはふたつだと思うんですよ。ひとつは、八年前の失踪と関係ある人物だというパターン。その人物を捕らえたあと縛り上げるとかして、シュラフに押し込んでいるんじゃないでしょうか。犯人は何かを伝えるために――もしかしたら千秋さんを拉致《らち》した人物を告発するために、そんなことをしたのかもしれません」

「もうひとつのパターンは？」泉が尋ねた。

「それは、こうです。シュラフの中身は、八年前の失踪とはまったく関係ない人物である……。犯人が勘違いして千秋さんだと思い込んでしまったんです。このパターンの場合、犯人は本当の千秋さんに会ったことはない、だから間違えたということになります。でも、何らかの理由で千秋さんに恨みを持っていたわけです」

矢代は理沙や財津の表情を窺《うかが》ってみた。ふたりとも難しい顔をして、じっと考え込んでいる。どうもぴんとこない、といった様子だ。

立ったままでいた岩下が、矢代に尋ねてきた。

「もうひとつ可能性があるわよね。武田千秋はすでに死亡している。そしてあのシュラフの中身は空だということよ」

千秋死亡説は矢代もすでに検討している。しかし現時点でその確証はないから、保留だと考えていた。

「管理官、写真を見ると人の形の膨らみがありますよね」矢代は言った。

「どうにでも細工できるでしょう。新聞紙でも丸めて突っ込んでおけばいいのよ」

「それはそうですが……」

岩下は矢代から目を逸《そ》らし、前方にいる泉に視線を向けた。

「泉係長。被害者と思われるアキチャンは実在しない、という可能性が出てきました。そうであれば、これは犯人による狂言ではないでしょうか」

えっ、と矢代は声を出してしまった。もしシュラフが空だとするなら、略取・誘拐事件など最初から発生していない、ということか。

「被害者がいなければ、この捜査本部は必要なくなります」

岩下の言葉を聞いて、泉は腕組みをした。

「今回我々ＳＩＴは、略取・誘拐事件を疑ったから出動してきました。しかし誰も囚《とら》われていないのなら、捜査する理由がなくなってしまう……」

泉までもがそんなことを言い出した。まずいな、と矢代は思った。

「待ってください」声を強めて、矢代は主張した。「誰かが拉致、監禁されている可能性は今も消えていません。もしここで捜査をやめて、被害者が殺害されるようなことになったらどうするんですか」

「ちょっと矢代さん、あなた泉係長を脅すつもり？」

岩下が意地の悪い目でこちらを見た。矢代は慌てて否定する。

「とんでもない。そんなつもりはありませんよ」

「私にはそう聞こえたけれど」

どう説明すればいいのか、と矢代は考えた。おそらく岩下は、矢代が困る姿を見たいのだろう。だが彼女にも、捜査を中止することにはリスクがあるとわかっているはずだ。

「まあみなさん、落ち着いて考えてみましょう」

そう言ったのは財津係長だった。彼は椅子から立って、みなを見回した。

「仮にシュラフの中が空だったとしても、事件は続く可能性があります。犯人は大変な手間をかけて、メッセージや写真を準備していますよね。そして奴は警察に勝負を挑んできた。そんな人間が簡単に計画を終わらせるでしょうか」

「犯人の考えなんて、わかるわけが……」

岩下が言いかけると、財津は強い調子で彼女を制した。

「岩下管理官。私は今、泉係長と話しています」

むっとした表情で岩下は黙り込んだ。ひやひやしながら、矢代はふたりのやりとりを見守っている。

「このあとまだいくつも仕掛けがあるかもしれません」財津は泉に向かって言った。「私が奴の立場なら、絶対に最後までやり遂げますよ。警察が相手をしてくれなくなったら、強硬手段をとるかもしれない。どんな被害が出るのか想像がつきませんよね」

泉は黙ったまま幹部席のほうに目をやった。小此木管理官が静かに立ち上がった。

「我々は犯人についてまだ何も知りません」重々しい口調で小此木は言った。「そして被害者についても何もわかっていない。この段階で捜査を中止するのは、現実的な判断ではありません。なぜなら、我々警察官には事件を未然に防止する役目もあるからです。……岩下管理官、そうですよね？」

「もちろんです」澄ました顔で岩下は答えた。「私も捜査の継続に賛成です」

「なら、何の問題もない。明日以降もこのままの態勢で動きましょう」

小此木の発言によって場は収まった。理解のある人でよかった、と矢代はほっと胸を撫《な》で下ろす。

とは言うものの、ほかの捜査員たちの反応が気になった。矢代は所轄の刑事たちの様子を窺ってみた。彼らの顔には、腑《ふ》に落ちないという思いが浮かんでいる。もしかしたら、自分たちは犯人の狂言につきあわされているだけかもしれない。そう考えたら士気も低下するというものだ。

今後、捜査本部がぎくしゃくしないだろうかと気になった。

会議のあと、矢代は隣の島の動きに注目していた。

岩下は幹部席のほうに行き、小此木と何か話し始めた。唐沢は背を丸めてパソコンの画面を見つめている。ときどき彼は、うんうんとひとりうなずいていた。岩下や早峰とは違って、あまりぴりぴりしない性格のようだ。

やがて早峰が席を立ち、廊下に向かった。矢代はあとを追って会議室を出る。数メートル先を行く彼女に追いつき、声をかけた。

「早峰、ちょっといいかな」

驚いた様子で早峰は足を止めた。彼女は怪訝《けげん》そうに矢代を見ている。明らかな警戒心が表情に出ていた。

「なんですか……」

矢代は素早く辺りを見回した。近くには誰もいない。

「今日は分析班も成果がなかったみたいだな」

「嫌みを言いに来たんですか？」

「まさか。俺は昨日の君たちの報告にびっくりしたんだよ。さすが分析班を名乗るだけあるなと思って。……その後の調査はどうなんだ？」

「ああ、様子を探りに来たわけですね」ふん、と早峰は鼻を鳴らした。「写真のブツから得られる情報には限りがあります。今はそれ以外のところに注目していますよ。まあ、詳しくは言えませんが」

なるほど、と矢代はうなずく。それから少し声を低めて言った。

「ひとつ提案なんだけど、うちのチームと協力しないか」

「……え？」早峰は眉をひそめた。「どういうことです？」

「うちはメッセージを、君たちは写真を分析するということになっている。でもしばらくは停滞していたよな。ところがうちは今日、写真の分析をして成果を出せた。逆に君たちがメッセージを調べたら、何か新しい発見があるかもしれない。そんなふうに協力すれば、きっといい結果が出ると思うんだよ」

「この話、財津係長や鳴海主任も承知しているんですか？」

「いや、これから相談するつもりだ。まずは君の意向を聞いておこうと思って」

早峰は黙って目を伏せた。その様子を見て、矢代はわずかばかり後悔した。自分は事を急ぎすぎてしまっただろうか。コーヒーでも飲んで、雑談をしてから本題に入るべきだったのか。

軽く息をついてから、早峰は顔を上げた。

「矢代さんに恨みはありません。ですが、文書解読班と協力するのは無理です」

「岩下管理官が気になるのか？ 協力態勢を敷くなら、もちろん岩下さんにも話は通すよ。いきなり担当同士で決めるようなことはしない」

「そうじゃないんです」早峰は少し苛立《いらだ》ったような声を出した。「私の気持ちとして、文書解読班には協力できません」

「事件解決を第一に考えるなら、一緒に知恵を絞るべきだと思うんだが……」

「私は文書解読班が……」早峰は言い直した。「いえ、鳴海主任が信用できないんです」

意外な言葉を聞いて、矢代は思わずまばたきをした。信用できないとはどういうことだろう。

「君は、鳴海主任と直接の関係はなかったはずだよな。それなのにどうして……」

「矢代さんも鳴海主任には気をつけたほうがいいですよ。あの人、上にはよく思われていませんから」

「上って誰だ？ どこの幹部のことだ」

それには答えず、早峰は口を引き結んだ。数秒考えてから彼女は言った。

「少し手柄を立てたからって、特別扱いされすぎなんですよ。まだ警部補なのにチームの部屋を与えられて、外から見えないところで好き放題をして……」

「いや、早峰、ちょっと待った。それは誤解だ」

「空気を読まずに、平気な顔をしているのが許せないんですよ、私は」

「……え？」

「警察官というのは、そういうものじゃないんです。常に周りを意識して、どう見られているかを確認しながら行動すべきなんです。みんなそうやって仕事をしていますよね？」

戸惑いながら、矢代は彼女の不満について考えを巡らした。

「不公平なのが許せない、ということか？」矢代は尋ねた。「鳴海主任が優遇されているように見えるから、それが気に入らないと……」

「努力してもうまくいかない人は大勢いるんですよ」

言っていることはわかる。だが、それを理由にして反感を持たれても困ってしまう。

さらに釈明しようかと思ったが、どうもそういう雰囲気ではないようだ。

「わかったよ、早峰。今度ゆっくり話を聞かせてくれないか」

「そんな余裕はないでしょう？　矢代さん、しっかり仕事をしてくださいよ」

突き放すように言うと、早峰は足早に歩きだした。肩を怒らせ、階段のほうへと進んでいく。

矢代は黙ったまま、彼女のうしろ姿を見つめるしかなかった。

## 5

昼間は営業車両やバス、トラックなどで混雑する道だ。

しかし深夜となった今、走っているのはごくわずかな車だけだった。都心のほうからときどきタクシーがやってくる。気持ちよく酔っ払った会社員でも乗せているのだろうか。まだ忘年会のシーズンには早いというのに、いいご身分だ。

男は頭の中に地図を思い浮かべた。次の信号を右。そのあと斜め左。それがもっとも目撃されにくく、早く移動できるルートだ。

ワゴン車は細い通りに入っていった。

スピードを緩め、慎重に車を走らせる。道の左右には民家が並んでいた。この時間帯だから、エンジン音には気をつかう。ナンバープレートは偽造してあるが、それでも誰かに見られることはできるだけ避けたい。

前方にジャンパー姿の通行人が見えた。コンビニの袋を右手に提げている。

男の心拍数が少し上がった。あの通行人はこちらを意識しているだろうか。たまたま通りかかった自動車を、注意深く見たりするだろうか。

すれ違うとき、運転席からちらりと通行人の様子を窺《うかが》った。

それは若い男性だった。イヤホンを両耳につけ、音楽を聴いているようだ。こちらに目を向けてはいないから安心していいだろう。

そのまま男は車を進めた。通行人はしばらくバックミラーに映っていたが、やがて角を曲がって見えなくなった。

約五分後、目的地に到着した。門扉の横には施設名が書かれたプレートがある。男は車を停止させ、運転席から降りた。辺りを見回したあと、粘着テープで青い封筒をプレートに貼り付ける。

車に乗り込み、アクセルを踏んだ。焦る気持ちを抑えながら、住宅街を進んでいく。やがて大通りに出るとスピードを上げた。一気に緊張が解け、体の芯《しん》が熱くなるような喜びが感じられた。これでいい。今回もうまくいった。計画は次の段階に進むのだ。

行くときとは別のルートで、男はその町に帰ってきた。コインパーキングに車を停めるときにも周りに注意を払った。大丈夫だ、誰にも見られてはいない。

家に戻り、敷地に入って庭のほうに目をやった。昨夜のことが頭に浮かんでくる。シャベルを使って、あそこで穴掘りをしたのだ。思ったよりもきつい作業だった。今、その穴はきれいに埋め戻されている。

男は黒革の手袋を外し、鍵《かぎ》を使って玄関の中に入った。ドアを閉めてひとつ息をつく。それから足早に廊下を進んでいった。

仕事部屋に入り、スイッチを押して明かりを点《つ》ける。

部屋の奥には大きな机があった。ノートパソコンやビデオカメラ、その他いろいろなものが置いてある。

男はパソコンを起動し、いくつかのニュースサイトを確認した。今になってもまだ、東京文学博物館に置いてきた封筒のことは報じられていない。やはり警察がマスコミに発表していないのだろう。奴らはアキチャンの身を案じているのだ。そして、アキチャンに関する捜査はまだ継続されていると考えていい。

しばらく考えに沈んでいたが、やがて男は立ち上がった。

机から数メートル離れた場所には、一脚の椅子がある。昨日と同様、そこにはひとりの人物が腰掛けている。

椅子の下に敷いたバスタオルは、黄色い液体で汚れていた。

やれやれ、と男はつぶやいた。

「いい大人がみっともないことだな。どうだ、赤ん坊みたいに小便を垂れ流した気分は」

椅子の上の人物――哀れな囚人は、低い声を出して呻《うめ》いた。ガムテープで口を塞《ふさ》がれているから、言葉を発することができないのだ。

「俺は本来、冷静で心優しい人間なんだ」男は囚人に向かって言った。「だから、おまえを責めるようなことはしない。これからやるのは躾《しつけ》だ。わかるか？　これはおまえのための躾なんだ」

男は机の引き出しから特殊警棒を取り出した。

囚人の前に立ち、勢いをつけて警棒を振り下ろす。がつん、と音がした。うう、うう、と囚人は情けない声で呻いた。それから、やめてくれ、というように首を横に振った。かまうことなく、男は警棒を打ち下ろし続けた。囚人の額から血が飛び散り、男の服に数滴降りかかった。

男はその汚れを見て舌打ちをした。握りこぶしで囚人の腹を殴り、再び特殊警棒を使う。

ひとしきり痛めつけてから、男は囚人をあらためて見つめた。相手の顔を上に向けさせ、ガムテープを勢いよく引き剝《は》がす。

「いいか、テープを剝がしてやったのは、大声を上げさせるためじゃない。おまえからもう一度、話を聞くためだ」

「助けてくれ……」囚人はか細い声で言った。「助けてください……」

男は、ふん、と鼻を鳴らす。それからまた警棒で相手を殴った。

「……やめて。……殴らないで」

「だったら、よけいなことを言うな」

うん、うん、と囚人はうなずく。目には涙を浮かべていた。

昨日までにだいたいのことは聞き出してある。だが、細かい部分で間違いのないよう、繰り返し喋《しゃべ》らせる必要があった。そのためにここへ閉じ込めているのだ。

「俺の質問に答えるんだ。絶対に嘘をつくなよ。わかっているな？」

「……わかりました。……答えます……正直に」

「では訊《き》こう。おまえは自分のしたことを後悔しているか」

「後悔……しています」

「詫《わ》びるつもりがあるか」

「……お詫びします。本当に」

深呼吸をしてから、男は部屋の壁に目を向けた。そこには大量のメモが貼り付けてある。文字や記号、図形がびっしり書き付けられた、何十枚というメモだ。

男はそれらの紙に目を走らせた。記された文字が意味するものを読み取り、理解しようとした。だがその努力はほとんど無駄だった。自分には理解することができない。その価値がわからない。

それが悔しく、許しがたいのだ。

「おまえは何のために、あんなことをしたんだ。説明しろ」

囚人を睨《にら》みつけながら、男は厳しい声を出した。

# 第三章　囚われた者

## 1

十一月九日、捜査開始から三日目──。

空には雲が出ていて、朝から日射しがあまり届かない。その上、風が吹いているものだから、実際の気温よりも低く感じられる。

矢代は夏目とともにコンビニへ行き、おにぎりやらサンドイッチやらを買ってきた。捜査本部にいる理沙に、食事をとってもらおうと思ったのだ。

会議室に入っていくと案の定、理沙は机に向かって険しい顔をしていた。近づいていって矢代は声をかける。

「鳴海主任、まさかとは思いますが、徹夜はしていませんよね？」

え、と言って理沙は顔を上げた。髪が乱れ、目が少し赤くなっている。作業がうまくいっていないのがすぐにわかった。

「え？　ああ、もうこんな時間ですか」理沙は眩《まぶ》しそうに窓の外を見た。「朝日が目に染みますね」

「あまり無理をしないでください。……とは言うものの、メッセージの解読に関しては鳴海主任だけが頼りなんですよね」

「わかっています。いくつか思いついたことはあるんですが、全体を通して読むと、やはり違和感が出てしまって……」

　理沙は低く唸《うな》ったあと、ため息をついた。

「どうも今回は不調です」

　矢代は辺りを見回した。財津係長と谷崎の姿はまだ見えない。隣の島には岩下管理官と早峰、唐沢がいる。早峰がこちらをちらりと見たのがわかった。矢代は軽く会釈をしたが、無視されてしまった。

「情報収集は私たちに任せて、主任はなんとか知恵を絞ってください」夏目はコンビニのレジ袋を机に置いた。「朝食を買ってきましたよ」

「ありがとうございます。ちょっと顔を洗ってこようかな」

　そうつぶやいて理沙は椅子から立ち上がる。大きく伸びをしてから出入り口に向かった。

　彼女が廊下に出ようとしたとき、ドアが勢いよく開いた。驚いて理沙は立ち止まる。入ってきたのはＳＩＴの泉だった。うしろに財津係長もいる。

「時間前ですが、急ぎの連絡があります。来ていない捜査員を呼んでください」

どうしたのだろう、と思いながら矢代は椅子に腰掛けた。財津がやってきて「緊急の会議だ」とささやいた。

矢代は谷崎を呼ぼうと携帯を取り出したが、ちょうどそこへ、本人がドアを開けて入ってきた。会議室の中を見て彼はまばたきをした。室内の空気が張り詰めているので、不思議に思ったようだ。

「谷崎、すぐに会議だ」矢代は手招きをした。

慌てた様子で谷崎はこちらにやってくる。椅子に腰掛け、財津や理沙に挨拶《あいさつ》をした。

ほかの島でもメンバーが揃ったようだ。それを確認してから泉は話し始めた。

「急な話ですみません。……先ほど警視庁本部から連絡がありました。午前七時十五分ごろ、笹塚駅近くにある保育園の入り口付近で、青い封筒が見つかったそうです」

えっ、という声があちこちから上がった。

矢代も驚いていた。青い封筒。それは例の犯人が貼り付けていったものではないのか？

「開けてみたところ、メッセージと写真が入っていたらしい。東京文学博物館のときと同様です。……メッセージの内容はこれです」

泉は拡大コピーをホワイトボードに貼った。そこには、見覚えのある字でこう書かれていた。

《ケイサツのミナサンへ　カワイイアキチャンは　ドウナッタ？　マダ　ミツカラナイのデスカ　イソイデ　イソイデ　ハヤクサガシテ　モアイのハナヅラ　ジュウジのキズミツカラナイ？　ダッタラ　四　一六　五六　二四六　サガシテ　アキチャンをミツケテ　モタモタシテイルト　ホカのヒト　トラエマス　ショウガクセイ　チュウガクセイイクラデモイル》

間違いない。これは前回と同じ人物が書いたものだろう。

捜査員たちの間にざわめきが広がった。不気味で、意味がわかりづらく、しかも挑戦的なこのメッセージに誰もが動揺しているのだ。

理沙が素早く立ち上がった。みなの前に出ていってホワイトボードに向かう。

「書き換えますね」

「そうしてくれ」泉はうなずいた。

マーカーを手にすると、理沙はホワイトボードに文章を書いていった。

《警察の皆さんへ　可愛いアキチャンは　どうなった？　まだ　見つからないのですか急いで　急いで　早く捜して　モアイの鼻面（？）　十字の傷（？）　見つからない？だったら　四　一六　五六　二四六　捜して　アキチャンを見つけて　もたもたしていると　ほかの人　捕らえます　小学生　中学生　いくらでもいる》

出来上がった文章を見て、理沙は少し考え込んだ。それから泉のほうを向いた。

「前回のものを踏まえた、第二のメッセージですよね」

「そのようだ。アキチャンはまだ発見できないのか、と尋ねてきているな。最後の部分は非常にまずい。アキチャンを見つけないと小学生とか中学生とか、ほかの人を捕らえると書いてある」

「本当かどうか、わかりませんが……」

「もちろんそうだ。だが、こうはっきり書かれていては無視できないだろう？」

強い調子で泉は言った。どうやら苛立《いらだ》ちを隠せないらしい。

「モアイのハナヅラとジュウジのキズのことはまだ解明されていません」理沙はメッセージを見つめた。「犯人はそれを察して、第二のヒントを出してきたということでしょう」

理沙もまた悔しそうな表情を浮かべている。自分が早く謎を解いていれば、被害者の居場所はすでに特定できていたかもしれない。そう考えているのではないだろうか。

幹部席から小此木管理官の声が聞こえた。

「しかし妙だな。あまりヒントを流しすぎると、自分が捕まるリスクも高まるはずだ。犯人はどう考えているんだろう」

「自分はもうその場所にはいないから安全だ、ということでしょうか」と泉。

「とにかく、早く発見させたいんだろうな。……ひょっとしたら、警察がアキチャンを見つけることは、犯人の計画に組み込まれているんじゃないだろうか」

小此木の言葉を聞いて、泉ははっとしたようだ。

「我々がアキチャンを見つけることで、何かが達成されるということですか？」

眉《まゆ》をひそめる泉の横で、理沙が言った。

「いえ、もしかしたら、アキチャン発見のあと、計画は次の段階に進むのでは……」

ぎくりとして矢代は理沙を見つめた。夏目も戸惑いの表情を浮かべている。

静まり返った会議室の中で、岩下管理官が口を開いた。

「今回封筒が見つかったのは笹塚の保育園だったんですよね？　笹塚といえばたしか八年前、武田千秋が住んでいたアパートのある場所……。矢代くん、そうね？」

「あ……はい、おっしゃるとおりです」

「ということは、犯人が武田千秋を知っているのはもう間違いない。彼女の過去と、この事件とは確実に繋《つな》がっているわね」

岩下の言うとおりだ。犯人は第一の封筒を東京文学博物館に、第二の封筒を笹塚の保育園に置いた。いずれも千秋に関係する場所だった。

気を取り直したという様子で、理沙が再びホワイトボードを指し示した。

「メッセージのヒントですが、この部分、四、一六、五六、二四六という数字は何を意味するのか。モアイのハナヅラやジュウジのキズと同じように、被害者の居場所を示しているのだと思いますが……」

「偶数ですね。まあ、それは関係ないか」矢代は首をかしげる。「四つの数字の組み合わせ……。いったい何だろう」

「地図上のどこか特定の場所を示している、という可能性は？」

財津が言ったが、ほかの捜査員の反応は薄い。その線では議論が深まらないようだ。

泉は咳払《せきばら》いをして話題を変えた。

「メッセージのほか、今回も写真が入っていましたので見てください」

彼はホワイトボードの空いているところへ、写真の拡大コピーを貼った。

「説明します。場所はこの前の写真と同じ飲食店らしい。しかし撮影されている角度が違います。今回、テーブルは端の部分が写っているだけで、シュラフは見えません。その代わり、前回は見えなかった横の壁が写っています。気づくものというと、第一に細長い台があります。その上にはプラスチック製らしい食器がいくつか。この前のボウルと同じように伏せられています。第二に、空のショーケース。そばに椅子があり、食べ物のメニューが置かれているようです。そして第三に、ショーケースの向こうに廊下が見えます。廊下には窓があって外の様子が少しわかる。そこに見えるのは、自動車専用道路の防音壁ではないかと思われます」

矢代は眉をひそめた。その建物は高速道路などの近くにあるということか。

第二の封筒が発見されたことで、一挙に情報が増えてきた。

泉が情報分析班のほうに目を向けた。

「この写真について分析班はどう考える？　早峰くん、意見を聞かせてほしい」

突然の指名に、早峰は意外そうな表情を見せた。だがすぐに立ち上がり、みなの前に出ていった。彼女は泉と理沙のそばに立ち、ホワイトボードに貼られた写真をじっと見つめる。

「細かい部分はこれから調べますが……」早峰は言った。「空のショーケースとメニューがありますから、ここが廃業した飲食店であることは確定だと言えるでしょう。メニューには定食、あるいはランチセットのような写真が見えます。だとすると、ここはいわゆる高級店ではなく、比較的安価な店だったと推測できます」

メニューについてはさらに詳しく調べる価値があるだろう。あとで自分のチームでも調べよう、と矢代は思った。

「それから、この細長い台ですが」早峰は続けた。「形状から考えると、精算用のレジ台かもしれません。その上に食器が伏せて置いてありますね。この食器はプラスチック製のように見えますから、やはりここは高級店ではない……」

近くに立っている理沙が、うん、とうなずいている。誰の目から見ても、この元飲食店が庶民的なものだったことは明らかだ。

泉はホワイトボードを見ながらじっと考えていたが、やがて捜査員たちを見回した。

「犯人は今回、かなり大きなヒントを出してきています。文書解読班と情報分析班には、新しいメッセージと写真の調査をお願いしたい。なお、アキチャンの身は引き続き危険な状態だと思われます。ほかのチームは被害者の捜索を続けること。何かわかったらすぐ本部に連絡を。では、開始してください」

ＳＩＴのメンバー、所轄のメンバーは慌ただしく動きだした。関係先に連絡をとったり、パソコンで情報を確認したり、みな真剣な表情だ。準備が済むと、彼らは順次捜査に出かけていった。まず青い封筒が見つかった笹塚の保育園を訪ねて、現場の状況を確認。続いて、目撃情報を訊《き》いて回ることになるだろう。

文書解読班と情報分析班は会議室に残った。それぞれに役割が与えられている。

「私たちは情報を整理しましょう」理沙が言った。「矢代さんたちのお知恵を借りたいと思います」

理沙、矢代、夏目の文書解読班、応援の谷崎、そして上司の財津係長。この五人で緊急のミーティングが始まった。

## 2

理沙は手元の紙にペンを走らせている。

やがて彼女はいつものタスク管理図を作って、みなに見せた。先ほどの新情報に関するところだけを抜き出した形だ。

- □笹塚事件
  - □遺留品
    - □メッセージ
      - □内容分析
        - □文章の癖・特徴
        - □文章の解読
          - □《四　一六　五六　二四六》
    - □写真
      - □内容分析
        - □細長い台・食器
        - □ショーケース・メニュー
        - □窓・高速道路

「今回、メッセージに書かれた謎らしいものはひとつだけです」

　理沙は紙を指差した。矢代たちはその部分に注目する。例の、四つの数字の羅列だ。

「我々が考えるべきなのは、この謎なんですが……」そこまで言って理沙は唸《うな》った。

「思いつきでどうなるというものではなさそうですよね。それより写真のほうが調べやすいでしょう。谷崎さん、拡大してもらえませんか」

そう言われて、谷崎はためらう様子を見せた。

「僕が見てしまっていいんですか？　さっきの会議では、向こうの分析班が担当するってことでしたけど」

「谷崎さんは昨日、一枚目の写真を調べてくれたじゃないですか」

「あれは、作業分担のことを知らなかったからで……」

「つまらないセクショナリズムは仕事の生産性を下げます。……大丈夫ですよ。手が空いているときちょっと調べちゃいました、と説明すれば」

「調べちゃいましたって……。それでいいんですか？」

「結果を出せば、あなたの株が上がります。……ですよね、夏目さん」

急に訊かれて夏目はまばたきをしたが、すぐに調子を合わせて谷崎をおだて始めた。

「そう！　私もそう思っていました。谷崎くん、君ならできるよ。優秀だもの」

そんなことを言って、夏目は谷崎の肩をぽんぽん叩《たた》く。谷崎はまんざらでもないという顔になって、ふふん、と鼻を鳴らした。

「まあ、そこまで期待されているんなら、力を発揮しなくちゃいけませんね。わかりました。やってみましょう」

よしよし、と夏目はうなずいている。ちょろいもんだな、と思っているのかもしれない。

谷崎はコピーした写真をデータとして取り込み、ノートパソコンで分析を始めた。画像が粗くなっているが、それでもデータ化することで各種ツールが使いやすくなる。

矢代たちが彼の作業を見守っていると、隣の島で動きがあった。背を屈《かが》めてパソコンの画面を見ていた唐沢が、早峰と岩下を呼んだようだ。三人は画面を覗《のぞ》き込み、小声で相談を始めた。

「岩下管理官、何かわかったんですか」

泉が様子を見にやってきた。彼は岩下に並んで、分析班のパソコンを覗き込む。

「……なるほど、このメニューがね」

彼はこちらを向いて、理沙に声をかけた。

「鳴海くん、来てくれ。メニューの内容がわかったぞ」

えっ、と矢代は声を上げてしまった。メニューがわかったことが意外だったのではない。泉が、分析班の調査結果を理沙に教えようとしたことに違和感を抱いたのだ。

「いや……でもそれは早峰さんたちが調べたことですから……」

理沙も驚いているようだ。情報分析班と文書解読班は、それぞれ自分たちの手柄のために捜査を進めている。だから途中でその成果を相手方に教えるなど、考えられないことだった。

泉の行動には、岩下や早峰も戸惑っているようだ。だがそんな彼らは気に留めず、泉は理沙に言った。

「我々は同じ捜査本部で仕事をしているんだ。事件解決のために情報共有しなくては」

「はあ……あの、岩下管理官がそれでいいとおっしゃるなら、うかがいますが……」

「何を遠慮している？」泉は分析班のほうを振り返った。「岩下管理官、かまいませんよね？　我々は一刻も早く、被害者を救出しなければならないんですから」

岩下は数秒考えていたが、泉に向かってゆっくりとうなずいた。

「もちろんです。事件の解決こそが最優先課題ですので」

「ありがとうございます。……そういうことだから鳴海くん、ちょっとこちらへ」

泉は手招きをした。理沙は席を立って彼に近づいていく。

そのとき、泉がほんの少し口元を緩めたことに、矢代は気づいた。

どうやら泉は、ふたつのチームを協力させるために一芝居打ったらしい。たしかに両者が別々に動いたら、同じことをそれぞれ調べてしまって時間が無駄になる可能性がある。それより作業内容を分担して、確認できた情報を教え合ったほうがいい、ということだろう。泉は岩下より若いが、彼のほうが一枚うわてだったわけだ。

あらためて周りのメンバーがパソコン画面に注目した。それを見て、唐沢は口を開いた。これまでより声を大きくして、みなに聞こえるよう喋《しゃべ》り始める。

「私が確認した限りでは、メニューの内容で読めるものは次のとおりです。『日替わり定食A・ミックスフライ』『日替わり定食B・肉野菜炒《いた》め』『ラーメン』『天ぷらうどん』『カレーライス』……ですね。建物はもともときれいな造りだったと考えられますが、このメニューを見ますと、何というか……大衆食堂のようなラインナップだと感じられます」

「たしかにそうだ」泉が唐沢に尋ねた。「値段はわかるのかな」

唐沢はいくつかのメニュー価格を読み上げた。

「なるほど、大衆的な値段設定だな。ほかに何かわかることは？」

「この細長い台をご覧ください」唐沢は画面を指差した。「プラスチック製と思われる食器が置かれていますよね。普通の状態で置いたときには見えないんですが、食器をひっくり返した裏の部分に、何か黒っぽいものが付いているんです。丸いコインのようにも見えます」

「特殊な食器ということか。唐沢くん、そのコインの意味はわかっているのか？」

「いえ、あいにく今はまだ……」

腕組みをして泉は考え込む。岩下が唐沢に問いかけた。

「コインはすべての食器に付いているの？」

「はい。伏せてある食器を見ると、ご飯茶碗《ぢゃわん》、みそ汁の椀《わん》、メインディッシュ用らしい皿など、どのサイズにも黒い物体が付いています」

「何かほかに手がかりはないんだろうか」

泉がみなを見回す。そのとき、文書解読班の島から返事があった。

「こちらから報告してもいいですか？」

そう言ったのは谷崎だった。自分のパソコンから顔を上げ、分析班のほうを見ている。

振り返って泉はこくりとうなずいた。

「谷崎くん、何か気づいたことがあるのか？」

「細長い台ですが、それ、やはり商品の精算台ですよ。ご飯やおかずを載せたトレイを置いて、代金の精算をするやつです。什器《じゅうき》メーカーのウェブサイトで同じ形の台が見つかりました」

「セルフサービス……なのか？」泉は首をかしげる。

「はい。間違いないと思います。そう考えると、分析班が見つけたコインの意味がわかりますよね」

「ああっ、そうか！　そういうことか」

突然、唐沢が興奮した声で言った。これまで彼にはのんびりした雰囲気があったから、周りはみな驚いている。どうやら谷崎の言葉がヒントになって、何かに気づいたようだ。

唐沢はパソコンであるものを検索してから、文書解読班の島のほうに体を向けた。

「谷崎くん、これだね。セルフサービスシステム……」

「そういうことです」

谷崎は意味ありげな笑みを浮かべている。矢代は彼に尋ねた。

「いったいどういうことだ」

「写真撮影の現場は、たぶん社員食堂です」

「社員食堂……」

「食器の裏側に付いているのはＩＣタグだと思います。それが付いた食器を精算台に置くと、自動的に代金が計算されるんですよ。無人精算方式です。僕は昔ソフトウェア開発の会社にいましたから、ぴんときました」

　そういえば、と矢代は思った。

　一枚目の写真に写っていたテーブルは六人用だった。一般的なレストランは四人掛けが普通だが、社員食堂なら収容人数を増やすため、六人用にされることが多いだろう。また、壁際にはカタログスタンドが置かれ、東京都関係のチラシが差してあった。それに関しても、社員食堂だとすれば不自然ではない。

　理沙も夏目も財津係長も、みな納得したという顔だ。驚いたことに、早峰や岩下管理官も、同じようにうなずいていた。

「よく気づいたな、谷崎」矢代は彼に声をかけた。「すごい発見だ」

「いいえ、僕が本気になれば、ざっとこんなものです」

　あまりおだてると天狗《てんぐ》になりそうだが、今は労《ねぎら》ってやるべきだろう。矢代は谷崎の背中を軽く叩いて、成果を褒め称《たた》えた。

「社員食堂……。たしかに、その可能性は高いな」泉は腕組みをした。「そうだとすると、かなり場所の候補が絞り込める」

「かつて民間企業の社員食堂だった場所ですね。官公庁ということもあるのかな」

　財津係長がつぶやくと、泉は少し思案してから言った。

「あり得ますね。そういう施設も調べるべきでしょう」

それから泉は岩下管理官のほうを向いた。微笑を浮かべて話しかける。

「情報分析班のおかげで大きな発見がありました。捜査が進展しそうです」

「……最後に手柄を持って行ったのは、文書解読班ですけどね」

いくぶん不満げな顔をして、岩下は泉を見つめた。

「まあ、いずれは唐沢くんも気づいていたでしょうし。……それより、これから先の捜査について考えなくてはいけません」

「写真に写った社員食堂がどこにあるか、ということですね」

「そう、それが重要です」

泉は文書解読班、情報分析班の全員を見回して言った。

「今、我々の前にはふたつの捜査方法があります。ひとつは『廃業した社員食堂』というヒントから場所を絞り込むこと。もうひとつは……鳴海くん、わかっているな？」

「はい。メッセージの謎を解くことですよね」

理沙は表情を引き締めて答えた。

早く解読しなければ、という彼女の焦りが窺《うかが》える。だがそれと同時に、必ず解読してみせるという強い意志も伝わってきた。

理沙は机の上に二枚の紙を置いた。

東京文学博物館で見つかったメッセージ、笹塚の保育園で見つかったメッセージをそれぞれコピーしたものだ。一枚目のほうには多くの書き込みがあり、これまでの苦労の跡が見て取れる。

「もう一度手がかりについて考えてみましょう」理沙は言った。「まず、モアイのハナヅラ。私はモアイ像のことを詳しく調べてみました。イースター島であの像がどのように造られたと考えられているか。数はどれぐらいか。それから新島のモヤイ像ですね。成り立ちやどんな関係者がいるのか。そういったことを確認してみました。……でも手《て》応《ごた》えは得られていません」

「ハナヅラというのはどうなんです？」矢代は尋ねた。「鼻の先という意味以外に、何かないんでしょうか」

「それが、見つからないんですよね。ただ、『鼻面を引き回す』『鼻面を取って引き回す』という言葉があります。他人を自分の思うままに扱う、という意味です」

「まさに我々警察がそんな状態ですよね。犯人に鼻面を引き回されている気分です」

「ジュウジのキズですが、もしかしたら人間の体ではなくて、ものについた傷かもしれません。たとえば壁や塀に十字型の傷があるとか」

「ああ、なるほど。仲間に重要な場所を知らせるためのマークだったりして」

矢代は壁に刻まれた引っかき傷を想像してみた。ここに何かが隠されている、あるいはここに誰かが潜伏している、などの情報を伝えるにはいい方法かもしれない。

「あとは……関係あるかどうかわかりませんが、『生酢』と書けば『混ぜ物なしのお酢』

です。変わったところでは『キズ』という柑橘類《かんきつるい》があるそうです。九州の福岡県、佐賀県辺りで栽培されているらしくて」

「柑橘類ですか。何か想像できることがありますかね」と矢代。

理沙はじっと考え込む。ややあって彼女は言った。

「十字型の柑橘類……。いや、午前十時の柑橘類？」

「なんだかスーパーの特売みたいですね」

夏目に言われて、理沙は顔をしかめた。どうも果物という線はなさそうだ。

咳払《せきばら》いをして財津係長が言った。

「俺はこの『ツチ』が気になるんだが……。アキチャンは『土に還《かえ》る』、つまり亡くなるということだろう。『草花の栄養』になり、『苗床』になると書いてある」

「その上『にやにやした　花』が咲くんですよね。気味の悪い文章ですよ」

珍しく谷崎が不快そうな表情を見せた。やはりその部分は、誰が読んでも不気味だと感じられるようだ。

「犯人は土いじりが好きなんだろうか」財津は土を掘るような手振りをした。「たとえば農業関係者、園芸関係者、花屋……。あるいは肥料に関わっている人間だったりしてな」

「ああ、それは私も考えました」理沙がノートを開いた。「苗床なんて、普段の生活ではあまり聞かない言葉ですよね。犯人は日ごろ、庭で植物や野菜を育てているのかもしれません。……そうだ。穴を掘るのが得意なら、アキチャンを埋めることも簡単なのでは」

　そこまで話してから、理沙はばつの悪そうな顔で財津に頭を下げた。

「すみません。おかしなことを言ってしまって」

「おかしくはないさ。『アキチャンはもうじき　土に還る』んだ。いずれ犯人は、被害者を埋めるということだろう。いや、すでに埋められているかもしれない」

　どういう形で埋めるのだろう、と矢代は考えた。一枚目の写真にはマミー型のシュラフが写っていた。あのシュラフごと埋めるつもりだろうか。土の中に巨大なサナギのようなものが埋まっているところを想像して、矢代は眉《まゆ》をひそめた。

　二枚目の紙を指差して、理沙は続けた。

「笹塚で見つかったメッセージはどうでしょうか。四、一六、五六、二四六。モアイのハナヅラとジュウジのキズが見つからないなら、これをヒントにしろ、というふうに読めます」

「この四つの数字は、モアイとキズを補足する手がかりでしょうね」

　矢代が言うと、理沙は深くうなずいた。

「数字にはあまり強くないんですが、考えてみました。全部足すと３２２、全部かけると８８１６６４です。これは関係なさそうですよね。ちょっと視点を変えて、原子番号４はベリリウム、１６は硫黄《いおう》、５６はバリウムです。でも原子番号２４６というのはありません」

「ちょっとずれてしまった感じがするな。さすがに原子番号というのは……」

難しい顔をして財津がつぶやく。そうですよね、と理沙も納得しているようだ。

理沙はなおも四つの数字を見つめていたが、やがて再び口を開いた。

「場所を表している可能性が高いわけですよね。数字が四つですから、もしかしたら東西南北に対応しているのでは？」

「なるほど、さすが鳴海主任。……で、この数字はどこを指しているんですかね」

「いや、それはわかりませんけど」

矢代たちは思いつくまま意見を出していく。しかしこれといった気づきはなかった。

理沙が頼りなのだが、彼女の力をもってしても今回は手がかりがつかめないらしい。

どうしたものかと矢代が考えていると、夏目が急に右手を挙げた。

「意見具申！」

「いったいどうした」財津が驚いて尋ねる。

「最近、私、城巡りや町歩きをしているんですよ。地図を見ながら、知らない町を歩くのはすごく楽しくてですね」

「うん、それで？」

「ふと思ったんです。四、一六、五六、二四六という数字は道路のことじゃないかと。調べてみるべきだと思います」

国道１６号といえば、首都圏を環状に結ぶ長い道路だ。矢代もその一部分を車で走ったことが何度もある。

「それらの道路がアキチャンの居場所と関係ある、というのか？」財津は首をかしげた。

「四つの道路が交わるところ……。いや、それはないか。だが調べてみる価値はありそうだ」

財津は谷崎のほうを向いた。パソコンで四つの道路を捜すよう命じる。

了解しました、と答えて谷崎はキーボードを叩《たた》き始めた。夏目が隣の席に座って、彼をサポートする。矢代と理沙、財津は黙ったまま後ろから画面を覗《のぞ》き込む。

「国道を洗い出してみました」谷崎は振り返って報告した。「国道４号は東京から青森まで続いています。国道１６号は神奈川県横浜《よこはま》市を始点、終点として東京郊外の都市を結ぶ環状道路。国道５６号は高知から愛媛まで。そして国道２４６号は東京から静岡まで延びています」

腕組みをしながら、財津は低い声で唸《うな》った。

「最初の写真には、東京都が作ったチラシが写っていた。被害者は東京にいるというヒントだと思う。だとすると高知や愛媛というのは違うんじゃないか？」

「わかりました。ちょっとお待ちください」

谷崎は再び検索を始めた。数分で、彼は新たな情報にたどり着いたようだ。

「環状４号というのがありますね。ただ、東京の環状４号は途切れ途切れになっていて完成していません。それとは別に、横浜にも環状４号があるようです。さらに、神奈川県道・東京都道５６号という道路が横浜市から町田《まちだ》市まで延びています」

「国道１６号や２４６号との関係は？」

「ええと……。はい、横浜の環状４号、それから神奈川県道・東京都道５６号は、どちらも国道１６号、２４６号に近いところを通っています」

「よし、その線で調べてみよう。横浜環状４号、国道１６号、県道・都道５６号、国道２４６号。その四本をチェックするんだ。何か気がつくことがあるかもしれない」

谷崎は夏目と相談しながら、パソコン上の地図を確認し始めた。

邪魔をしないよう、矢代は静かにふたりの作業を見守る。

「少し気になることがあるんですよね」谷崎が言った。「国道１６号と２４６号はどちらも東京都内をかなり長い距離、走っています。でも県道・都道５６号は半分ぐらい神奈川県だし、横浜環状４号にいたっては、神奈川県内しか走っていないんですよ」

「ということは……どういうこと？」と夏目。

「被害者は東京都のどこかにいると思いますが、その居場所を特定するためのヒントは、東京都の外側にもあるのでは……」

谷崎の話を聞いて、夏目は首をかしげた。

「今ひとつ、ぴんとこないけど」

「たとえば目的の場所は、四つの道路に囲まれた地域の中心部分にある、とか……。それで、よく見るとそこは東京都になっている、とかね」

ピンポイントで場所を指すヒントではないかもしれない、と谷崎は言いたいようだ。

彼は画面上の道路をたどり、ツールで赤い線を引き始めた。

「これで四つの道路がどう走っているのか、はっきりします。５６号の南のほうは、東京都町田市の西側を走っているんですよね。そして環状４号は町田市の東側を走っています」

ここで夏目が口を開いた。

「ねえ、１６号と２４６号も町田市を通っているよね。ほら、このへんで交差してる」

「うん、そうですね。……もしかして町田市が重要なのかな」

ふたりがそんな話をしているときだった。理沙がいきなり、「あっ！」と声を上げた。

驚いて、矢代たちは彼女のほうに目を向ける。理沙は自分のパソコンの画面を凝視していた。検索していて何かを見つけたようだ。

「モアイのハナヅラ……。これじゃないですか？」

矢代たちは理沙に近づき、パソコンの画面に目を向ける。財津も眼鏡の位置を直して、真剣な表情になった。

そこには東京都の地図が表示されていた。周辺の県を取り除き、東京だけをシルエットにしたものだ。

「矢代さん。これ、倒れているモアイ像に見えませんか？　横から見ている感じです」

「……え？」矢代はまばたきをした。「何ですって？」

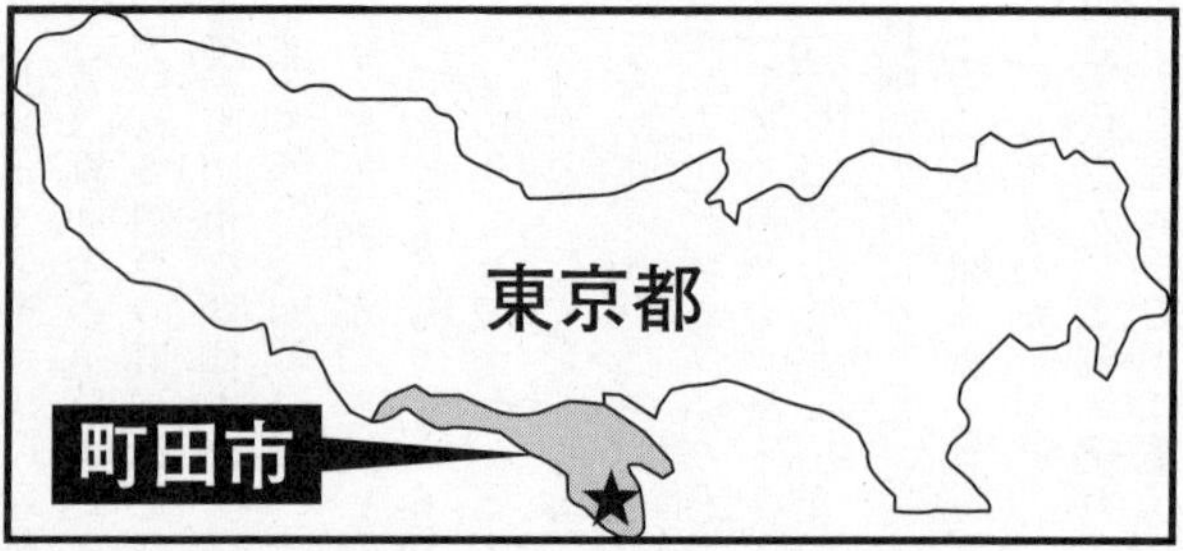


「向かって左、西側が頭です。奥多摩《おくたま》の辺りが頭のてっぺんですよね。右のほう、東に行くと、このへん、羽田の辺りが顎《あご》です」

「ん？　ああ……言われてみれば、そんなふうにも見えますね」

「でしょう？　じゃあ鼻面はどこかというと……」

理沙は画面上の地図を指差したまま、手を下へ動かしていく。たしかに、尖《とが》った鼻のように突き出ている部分があった。

「ここ、町田市なんですよ」理沙は目を輝かせて言った。

「これがモアイのハナヅラ？」矢代は眉をひそめた。「いや、何というか……。本当にそうなんですか？」

にわかには信じがたいという気持ちがある。矢代は周囲を見回した。財津から夏目、谷崎へと視線を動かしていく。

「鳴海主任、ちょっといいですか」

そう断ってから谷崎は理沙のパソコンを操作した。画面上の町田市の辺りに星印が付いた。

「矢代さん、僕もちょっと信じられないんですけどね」谷崎が言った。「この星印の辺りで、国道１６号と２４６号が交差しているんですよ。見た感じ、ほぼ直角に交わっていて十字型に見えるんです」

「もしかして、それが十字の傷か」財津がつぶやく。

「決まりですね」理沙は天を仰ぐようにして言った。「地図の神様、どうもありがとう。感謝します！」

　谷崎は自分のパソコンでもあらためて位置関係を確認した。画面の地図を見ながら、財津に報告する。

「国道１６号保土《ほど》ヶ《が》谷《や》バイパスと国道２４６号厚木《あつぎ》街道が交差する場所……。それは町田市鶴間《つるま》です。そしてこの部分、２４６号や環状４号と並行する形で、東名《とうめい》高速道路が走っています」

　タッチパッドに指を走らせ、谷崎は現場の航空写真を表示させた。高速道路には防音壁が設置されているのがわかる。

「笹塚で見つかった写真に、高速道路の防音壁が写っていましたよね」

「これは一致しそうだな……」と財津。

　姿勢を正して理沙は言った。

「係長、確率はかなり高いと思います。地図のこの辺りに、廃業した社員食堂があるんじゃないでしょうか。そしてそこに、被害者が囚《とら》われている可能性があります」

　自信を持って発言した理沙を、財津はじっと見つめた。数秒考えて、彼は意を決したようだった。

「小此木管理官に話してくる。おまえたちは出動の準備をしてくれ」

「了解です」

矢代たちは力強く答え、椅子から立ち上がった。

## 3

高速道路で移動できたのは幸いだった。

四台の覆面パトカーは横浜町田インターチェンジで東名高速から下りた。矢代たちが乗る車を先頭にして、一般道を進んでいく。

「この辺りはもう町田市鶴間です」ハンドルを操作しながら矢代は言った。「夏目、目的地の場所はわかっているな？」

「任せてください」夏目は助手席でナビをしてくれた。「先輩、そこを左に曲がってください。そのあとまっすぐ」

「わかった。急ごう」

一時間ほど前、矢代たちは神田署の捜査本部にいた。町田市鶴間に事件現場がありそうだとわかってから、総力を挙げて情報収集を行った。その結果、現場の目星がついたのだ。

鶴間にある「ヒラオカ産業」という会社の町田工場。いや、元町田工場と言うべきか。二カ月前に工場が移転したことにより、今は無人の建物になっている。ヒラオカ産業に問い合わせると、そこには社員食堂も併設されていたことがわかった。いずれ工場も食堂も取り壊される予定だが、現在はそのまま残っているという。

　地図で場所を確認したところ、東名高速道路のすぐ近くだった。間違いないと断定して、矢代たち捜査員は面パトで出動したのだった。

「ヒラオカ産業は天然水などの飲料メーカーです」後部座席から理沙の声が聞こえた。「さっき気づいたんですが、第一の写真に水のような液体が入ったコップが写っていましたよね。犯人からすれば、あれもヒントのひとつだったんじゃないでしょうか」

「あ！」助手席で夏目が声を上げた。「そういうことですか！　いや、でも難しすぎますよ。普通それに気がつく人はいないでしょう？」

「ええ、気がつかないと思います。しかし犯人は、あえてそれを仕込んでいた。プライドが高いというか、フェアプレイを重んじるというか……。何か特別な思い入れがあるのかもしれません」

「誰もそこまで求めてはいないでしょうに」

「そのとおりです。これは犯人のこだわりでしかない。でも、細かいところにまで気を配るという性格が、私たちにとっては有利に働く可能性があります。メッセージや写真を分析すれば、どこかにヒントが隠されていると思われるからです」

「そこが奴のウイークポイントになるかも、ということですよね」

夏目が問いかけると、理沙は深くうなずいた。

「いよいよだな」矢代はつぶやいた。「ついに、あの写真の場所に入ることができる」

今まで警察はずっと犯人に振り回されてきた。

一度目は防犯カメラで、二度目はボウルに反射した人影で、矢代たちは犯人の姿を見ている。だがそれはぼんやりしたものでしかなく、亡霊を追いかけるような気分だった。被害者にしてもそうだ。あのシュラフの中にいるのは何者なのか。そこに武田千秋はいるのか。それとも、千秋とは別のアキチャンが押し込められているのか。

「ここからは私たちが行動を起こす番です」理沙が言った。「一刻も早く被害者を助け出しましょう。そして同時に、犯人の手がかりも見つけたいところです」

彼女は真剣な表情で、窓の外に目をやった。いまだ見えてこない犯人の姿を、ひとり想像しているのかもしれない。

「そこを右、そのあと左になります」夏目が教えてくれた。

面パトは住宅街の中を進んでいく。カーナビはあるものの、入り組んだ道が多いから注意が必要だ。夏目が案内してくれるので助かる。

やがて車は目的地に到着した。

先頭の車両から矢代、夏目、理沙が降りた。二台目に乗っていたのはＳＩＴのメンバーである泉、斉藤など四名。そして三台目、四台目からは所轄の捜査員たち五名と、情報分析班の早峰、唐沢が出てきた。総勢十四名という態勢だ。

矢代は前方の建物に目をやった。

門のそばに《株式会社ヒラオカ産業　町田工場》というプレートがかかっている。だが、敷地の中に人の気配はなく、しんと静まり返っていた。

工場は三階建てで、事前の調査では一階に生産ラインがあるということだった。社員食堂があるのは二階だそうだ。建物の背後に高速道路の防音壁が見えた。その向こうから、車の走る音が小さく聞こえてくる。

「最終確認をします」泉がみなを集めて言った。「ＳＩＴ三名と矢代、夏目の計五名で中に入ります。残りのメンバーは建物の周囲を見張ってください。不審者が逃走しようとしたら職質をかけて逃がさないこと。外にうちの斉藤を残していくので、異状があれば彼の携帯に連絡を。……斉藤は緊急時のみ、私に報告してくれ」

「了解しました」

斉藤はうなずき、自分の携帯番号をほかのメンバーに伝えた。念のため矢代たちも自分の携帯に登録しておく。

「矢代さん、夏目さん、よろしくお願いしますね」理沙が緊張した顔で話しかけてきた。

「こういうとき、私は役に立たなくてすみません」

「大丈夫ですよ」夏目は自信を見せた。「十五分も経てば、結果がわかると思います」

「無事だといいんですが……」

理沙はそうつぶやいて、工場の建物を見上げた。

「では、内部に進入する。慎重に行こう」と泉。

みな黙ったままうなずいて、両手に白手袋を嵌《は》めた。

すでにヒラオカ産業から、建物に立ち入る許可は取ってある。泉を先頭にして捜査員たちは門の中に入っていった。

正面玄関は施錠されていた。泉は東側に回り込んでいく。通用口に近づき、ドアハンドルに手をかけた。すぐに泉は振り返り、うしろにいたジャンパー姿の捜査員に手振りで合図をした。大丈夫だ、という意味だ。通用口は施錠されていなかった。ジャンパーの捜査員は錠を壊すためのツールを持参していたが、彼の出番はなかったようだ。

やはり、ここには侵入者がいたのだ。矢代は夏目に目配せをした。彼女はこちらに向かって小さくうなずいた。

泉はドアを開け、するりと中に入った。矢代たちもあとに続く。

建物の中は薄暗かったが、あちこちの窓から外の明かりが射し込んでいる。ペンライトを出す必要はなさそうだ。

白い壁の廊下が長く続いていた。床には段ボールの切れ端やビニール紐《ひも》、紙くずなどが散らばっている。従業員が昼休みに使っていたのだろうか、野球のグローブなども落ちていた。

一行は辺りに気を配りながら進んでいった。

しばらく行くと右手の壁が途切れて、そこから先はガラス張りの窓になった。この向こうが工場の作業エリアらしい。広いスペースに大きなタンクがいくつもあり、製品が流れてくるラインが設置されている。稼働していたときには、ここで大量のペットボトル飲料などが製造されていたのだろう。

廊下の突き当たりにエレベーターが見えた。その横にあるのは上階へと続く階段だ。矢代たちは足音を立てないよう静かに階段を上がっていく。踊り場に達する前に、泉が足を止めた。首だけ出して、階段の上を確認する。何も問題なかったらしく、彼はそのまま階段を登った。

二階に達し、耳を澄ましながら廊下を進んでいった。左手は窓になっていて、外の高速道路まで見通すことができる。

やがて食堂の入り口が見えてきた。ドアはなく、そのまま中に入れる構造だ。泉は立ち止まり、角の向こうをチェックした。それからこちらに向かって、行くぞ、というハンドサインを出した。

入り口のそばにショーケースがあった。中身は空だ。そばに椅子が一脚あり、ボードに貼ったメニューが立てかけられていた。日替わり定食やらラーメンやら、多くの名前が書かれている。数メートル先に腰の高さほどの細長い台があり、プラスチック製の食器が伏せて置かれていた。食器の底の部分に、コインに似た黒いものが付いている。ICタグだ。

目を転じると、食堂のフロアはかなり広いスペースになっていた。奥には食べ物を提供するカウンターが長く繋《つな》がっている。以前はフロアに数百の席があったのだろうが、今はいくつかを残すのみとなっていた。

泉がまたハンドサインを出した。彼の指し示すところを見て、矢代ははっとした。壁際に六人用のテーブルが置いてある。両サイドにはふたつのパーティションが立てられていた。背後の壁には、植樹のポスターとインストアコードの書かれた紙が貼ってある。少し離れた場所にカタログスタンドも置かれていた。

――ここだ。とうとう見つけた！

矢代は拳《こぶし》を握り締めた。ようやくあの写真の現場にたどり着いたのだ。

泉は部下のほうを向き、ジェスチャーで指示を出した。捜査員二名が足早に歩きだす。フロアの中を隅々まで確認するのだろう。

その間、矢代はテーブルの上に目を走らせた。さまざまなものが置かれている。ナイフとフォーク、半分水の入ったコップ、ステンレス製のボウル。そして人の形に膨らんだマミー型のシュラフ。顔の部分は布で隠れている。テーブルの手前の床は、赤黒い液体で汚れていた。おそらく血痕《けっこん》だ。写真で見たとおりの光景がそこにあった。

捜査員二名はフロアと厨房《ちゅうぼう》をチェックして戻ってきた。現在、社員食堂に誰かが隠れている、ということはないようだ。

これで落ち着いてテーブルを調べることができる。

泉に手招きされ、矢代は彼と並んでテーブルの前に立った。シュラフの中身を一緒に確認するのだ。

ひとつ深呼吸をしてから泉は作業に取りかかった。シュラフの顔の部分に、ゆっくりと手を伸ばしていく。ＳＩＴのメンバーや夏目は、おそるおそるという様子で見守っている。

かたん、と小さな音がした。ぎくりとして矢代は振り返る。夏目は腰を低め、素早く身構えていた。廊下から誰かがやってきたのだろうか？　しかし人の気配はない。

よく見ると、床の上にメニューのボードが落ちていた。

捜査員たちが入ったときに振動が起こったか、あるいはわずかに風が吹いたのだろう。何事もないとわかって、泉もほっとしたようだった。あらためて彼はテーブルのほうを向く。もう邪魔が入ることはないだろう。

泉の手が、シュラフの顔に掛けられていた布を取り払った。

息を呑《の》んで矢代は凝視する。

そこには顔があった。人の顔だ。だがそれは、想像していたような女性ではなかった。

「なんだ？」泉が小声で言った。「これはいったい……」

歳は四十ぐらいだろうか。痩《や》せていて頬がこけ、不健康な印象がある。固く閉じた目。わずかに開いた口。その口の上下には無精ひげが生えている。

中年の男性だった。まったく記憶にない人物だ。

泉はシュラフのファスナーを開いた。薄いブルーのシャツに緑色のカーディガン、紺色のズボン、灰色の靴下。靴は履いていない。腹部に創傷があり、衣服が血で汚れていた。

矢代は男性の胸の部分を観察した。動いていない。総頸動脈《けいどうみゃく》に触れてみたが、こちらも反応がなかった。瞼《まぶた》を開けさせ、瞳孔《どうこう》を確認する。

「死亡しています」硬い声で矢代は報告した。「腹に刃物で刺されたらしい傷があります。これが致命傷でしょう」

信じられない、という表情で泉は遺体を見下ろしていた。彼の口から言葉が漏れた。

「この男が……アキチャンなのか？」

彼が抱いたのと同じ疑問が、矢代の中にもあった。あまりにも想像とかけ離れている。武田千秋かどうかは別として、被害者は女性か子供だろうと思い込んでいた。少なくともアキチャンという名前から、それは確実だと信じて疑わなかった。

夏目やＳＩＴのメンバーも近づいてきて、遺体を覗《のぞ》き込んだ。この男性はいったい誰なのか、とみな首をかしげている。

矢代は遺体を細かく調べていった。左手の下に何かがある。つまんで引き出してみると、それは青い封筒だった。

「泉さん、封筒です！」

「なんだと？」泉は眉《まゆ》をひそめた。「中を見てくれ」

封はされていない。矢代は慎重に中身を取り出した。畳まれた紙と写真だ。

紙のほうには、手書きでこんな文章が記されていた。

《ケイサツのミナサンへ　アキチャンはモウイナイ　ニクにナッテ　クサレオチタ　ムシタチはオオヨロコビデス　カワイイアキチャンは　ダレにコロサレタノカ　コノオトコをシラベテ　ソレカラ　アクのゲンキョウを　サガシテ　ナガタチョウ　ヒビヤ　アザブ　ヤツはヒソンデイル　シッカリサガシテ　アノヒトが　トクトウセキで　ミテイマス　ハヤクシナイト　ギセイシャが　フエル》

三通目のメッセージだ。筆跡からも内容からも、これまでと同じ人物が書いたものと見て間違いないだろう。

続いて、矢代は写真を調べてみた。

薄暗い部屋の中、誰かが椅子に座っている。ゆったりとした、深く腰掛けられるタイプの椅子だ。くつろげそうな形状だが、脚が細く、屋内で使われるものとは違うように思える。座っている人物はカメラに背を向けているため、人相も性別もわからなかった。

その傍らにある丸テーブルには、いくつかの品が置かれていた。矢代は目を凝らした。フェルトペン、カメラ、ノート、紙が二枚。それらの紙にはフェルトペンで何か記されていた。

一枚目は丸が四つ書いてあるだけだ。

○　○　○　○

そして二枚目。こちらには漢字が四つ書いてある。かなり大きな文字で、ルーペを使わなくても読み取ることができた。

天文　生物　設備　回路

過去の犯人のやり方から考えると、おそらく間違いない。奴は第三のメッセージと写真で、警察に何かを伝えようとしているのだ。

泉に証拠品を渡そうとして、矢代ははっとした。あらためて写真に目を落とす。丸テーブルに、もうひとつ品物が載っていた。これは琥珀《こはく》のペンダントだ。一枚目の写真のときより大きく写っている。

よく見ると、宝石の部分には黒っぽい汚れのようなものが見えた。

——妙だな。きれいな琥珀じゃないってことか？

使っているうちに汚れが付いたのだろうか。そこに何か意味がありそうな気がする。

写真を見ているうち、矢代はあることを思い出した。

「そうだ。この社員食堂にペンダントは？」

目の前にある六人用のテーブルを確認する。シュラフの周りを調べてみたが、ペンダントは見当たらない。床の上にも落ちていなかった。

「第一の写真には琥珀のペンダントが写っていました」矢代は言った。「この食堂のテーブルに置いてありましたよね。でも今はなくなっています。そして第三のこの写真には写っている。犯人はここからペンダントを持っていったんです」

「どういうことだ？」泉は怪訝《けげん》そうな顔をする。

「犯人にとって、このペンダントは重要な意味を持つものなんでしょう。ひょっとすると、それが大きな手がかりになるかもしれません」

矢代はメッセージの紙と写真を泉に渡した。泉の周りにＳＩＴのメンバーや夏目が集まってくる。彼らは奇怪な文章と奇妙な写真を見比べている。

そんな中、矢代は正体不明の遺体をじっと見つめていた。

## 4

警視庁町田警察署は、町田駅から車で五分ほどの場所にある。

今、広い講堂の中で特別捜査本部の設置が進んでいた。町田署員が机や椅子を並べ、ホワイトボードやパソコン、プリンター、各種資料の用意をしている。

事件の発生はいつも突然だ。だが捜査本部が出来るとなれば、ただちに関係部署に連絡が飛び、刑事たちが集まってくる。いち早くこの講堂に呼ばれたのは町田署の刑事、近隣署からの応援者、早い段階で駆けつけた機動捜査隊、そして桜田門の本庁捜査一課だ。

準備が出来たところで、彼らはそれぞれ席に着いた。長机がセミナールームのように並べられ、前方にはそれに向かい合う形で幹部席がある。

文書解読班のメンバーは一番うしろの列、左端の席に腰掛けていた。リーダーの理沙と矢代、夏目の三名だ。一方、右端には情報分析班の早峰と唐沢がいる。ひとつ前の列にはＳＩＴの泉、斉藤たちが座っていた。

これまでＳＩＴ、解読班、分析班は神田署を拠点として活動してきた。神田駿河台の東京文学博物館で最初のメッセージが発見されたからだ。第二のメッセージは笹塚で見つかったが、同じ人物によるものと断定されたため、引き続き神田署の捜査本部で対応してきた。

しかし今回は事情が違う。同一人物による犯行なのは間違いないが、メッセージや写真が残されただけでなく、遺体が発見されてしまった。こうなるともう略取・誘拐事件とは言えなくなる。殺人事件が起こったとなれば、殺人班の出番となるのだ。

「時間になりました。会議を始めます」

ホワイトボードのそばに中年の男性が立った。歳は四十代後半、髪には白いものが交じっている。無表情な人物だが、かなりの威圧感があった。

「捜査一課の古賀《こが》です。本件捜査を指揮しますので、以後よろしくお願いします」

古賀清成《きよなり》は捜査一課四係の係長だ。若いころからいくつもの手柄を立て、その功績が認められて係長を拝命した。ゆくゆくは捜査一課の幹部になる人物だと噂されている。

矢代たちはこれまでの捜査で何度も彼と会っていた。以前、古賀は理沙の力を認めていなかった。しかし文書解読班が成果を挙げ続けているため、見方を変えたらしい。最近では、古賀が文書解読班を評価してくれているのがわかるようになった。

古賀はポケットから指示棒を取り出した。縮めてあったものを伸ばし、ホワイトボードに書かれた項目を指しながら説明を始める。その姿は大学教授のようにも見える。

「まず、本件の概要について。本日午前十時二十五分ごろ、町田市鶴間にある株式会社ヒラオカ産業、町田工場で男性の遺体が発見されました。この町田工場は二ヵ月前に操業を停止しており、現在は廃墟《はいきょ》となっています。発見の経緯ですがSIT、文書解読班、情報分析班らの捜査員が踏み込んだところ、社員食堂の中で遺体を見つけたとのこと」

ここまで聞いて、捜査員たちの間にざわめきが広がった。それも当然だろう。SITはハイジャックや誘拐、企業恐喝などを捜査する部署だ。どうして彼らが遺体を発見できたのか。それに加えて、文書解読班や情報分析班の名前が出たことにも、みな驚いているようだった。

「なぜSITが遺体を発見するに至ったのか、それは当事者に訊《き》いたほうがいいでしょう。……泉係長、お願いできますか」

指名を受けて、泉は席から立った。少し迷ったようだが、前に出たほうがいいと考えたらしい。机の間を通って、彼はホワイトボードのそばに行った。古賀に目礼したあと、捜査員たちのほうを向いて話しだした。

「泉です。SITと文書解読班、情報分析班は二日前の十一月七日から、ある事件の捜査を行っていました。最初に千代田区神田駿河台、東京文学博物館に不可解なメッセージと写真が残されていて……」

彼はこれまでの経緯をかいつまんで説明した。集まった捜査員たちはメモをとりながら、泉の話に耳を傾けている。

「略取・誘拐事件の疑いが濃かったため、捜査について公にすることはできませんでした。しかし今日、ヒラオカ産業の社員食堂で男性の遺体が発見されてしまった。捜査一課長の判断で、ここ町田署に捜査本部が設置されることになったわけです」

泉は一通りの説明を終えて、隣にいる古賀のほうに目を向けた。

小さくうなずいてから、古賀は再び口を開いた。

「今回の町田事件においても、現場にメッセージと写真が残されていました。また第一、第二の写真に写っていたのは、ヒラオカ産業の社員食堂だった場所だと断定できます。従って本件は神田駿河台事件、笹塚事件の延長上にあるものと考えられます。当然、犯人も同一人物である可能性が高い。そうですね？」

「おっしゃるとおりです」と泉。

古賀は視線を転じて、活動服を着ている男性たちに声をかけた。

「続いて、鑑識から報告を」

はい、と答えて小柄な男性が立ち上がる。彼が鑑識課のリーダーなのだろう。

「被害者の男性は三十代から五十代。腹部を刺されて死亡したものと思われます。正確なところは司法解剖待ちですが、遺体の状態から見て、死後、数日経っている可能性があります。なお、胸や腹には殴打された痕《あと》もありました」

「第一の写真が見つかったのは十一月七日の早朝……」資料を見ながら古賀は言った。

「撮影はその前夜、またはそれ以前だと考えられます。もしかしたらシュラフなどの写真を撮った時点で、すでに被害者は死亡していたのかもしれない」

「ええ、可能性はありますね」鑑識課員はうなずく。

「ほかに何か、わかったことは？」

「遺体のズボンのポケットに、何枚かレシートが入っていました。生活圏がわかりそうですので、情報共有していただければと。……以上です」

「ＯＫ、ありがとう」

　鑑識課員を座らせたあと、古賀は捜査員席に目を走らせた。やがて目的の人物を見つけたらしい。彼は報告を促した。

「川奈部《かわなべ》、現場及びその周辺について、情報は？」

　前から二列目、右端にいた中年男性が椅子から立った。がっちりした体形の人物だ。

「四係から報告します」野太い声で彼は言った。

　捜査一課四係の川奈部孝史《たかし》警部補だ。矢代が所轄の刑事だったころからの知り合いで、今も親しくしてもらっている。

「現場であるヒラオカ産業の町田工場は、当初すべての出入り口が施錠されていました。しかし一階の窓が一カ所割られており、そこから侵入した何者かが、通用口を開けたようです。初動捜査として近隣で聞き込みをしましたが、なにぶん敷地が広いため、物音を聞いた者は見つかっていません。不審な人物の目撃証言も今のところはなし。今後、地取り捜査を続けます。……一点、気になる話が聞けました。十一月四日から五日にかけての深夜、工場の門があるほうから、車のエンジン音とドアの開閉音が聞こえたそうです。そんな時間に車が停まるのは珍しいので、気になったとのことでした」

「車を見てはいないのか」古賀が尋ねた。

「ええ。残念ながら、その証言者は車を目撃してはいません」

古賀はマーカーを手に取り、ホワイトボードに《11／4夜　不審車両》と書いた。

「被害者を連れてきたのか、あるいは下見に来たか……」古賀はつぶやいた。「わかった。その近辺の防犯カメラをしらみつぶしに調べよう。不審な車が見つかれば、そこから犯人の動きをたどれる可能性がある」

古賀は泉に近づき、声を低めて何か話し始めた。今後の捜査について意見交換をしているようだ。

やがて話がまとまったのだろう。古賀は捜査員たちのほうを向いた。

「今後の方針について伝えます。略取・誘拐事件についてはこれまでどおりＳＩＴ、文書解読班、情報分析班に担当してもらいます。町田の男性殺害事件は我々四係と町田署、周辺署が捜査を行う。……ただ、犯人の意図はまだわかりません。さらに別の人間を捕らえている可能性もあるので、慎重な行動をお願いします」

そこまで話してから、古賀は矢代たちに視線を向けた。

「どうだ。文書解読班、何かあるか？」

矢代は隣にいる理沙の様子を窺《うかが》った。メモ帳を手にして彼女は立ち上がった。

「文書解読班の鳴海です。二日前から捜査を続けてきましたが、こんな形で被害者を発見することになってしまい、忸怩《じくじ》たるものがあります。もっと早くあの社員食堂に気づいていればと思うと、残念でなりません。反省すべき点は反省しますが、それは一旦《いったん》おくとして、今回の犯人の特徴をみなさんに理解していただきたいと思います」

「特徴というと？」

「犯人はメッセージや写真に、多くのヒントを仕込んできました。正解できる難易度かどうかは別として、おそらくできるだけフェアであろうとしているんでしょう。犯人は我々に解読することを求め、知恵比べを挑んできているのだと思います。このことから想像できるのは、犯人はとても真面目に、真剣な勝負を求めているのだろうということです」

古賀は右に二十度ほど首を傾けた。

「何が言いたいんだ」

「……犯人は、この勝負を中途半端に終わらせるつもりはないのだと思います。最終的なゴールがどこにあるかはわかりませんが、私たちが想像できないような大きなこと、何かとんでもないことを考えている可能性があります」

「たしかに話を聞く限り、奴には妙なこだわりがあるようだ」

「ある意味、非常に純粋な人間なのかもしれません。邪悪なまでに純粋な性格なのかも」

しばらく考える様子だったが、やがて古賀は「わかった」と言った。

「君たち文書解読班には、引き続きメッセージや写真の解読を頼むことになる。今後も泉係長の指示に従ってくれ」

「武田千秋さんがどうなったかも気になります。彼女の所持品を預かっていますから、それも急いで調べることにします」

「そうしてくれ。あとは情報分析班だったな。何か言っておくべきことはあるか？」

古賀が問いかけると、早峰は素早く立ち上がった。咳払《せきばら》いをしてから、彼女は口を開いた。

「第三のメッセージには『コノオトコをシラベテ』とあります。歯の治療痕や指紋、所持品、衣類、その他の手がかりから、被害者の身元を割り出すよう努めます。また、今回の事件現場を見て確信したのですが、犯人はアウトドアにこだわりがあるんじゃないでしょうか」

「シュラフのことか」

「いえ、それだけではありません。第一の写真にはスプーンやフォーク、ボウルなどが写っていました。そして今日出てきた第三の写真には、深く座れるタイプの椅子が写っていましたね。あれはアウトドアでよく使われるものです」

そういうことか、と矢代は納得した。あの写真の椅子を見たとき、屋外で使われるものだろうと感じた。キャンプなど、アウトドアで使うための椅子だと考えれば、納得がいく。

「それらのアウトドアグッズに注目して、過去の犯罪履歴データを調べてみたいと思います。必ず結果を出してみせます」

「期待している」古賀は指示棒を縮めてポケットにしまった。「ではみなさん、捜査に取りかかってください。男性の身元を特定することを最優先とします。そこから突破口が開ける可能性がある。全力を尽くしてほしい」

はい、と答えて捜査員たちは立ち上がった。それぞれの分担を確認して、みな行動を開始した。


会議のあと、矢代は早峰のそばに行って声をかけた。

「アウトドア用の椅子だとは思わなかった。よくわかったな」

「注意深く観察すれば気がつきます」

「いや、たいしたものだ。さすがだよ」

矢代は口元に笑みを浮かべる。それを見て、早峰は眉《まゆ》をひそめた。

「なんでいちいち私のところに来るんですか。用があるわけじゃないですよね？」

「俺たちは一緒に捜査をする仲間だろう？」

「何を言うんですか。私たちは敵同士です」

まいったな、と矢代は思った。早峰はどこまでも頑《かたく》なだ。

「でも協力した結果、ヒラオカ産業を割り出すことができたじゃないか。泉係長も、俺たちが力を合わせることを期待しているはずだぞ」

「だから、そうはいかないんです」早峰は少し声を強めた。「矢代さんも自分の立場を考えてください。成果を挙げられなかったら、そのチームはいずれ不利な立場になるんですよ。いずれ解体されてしまうかもしれないんです」

「君たちの部署は出来たばかりだし、そんなことはないだろう」

「出来たばかりだから危ないんです。やっぱり駄目だった、とつぶされてしまうおそれがあるんですから」

「岩下さんがそう言っていたのか？」

矢代に問われて、早峰は口をつぐんだ。今この場にはいない上司のことを、頭に思い浮かべているのだろう。

「言われたわけじゃありませんが、岩下管理官は厳しい方です。結果を出した人間でなければ、評価してもらえません」

「しかし、君は岩下さんに信用されているように見えたけど」

「違いますよ。あの方は誰も信用なんかしません」

「じゃあ、どうして君は……」

「もうやめてください」早峰は舌打ちをした。「矢代さんとは話したくありません」

そう言われては引き下がるしかなかった。軽くため息をついてから、矢代は自分の席に戻っていった。

待ち構えていたように、夏目がささやいてきた。

「先輩、嫌われちゃいましたね。難しいですよねえ、乙女心は」

「乙女心は関係ない」矢代は顔をしかめた。「俺のことはいいから、よそ見をしないで仕事をしろ」

　首をすくめている夏目の隣で、理沙が口を開いた。

「矢代さん、夏目さん、少し打ち合わせをしましょう。第三のメッセージと写真を早急に調べないと」

「そうですね。早いところ、手がかりをつかまなければ」矢代はうなずいた。

　理沙はA4判の紙を出して、さらさらとペンを走らせた。

《警察の皆さんへ　アキチャンはもういない　肉になって　腐れ落ちた　虫たちは大喜びです　可愛いアキチャンは　誰に殺されたのか　この男を調べて　それから　悪の元凶を　捜して　永田町《ながたちよう》　日比谷《ひびや》　麻布《あざぶ》　奴は潜んでいる　しっかり捜して　あの人が特等席で　見ています　早くしないと　犠牲者が　増える》

　第三のメッセージを漢字とひらがなに書き換えたものが出来上がった。

　あらためてその文章を読んだあと、理沙は首をかしげた。

「この文面って……アキチャンは誰かに殺された、ということですよね。変じゃないですか。第一、第二のメッセージでは、犯人自身がアキチャンを捕らえて殺害する、というふうに思えたのに」

たしかにそうだ。今回のメッセージによればアキチャンは誰かに殺害され、肉になって腐れ落ちている。犯人は傍観者になってしまったのだろうか。

「この男を調べて、と書いてありますよね」矢代は言った。「シュラフの中にいた男性が、アキチャンの死と関係あるんでしょうか。それに加えて、悪の元凶を捜せときた」

「考えられるとしたら、こうでしょうか。シュラフの男性と、もうひとり誰かがいて、そのふたりがアキチャンの死に関わっている。もっと言えば、そのふたりがアキチャンを殺害した……」

「ええ、そう考えられますね」

矢代は深くうなずいた。思案の表情だった夏目が、手を伸ばしてメッセージを指差した。

「永田町、日比谷、麻布というのは何を意味するんでしょう。そこに悪の元凶が潜んでいる、と読めますけど」

「その三つが犯人の行動範囲だとか？　あるいは、三つの点の中心にアジトがあるとか？」

思いつくまま、矢代はそんなことを言ってみた。夏目は首をかしげている。

理沙は別の紙を机の上に置いた。そこには、第三の写真に写っていた謎の記号や文字がコピーされていた。

《○　○　○　○》と《天文　生物　設備　回路》だ。

「おそらく、これは暗号のようなものでしょうね」理沙は言った。「ぱっと見てまず気がつくのは、どちらも四つの項目があるということです。もしかしたら一番目から四番目まで、それぞれ対応しているんじゃないでしょうか」

矢代は腕組みをして考え込んだ。

「でも主任、一枚目のほうは全部白丸ですよ。対応も何もないと思うんですが」

「そうなんですよねえ……」

低い声で唸《うな》って、理沙も腕を組んだ。

犯人が何かを仕掛けていることは間違いないが、解法がまったくわからない。そもそも考えるためのヒントが足りないのではないか、という気がする。

「あとは、これですよね」

理沙は写真のコピーを取り出した。暗い部屋の中で、誰かが腰掛けている。早峰の話では、それはアウトドアチェアではないか、ということだった。

「ここに座っている人は誰なのか……。ふたり目の被害者でしょうか。もしそうだったとして、この人物とシュラフの中の遺体とはどんな関係があるのか。知人だとしたら、ふたりはどこで知り合ったのか」

「座っているこの人が、悪の元凶なんですかね」

「わかりません……」

理沙も夏目も、写真のコピーを睨《にら》んで黙り込む。

事態が急展開を迎えたのはたしかだった。だが男性の遺体が発見されたことで状況はより複雑になり、混沌《こんとん》を極めてきたような気がする。ますます解決が遠のいてしまったのではないか、と思える。

矢代たちに勝負を挑んでいる犯人は、いったいどこにいるのか。この先、まだ何かを画策しているのだろうか。

目の前の謎を解くため、矢代は必死になって頭を働かせた。

## 5

理沙は町田署から神田署に戻るという。

メッセージの解読を行うにあたり、資料が揃っている神田署のほうが便利だから、ということだった。ただし、また何か緊急事態となれば、いつでも出動するそうだ。

一方、矢代と夏目は足を使って聞き込みを行うことにした。理沙の解読を手伝いたい気持ちはあるが、自分たちが知恵を絞ってもあまり役に立たないだろう。それよりは、関係者を当たって情報収集したほうが捜査に貢献できる、という考えだ。

「遺体の身元はほかの捜査員たちが調べてくれますから……」矢代は理沙に言った。「俺と夏目はほかの部分を攻めたいと思います。今、気になっているのは武田千秋さんのことですよね。彼女の荷物から知人のリストが見つかっているので、その人たちに聞き込みをしたいんですが」

　そうですね、と理沙はうなずいた。

「シュラフの中身は千秋さんではなかった。でも、犯人は千秋さんに繋《つな》がるようなヒントを残していました。何か関係があるんでしょう」

「なぜそうしたかということですが、もしかしたら犯人は千秋さんの失踪《しっそう》について、我々に調べさせたいのかもしれません」

「たしかに、そういう可能性もありますね。自分で調べることに限界を感じたのか。それとも失踪事件の真相を警察に告発したいのか……。いずれにしても私たちは提示された手がかりをもとに、捜査を進めていくしかありません。何かわかったら連絡をください」

「了解です」

　矢代たちが話しているところへ、中年の男性が近づいてきた。捜査一課四係の川奈部だ。

　彼は人好きのする笑顔を見せながら、話しかけてきた。

「よう、倉庫番。調子はどうだ」

「また……。倉庫番はやめてくださいよ」矢代は顔をしかめる。「最近は俺たちもけっこう捜査に出かけてるんですよ。いつまでも倉庫番に甘んじている気はないですから」

「あれ？　書類整理の仕事はもう免除されたのか？」

　文書解読班の仕事は大きくふたつある。過去の事件の書類を整理することと、現場に出て捜査のサポートをすることだ。もとは書類整理の仕事が多かったから、「倉庫番」などというあだ名を付けられてしまった。

「いや、まだやっていますけど」矢代は渋い表情で答えた。「もともと俺たちがいる部屋は、書類の倉庫ですからね。そこに机を並べてパソコンを置いて……。埃《ほこり》っぽくてまいりますよ」

「ホコリ高き男ってか。おまえにぴったりじゃないか」

　そんなことを言って川奈部は笑った。明るくて面倒見のいい人なのだが、口が悪いのが玉に瑕《きず》だ。

「ところで矢代、俺は武田千秋のことを調べたいんだが、一緒に聞き込みに行ってもいいか？」

　意外なことを言われて、矢代は少し戸惑った。

「どういうことです？　四係は遺体の身元を調べるんじゃないんですか」

「それは、ほかの連中に任せてある。俺は武田千秋について調べるよう言われてな。古賀さんからの命令だ」

「係長がそんなことを？」

「あの人は二手、三手先まで考えてるんだよ。今回の遺体は神田駿河台事件、笹塚事件と無関係とは思えない。だから殺人班としても武田千秋――秋ちゃんだっけ？　その人のことを探っておく必要があるってわけだ」

なるほど、と矢代は納得した。古賀係長は川奈部を信頼しているからこそ、この仕事を任せたのだろう。

「……ということなんですが、鳴海主任、どうしましょう」

矢代は理沙のほうを向いて尋ねた。彼女はしばらく考えてから、

「SITの泉係長にも許可を得たほうがいいかもしれませんね」

「ああ、鳴海さん、それは大丈夫だ。もう話は通してあるから安心してくれ」

「わかりました。では川奈部主任、矢代さんたちに同行してください」

「了解だ。……さあ行こう、倉庫番」

太い声でそう言って、川奈部は矢代の背中を叩《たた》いた。

リストをもとに、矢代は武田千秋の知り合いに電話をかけた。

まず、千秋の幼なじみと連絡がとれた。同じ小、中学校に通っていて、交友があったと思われる中原知美《なかはらともみ》という女性だ。今は自宅にいるらしい。

矢代と夏目、川奈部の三人は覆面パトカーに乗り込んだ。神田署が用意してくれたものを、引き続き使えるのは好都合だ。

目的の家は世田谷《せたがや》区玉川《たまがわ》——東急《とうきゅう》線・二子《ふたこ》玉川《たまがわ》駅から数百メートルの住宅街にあった。

チャイムを鳴らすとインターホンから応答があり、すぐに玄関から女性が出てきた。

千秋の同級生だから歳は二十八だろう。だが髪は明るめの茶色、白いブラウスにピンク色のセーターを着ていて、実年齢よりずっと若い印象がある。

「警視庁の矢代と申します」矢代は警察手帳を呈示した。「中原さんですね。お忙しいところをどうも……」

「あ、いいえ、今日は休みだから大丈夫ですよ。まあ、あとで買い物には行こうと思ってたんだけど」

どうぞどうぞ、と中原知美は矢代たちを家に招き入れてくれた。

三人が通されたのは応接間だ。壁には花を描いた立派な洋画が飾られていた。大きな書棚には、今どき珍しい百科事典や文学全集が並んでいる。どこか懐かしさを感じさせるような部屋の造りだ。

一度奥に引っ込んだ彼女は、紅茶を用意して戻ってきた。一緒に焼き菓子の皿までテーブルに並べてくれた。それだけでも予想外だったが、もっと驚いたのは、彼女の両親が出てきたことだった。

「お仕事、お疲れさまでございます。知美の父です」

「母です。お世話になります」

丁寧に頭を下げられて矢代は恐縮してしまった。母親はともかく、なぜ父親も家にいるのだろう。見たところ、彼は五十代半ばといったところだ。一般的な会社員ではないのだろうか。

「ええと……お父さんはどういったお仕事を？」

気になって、先に矢代はそんなことを訊《き》いてしまった。

知美の父はループタイの先をいじりながら、

「会社を早期退職しましてね。最近は株やら先物取引やらをやっています。あれもなかなか難しいものですね」

「ああ、そうでしたか」どうやら裕福な家庭のようだ。「知美さんのお仕事は？」

矢代が訊くと、知美は胸の前で右手を振った。

「前は銀行に勤めてたんですけど、辞めちゃいまして……。今、資格をとるために勉強しているんです」

なるほど、と矢代は思った。そういう生き方もありだろう。

「お電話でもお話ししましたが、今日は武田千秋さんのことをお訊きしたくてうかがいました」

「ああ、秋ちゃんねえ……」

急に知美の顔が曇った。両隣に座った父親、母親も、渋い表情を浮かべている。千秋が失踪したのは二十歳のときだが、その件は両親も知っているようだった。

「知美さんは小学校、中学校時代、千秋さんとおつきあいがあったんですよね？」

矢代の問いに、知美はこくりとうなずいた。

「もともと私の家は池上にあって、秋ちゃんとは幼なじみでした。父がこの家を建てたので、私は高校のときに転校したんです。でも、その後も手紙のやりとりはしていました」

それで、千秋のリストに知美の名前が書かれていたのだ。

「子供のころの千秋さんは、どんなふうでしたか」

「秋ちゃんはおとなしい子でしたよ。小学校のころは外でも遊んだんですけど、男子にからかわれると泣いて家に帰ってしまって……。守ってあげたくなるタイプかな」

「あなたがお姉さん、秋ちゃんが妹みたいな感じだったのよね」

母親は記憶をたどる様子で娘に言った。

「そうそう。秋ちゃんは可愛くてね。あのころは体も小さかったから」

「中学校ではどうでした？」

「あの子、部活には入っていませんでしたよ。家でずっと本を読んでいたみたいです」

そのころから千秋は本の虫だったというわけだ。

「捜査中、千秋さんのご実家からお借りしたんですが、段ボール箱で三十箱ぐらい本がありました」

「へえ、そんなに」

父親が驚いたという声を出す。母親は娘と顔を見合わせ、すごいねえ、とつぶやいた。

「小、中学校時代、気になったことはありませんでしたか。たとえば千秋さんがどこかに行きたいと話していたとか、他人とは違う考え方をしていたとか、誰か特別に親しい人がいたとか……」

もし子供のころから特異な行動が見られたのなら、二十歳になってから自分で行方をくらましたということも考えられる。あるいは、可能性は低いかもしれないが、誰かが手引きをして一緒に姿を消したということも、ないとは言えない。

知美はしばらく考えている様子だったが、やがて意外なことを言った。

「そういえば、ちょっと不思議に感じたことがありました。秋ちゃんって、本にどんどん傍線を引いてしまうんですよ。落書きも多かったみたいです。なんでそんなことをするのかと気になりました。だって本好きだったら、自分で本を汚したりしないと思うんです」

矢代は段ボール箱の中身を頭に思い浮かべた。全部調べたわけではないが、言われてみれば傍線を引いた箇所がいくつもあった気がする。

ここで川奈部が口を開いた。

「千秋さんは大学で日本文学を専攻していたと聞きました。小、中学校のころから国語の成績はよかったということですかね」

「いえ、そうでもなかったですよ」

「……え？」

「テストでも作文の課題でも、いろいろ書きすぎたのがよくなかったらしくて……。ほら、『このときの主人公の気持ちを答えなさい』とか、そういう問題あるでしょう。秋ちゃんは、いつもよけいなことを書いて減点されちゃったみたいです」

「先生が求めている解答ではなかった、ということでしょうか」

「たぶん、そうだと思います」

少し違和感のある話だ。本を読むのは好きだったが、教科としての国語は得意ではなかったということだろうか。

ほかにもいくつか質問したが、それ以上の情報は出てこないようだった。

メモ帳を閉じて、矢代は捜査協力への礼を述べた。

「秋ちゃん、どこに行ってしまったんでしょうね」知美は真剣な表情で言った。「刑事さん、今になって秋ちゃんのことを調べているのは、何か理由があるんですよね？」

「ええ、それはまあ……」矢代は言葉を濁す。

「どうか秋ちゃんを見つけてあげてください。どんな形でもかまいませんから」

「そうね。早くご家族のところへ帰してあげないと」母親がうなずく。

もう千秋は亡くなった、と知美たちは考えているのだろう。

そう考えざるを得ないほど、八年という年月は長いのだ、と矢代は思った。

何人かの友人に事情を訊いてみたが、これといった成果はなかった。

性格が内向的だったこともあり、武田千秋は友人たちと深いつきあいはしていなかったようだ。順番に証言を聞いていっても、彼女のはっきりした人物像は浮かんでこない。

「思ったほど情報は出てこないなあ」腕時計を見ながら川奈部はつぶやいた。「なんというか、武田千秋は自分のことを周りに隠していたように思える」

「そうですね。俺も気になります」

夏目にリストを見てもらい、矢代は面パトを目黒《めぐろ》区へ走らせた。

次の相手は、千秋の大学時代の友人・大島寛子《おおしまひろこ》という女性だ。

大島は産業機械メーカーに勤務しているが、仕事中でも聞き込みには応じられるという。矢代たち三人は会社の受付で手続きを行い、ビルの一階にある多目的スペースで彼女がやってくるのを待った。

五分ほどのち、大島が姿を見せた。グレーの制服の上に黒いカーディガンを着ている。肩まである髪をヘアピンで留めていて、清潔感のある人物だった。

「お待たせしてすみません。大島です」

彼女はスペースの隅にあるテーブルへと案内してくれた。社員が休憩できる場所らしいが、現在、ほかには誰もいない。

「お仕事中に申し訳ありません。警視庁の矢代と申します」

「本物の刑事さんに会うのは初めてです」大島は微笑を浮かべた。「あとで友達に自慢してもいいですか？」

「まあ、捜査内容に触れないようにしていただければ……」

「あ、そうですよね。事件の捜査ですものね」

　何度かうなずいてから大島は表情を引き締めた。声のトーンを落として、彼女は矢代に尋ねてきた。

「もしかして、秋ちゃんが見つかったんですか？」

「いえ、そういうわけではありません」矢代はメモ帳を取り出し、ページをめくる。

「ある事件を捜査している途中、武田千秋さんの名前が出てきまして……。それで、昔のことを知っている方にお話をうかがっているんです」

　それ以上は訊《き》けないと思ったのだろう。大島は黙ったままでいた。矢代は咳払《せきばら》いをした。

「大島さんは明慶大学で同じ学科だったんですよね？」

「はい、文学部日本文学科でした。秋ちゃん——千秋さんとはいくつか同じ講義を受けていたので、一緒に食事をしたり、お茶を飲んだりすることもありました」

「どんな感じの方でしたか」

「すごくおとなしい人でしたよ。講義の空き時間には、よく図書館で本を読んでいました」

「本はどういったジャンルですか。やはり日本の小説でしょうか」

「そうです。たしか、好きな小説家が三人いると話していましたね」

「その小説家、誰なのかわかりますか？」

「ああ、すみません、忘れてしまって……」

矢代は少し落胆した。好きな小説家がわかれば、たとえば思想的に影響を受けていたとか、どこかの土地に憧《あこが》れていたとか、そういう手がかりがつかめるかもしれないと思ったからだ。

「ほかに何か、千秋さんについて覚えていることはありませんか」

「ご実家はケーキ屋さんでしたよね。お店の手伝いをしているからいつも忙しい、と話していました。常連さんがたくさんいたみたいですね」

なるほど、と矢代はうなずく。次の質問をしようとして、ふと首をかしげた。

「お店の手伝いがいつも忙しい、と言っていたんですか？」

「はい。私たちがカラオケに行こうと誘っても断られてしまって……。週に何回かケーキ屋さんの手伝いをしている、ということでした」

矢代は眉《まゆ》をひそめた。夏目と川奈部も怪訝《けげん》そうな顔をしている。

「実家で聞いたところでは、月に二、三回ということでしたが……」

「え？　私が聞いた話では、もっと回数が多いみたいでしたよ。講義が終わると、急いで帰っていく日もあったし」

月に二、三回と話してくれたのは、以前ケーキショップの店長だった若槻だ。その話題になったときには千秋の父親もいた。

千秋は店の手伝い以外に、ほかのアルバイトなどをしていたのだろうか。

矢代がひとり考え込んでいると、夏目が別の質問をした。

「千秋さんは、日本文学科での成績はどうだったんでしょうか。小、中学校ではあまりよくなかったような話があったんですが」

「そうですね、もっと頑張らなくちゃいけない、と言っていました。……あ、でも彼女、小説を書いていたらしいんですよ」

「本当ですか？」

矢代と夏目は、ほぼ同時に声を上げた。これは重要な証言ではないか、という気がする。

「どういった内容だったんでしょうか」と夏目。

「すみません、読ませてもらったことがないので……。人にはとても見せられない、なんて恥ずかしそうに話していました」

「それは残念ですね」

矢代はつぶやいた。その小説が失踪《しっそう》に関わる話だったり、犯罪に繋《つな》がる話だったりしたら、重要な手がかりになっていた可能性がある。本当に残念だとしか言いようがない。

「そういえば……」大島は記憶をたどる表情になった。「秋ちゃん、ノートを一度も貸してくれなかったんですよ。私が講義を休んだときの分を見せて、と頼んだんですけど、ちょっと待ってと言われて……。次の日、そのページをわざわざパソコンに打ち込んで、プリントして持ってきてくれたんです」

「几帳面《きちょうめん》な性格だった、ということですかね。それとも字が下手だったとか？」

「いえ、字は普通だったと思いますけど……。とにかく秘密が多い人という感じでした」

同じ学科の友達にもそんなふうに思われていたのだ。単に恥ずかしがり屋だった、などという話ではないような気がする。

ここで川奈部が口を開いた。

「千秋さんはペンダントをつけていませんでしたか？」

そうだ、それを聞くべきだった。矢代は大島の回答に耳を傾ける。

「ああ、つけていましたね。琥珀《こはく》のペンダントです。植物とか砂とか、中に何か入ったものだと教えてくれました。琥珀が出来るとき、そうなることがあるらしくて」

川奈部がこちらに目配せをした。矢代は深くうなずく。

第一の写真、第三の写真に写っていたペンダントは、武田千秋のものだった可能性が高まった。写真の宝石部分には、汚れのような黒っぽいものが見えた。あれは琥珀が出来る過程で植物や砂が入ったせいだったのだ。

「正直、私には、あまりきれいな石だとは思えなかったんです。そんなペンダントを好んでつけるところも、ちょっと変わった人だなと思った記憶があります」

そう言って、大島は過去に思いを馳《は》せる様子だった。

大島寛子と別れてから、矢代は神田署にいる理沙に架電した。

今、聞き出したことを手短に報告する。話を聞いた理沙は驚きの声を上げた。

「好きな小説家が三人ですか！　それ、こちらでも気づいていました」

「……え？　どういうことです？」

「谷崎さんと一緒に、段ボール箱の中を調べていたんですよ。そうしたら書き損じの封筒と、出版社の所在地リストが見つかったんです。千秋さんは三人の小説家にファンレターを送っていたようです。その人たちの本が段ボール箱にたくさん入っていました」

「本当ですか？」

「しかも、雑誌から切り取った三人それぞれのインタビュー記事が、スクラップブックに何枚も貼ってあったんです。私の勘ですが、ただのファンという感じではなかったように思えます」

相当熱を上げていたということか。それらの小説家が特異な思想を持っていたとして、若かった千秋が感化されたということはないだろうか。

矢代は携帯を握り直した。

「千秋さんは自分でも小説を書いていたそうです。ひょっとすると、その小説家たちと交流があったのかもしれません」

確証はない。だが、ここから突破口が開けそうな気がする。

矢代は携帯電話を握ったまま、夏目と川奈部に向かってうなずいてみせた。

## 6

ハザードランプを点滅させて、矢代は面パトを停車させた。

車はJR品川《しながわ》駅に到着したところだ。窓を開けて辺りを見回すと、後方から近づいてくる人影が見えた。

「ああ、来た来た。走ってくるぞ」

後部座席で川奈部が言った。外を見て、ひとり含み笑いをしている。

やってきた女性はドアを開け、川奈部の隣に乗り込んできた。

「迎えに来てもらえて助かりました」

はあはあと息を切らしながら、理沙は言った。

「お疲れさまです。でも、わざわざ鳴海主任に出てきてもらわなくても、と思ったんですけどね」

矢代が話しかけると、理沙は真面目な顔をして答えた。

「私たちは一刻も早く犯人を見つけなくてはいけません。今回の聞き込みはきわめて重要な意味を持ちます。矢代さんたちを信用しないわけじゃありませんが、ここはひとつ、私も一緒に行ったほうが確実だと考えたようなわけで……」

どこか説明っぽく感じられるのは矢代の気のせいだろうか。しかしそのまま様子を見ていると、理沙が微笑を浮かべているのがわかった。

それに気づいて、助手席の夏目が言った。

「主任、嬉《うれ》しそうですね。やっぱり相手が小説家だからですか」

「えっ。……そんなことはありません」理沙は首を横に振った。「この聞き込みでは大事な情報が得られる可能性があるんです。武田千秋さんは本好きでした。特定の小説家にファンレターを送っていたんですよ。何か深い関係があったかもしれないでしょう。その小説家たちにはぜひ話を聞かなければ」

そんなふうに説明しているが、実際にはやはり小説家に会いたかったのだろうな、と矢代は思った。理沙自身も小説を書いているというから、プロと話してみたいのではないか。

「一抹の不安がありますよ」車をスタートさせながら、矢代は言った。「鳴海主任は文字や文章、本のことになると見境がなくなるでしょう。暴走しないかと心配なんです」

「ひどい言われようですね」

理沙は眉をひそめ、顔をしかめる。

後部座席から川奈部の笑い声が聞こえた。夏目も笑いをこらえているようだ。

「さて、気を取り直して……」メモ帳を見ながら理沙は言った。「最初は白岡克樹《しらおかかつき》さん、五十一歳です。二十年前に新人賞を取ってデビューした人ですね。薬害や交通事故など、社会問題をたくさん扱っています。代表作に『汚れた大地』『輪禍の子ら』『漆黒の斜塔』などがあります」

「雑誌での連載も多いらしいな」と川奈部。

「人気のある小説家なんですか？」夏目が尋ねた。

「あれ、夏目さんは知らないんですか」理沙は驚いたという顔をした「有名な人ですよ。矢代さんは当然知っていますよね？」

「いえ、知りません。でも売れている小説家だというのはわかりますよ」

矢代はウインカーを出して、車をコインパーキングに停めた。外に出て、目の前にある巨大な建物を指差す。

「だって、あんなマンションに住んでいる人ですからね」

川奈部はタワーマンションを見上げ、「おお」と声を上げた。

「俺、この前、家を建てたんだけど、こういうのを見てしまうと辛《つら》いなあ」

「品川ですもんね。ここ、いくらするんですかね」

夏目は頭の中で何か計算を始めたようだ。

エントランスでインターホンのボタンを押すと、じきに返事があった。先に電話を入れてあるから話は早い。白岡克樹はオートロックを解除してくれた。

エレベーターで目的の階に昇ると、広々とした廊下があった。ホテルを思わせるような造りだ。単に聞き込みをするだけなのだが、矢代は少し緊張してきた。隣を見ると、理沙は別の意味で緊張しているようだった。

表札を確認してからチャイムを鳴らす。すぐに中年の男性が現れた。清潔そうな白いシャツに、アースカラーというのだろうか、カーキ色のズボンを穿《は》いている。やや長めの髪にはウェーブがかかっていた。

矢代たち四人は応接室に案内された。調度品は茶色で統一されていて、落ち着いた雰囲気がある。

「こんなものしかなくて、すみません」

バリトン歌手を思わせる声で、白岡は言った。彼が持ってきてくれたのは、五本のペットボトルだ。海外メーカーのミネラルウォーターだった。

ソファに腰掛けながら、彼は自己紹介をした。

「白岡克樹です。一応、小説家をやらせてもらっています」

売れっ子なのだから「一応」などと言う必要はないだろうに、と矢代は思う。だが、それは彼なりの謙遜《けんそん》なのかもしれない。

「出身地は神奈川県。年齢は五十一。住所はここです。調べていただければわかりますが、前歴はありません」白岡は口元を緩めた。「ほかに何か必要な情報はありますか？」

牽制《けんせい》するつもりなのか、矢代たちの先回りをしようとする気配がある。

咳払《せきばら》いをしてから、矢代は警察手帳を呈示した。

「お電話を差し上げた、警視庁の矢代です。お仕事中に申し訳ありません」

「いえ、問題ありません。……むしろ幸運なことですよ。警察の方に取材したことは何度もありますが、聞き込みに応じるのは初めてですから」

　たしかに白岡は、興味津々といった顔をしている。彼のような小説家にとっては、警察の捜査に応じることさえ取材と言えるのだろう。上機嫌とも思える白岡を見て、やりにくいな、と矢代は感じた。

「早速ですが、本題に入らせてください。我々は今、ある女性のことを調べています。その人が以前、白岡さんにファンレターを出した可能性があるんですよ。それでお話を聞きたいと思って、出版社に白岡さんの住所を教えてもらったわけです」

「ええ、そこまでは電話でうかがいましたよね。……で、その女性の名前は？」

「武田千秋さんという方です。現在、二十八歳のはずです」

　矢代がそう答えると、白岡はわずかに首を傾けた。

「はずです、とおっしゃいましたね。確認できないというのなら、もしかしてその方、事件に巻き込まれたんですか？　しばらく前から行方がわからないとか？」

　さすが小説家だ。今の一言から、白岡は事実を言い当ててしまった。

「八年前、二十歳のときに千秋さんは行方がわからなくなりました。今も消息不明です」

「失踪《しっそう》宣告は受けているんですか？」

「いいえ、その手続きはされていません」

「そうですか……」

　白岡は何度かうなずき、少し考える顔つきになった。

「その千秋さんが、白岡さんのファンだったらしいんですよ」矢代は続けた。「彼女はあなたの著書を持っていました。そしてファンレターを書いた形跡があるんです。それでお訊《き》きしたいんですが、白岡さんのところに手紙は届いていたでしょうか？」

黙ったまま白岡は立ち上がった。壁際の棚からプラスチック製の箱を持って戻ってくる。

蓋《ふた》を開け、彼は封筒の束を取り出した。全部で四十通ほどあるだろうか。

「ええと……武田千秋さん、ですよね」

「そうです。武士の武に、田んぼの田。一、十、百、千の千に、春夏秋冬の秋です」

白岡は差出人の名前を確認し始めた。三分ほどそうしていたが、やがて顔を上げた。

「ないなあ……」

「本当ですか？」

矢代は夏目と顔を見合わせる。川奈部は眉《まゆ》をひそめて白岡を観察している。

あのう、と理沙が言った。

「白岡さん、それはファンレターのうちの一部ですよね？　できれば、ほかの封筒も調べていただきたいんですが」

「じつはね、これより古いものも保管してあったはずなんですよ。ところが、引っ越しのときに紛失してしまいまして」

「なんとか捜していただけないでしょうか」

「もしかしたら、間違って処分してしまったのかもしれません。手紙をくれた方には本当に申し訳ないんですが……」

そう言って、白岡は矢代たちから目を逸《そ》らした。

実際はどうなのだろう、と矢代は考えた。本当になくしてしまったのか、それとも白岡は何か隠しているのか。今の時点ではどちらとも見当がつかない。

「まあ、捜しておきますよ。もし見つかったらご連絡します」

「番号をお渡ししますね。神田署の捜査本部です」

矢代は夏目のほうに目配せをした。うなずいたあと、彼女は紙に捜査本部の電話番号を書いて、白岡に手渡した。

ペットボトルの水を一口飲んだあと、白岡は話題を変えた。

「ところで、刑事さんたちが調べているのはどんな事件なんですか」

「……先ほどご説明したように、武田千秋さんが行方不明になった件です」

「それだけじゃありませんよね？」白岡は意味ありげな笑みを浮かべた。「行方不明になった人のことを、八年経って急に調べたりはしないでしょう。何か別の事件があって、その関連で調べているんじゃないですか？」

鋭いな、と矢代は思った。白岡は警察官に取材したこともあるというし、過去に硬派な作品を書いている。警察の捜査についても一定の勘が働くのだろう。

「すみませんが、それは捜査上の秘密ということで……」

「支障のないところだけでもけっこうですから。ほら、もしかしたら私が何かに気づくかもしれないし」

取材をしたいという強い気持ちが伝わってくる。どうしたものかと矢代は考えた。こちらから情報を与えれば、白岡は何か思い出してくれるだろうか。

矢代は理沙のほうを向き、様子を窺《うかが》った。彼女も迷っているように思える。

数秒の沈黙があった。そこで口を開いたのは川奈部だった。

「白岡さん、ご協力ありがとうございました。あとで何か思い出したことがあれば、連絡をください。いい情報をいただけたら、こちらからも何かご提供できるかもしれません」

「ああ、なるほどね。わかりました」

何かを察したというようにうなずき、白岡はまた笑顔を見せた。

白岡克樹の住むマンションを出て、矢代は考えを巡らした。

なかなかの曲者《くせもの》だったと感じる。うっかり何か話すと、小説のネタにされてしまいそうだった。川奈部のほうを向いて、矢代は尋ねた。

「どうするのが一番よかったんですかね。もし俺がメッセージや写真のことを話していたら、白岡さんは何か教えてくれたんでしょうか」

「それはないな」川奈部は首を横に振る。「彼は駆け引きというものをわかっている。

もし俺たちからいろいろ聞きたかったのなら、自分のほうから協力を申し出て、情報を提供していただろうさ」

「私もそう感じました」理沙が言った。「古いファンレターがあるはずだからすぐ捜す、と言ってくれたのなら、話は違っていました。でも白岡さんはそうしなかった。たぶん、一方的に取材相手から情報を引き出すことしか考えていないんだと思います」

「たしかに、そんなふうに見えましたね」と夏目。

矢代たちは駐車場のほうへと歩いていく。

車に乗り込むとき、理沙が小さくため息をつくのがわかった。川奈部が、おや、という顔をした。

「どうした、鳴海さん。売れっ子小説家の態度に幻滅したか」

「そうじゃありませんけど……」言い淀《よど》んだあと、理沙は首をかしげた。「いや、そうなのかもしれません。取材というのは結局、他人から情報を引き出すことなんですよね。その情報が犯罪絡みのものであればあるほど、白岡さんの小説は面白くなる。そういうことでしょうか」

「やっぱり幻滅してるな。鳴海さんも小説を書くそうだが、やっぱり取材は大変だよな」

川奈部は苦笑いを浮かべている。理沙はうなずいた。

「ええ、そうなんですよね」そこで彼女は、はっとした表情になった。「川奈部さん、どうして私のことを……」

「この前、矢代から聞いたんだけど。あれ？　言っちゃまずかったんだっけ？」

川奈部は戸惑う様子でまばたきをした。

矢代は慌てて理沙のほうに目を向ける。彼女は顔をしかめて矢代を睨《にら》んでいた。

「すみません」矢代は首をすくめて詫《わ》びた。「ここだけの話ってことで、喋《しゃべ》ってしまいまして……」

「ここだけじゃ済まないから困るんです」

口を尖《とが》らせて理沙は言った。

ふたり目は三《み》鷹《たか》市に住む、江《え》波《なみ》誠一郎《せいいちろう》という小説家だ。

年齢は三十八。今から十五年前、二十三歳のときに新人賞を受賞したという。

「幻想的な雰囲気の小説を書く人なんですよ」面パトの中で理沙が説明してくれた。「デビュー作は『風葬の家』という長編で、かなり高く評価されました。二作目が『水底の蒼《あお》い影』、次が『池のほとり、窓辺のスケッチ』という短編集で、これらも面白かったんですよね。でも十年前から作品を発表しなくなってしまって……」

「え……。そうなんですか？」

夏目が首をかしげる。理沙は難しい顔をしてうなずいた。

「現在まで三冊しか本が出ていないんです。でも、いまだに人気のある作家なんですよ」

「書くのをやめてしまったのかな」と川奈部。

「実際どうなのか、私たちにはわかりません。たしかこの方、マスコミ嫌いで顔出しをしていないんですよね」

「変わり者ってことか？」

「噂では、気難しい小説家なんだとか」

これはまたやりにくそうな相手だな、と矢代は思った。

三鷹駅から一キロほど離れた場所にコインパーキングを見つけ、面パトを停めた。辺りは住宅街で自動車の通りも少なく、住みやすそうな雰囲気がある。公園には子供を遊ばせる母親が何人か見られた。

出版社から教えてもらった住所を探して、矢代たち四人は歩いていく。やがて目的地に到着した。

敷地の周りにはぐるりと生け垣が巡らしてある。庭は西向き、建物は築三十年ぐらいの二階家だ。黄土色の壁に、ツタの絡まっているのがお洒落《しゃれ》な感じだった。西隣は町会の自治会館らしい。

チャイムを鳴らしてから十秒ほどで、インターホンから返事があった。

「はい……」

どこか警戒するような響きがある。

「お電話させていただいた警視庁の矢代です。少しお話よろしいでしょうか」

そのまま声は途切れたが、しばらく待つと玄関のドアが開いた。出てきたのは三十代後半の男性だ。黒いズボンに黒いセーター、眼鏡のフレームも黒だ。目が細く、角張った顔をしている。手入れがされていない髪はぼさぼさで、寝起きのように見えた。だが彼の目つきは鋭い。矢代たち四人の顔に、素早く視線を走らせた。

「どうも」と彼は言った。

「お忙しいところ、すみません。警視庁の……」

「別に忙しくはないんで」矢代の声を遮って、彼は言った。「昼寝しようかと思っていたところです」

「ああ、そうでしたか」矢代は軽くうなずいてから会釈をした。「警視庁の矢代と申します。お話を聞かせていただけますか？」

「いいですよ。上がってください」

男性は踵《きびす》を返し、玄関のほうへ戻っていく。矢代たちは彼のあとを追った。

廊下には輪ゴムやコンビニのレシートが落ちていた。リビングルームに案内されたのだが、ここもかなりひどい有様だ。脱ぎ散らかした洋服に、菓子が入ったレジ袋、通販カタログ。そして何より目を引くのは、あちこちに高く積み上げられた書籍だった。単行本に文庫本、判が大きいのは写真集だろうか。この部屋だけでも千冊ぐらいありそうだ。

「そのへんに座ってください」

と彼は言ったが、その場所もないことに気づいたらしい。こちらへやってきて、座卓の周りの本を壁際に押しのけていった。いくつかの山が雪崩のように崩れたが、気にしていないようだ。

来客用のスペースを作ると、彼は座卓の向こう側へ行き、高座椅子に腰掛けた。

「本を置いておく部屋なんですよ」彼は室内を見回した。「人を入れるのには向かない場所だ。じゃあなぜここへ通したんだと言いたそうですね。……仕方ないんですよ。ほかの部屋はもっとひどい」

「なるほど」矢代はうなずく。

「人なんて滅多に呼ばないからね。客が来ないから散らかっているのか、それとも、散らかっているから客が来ないのか。刑事さん、どっちだと思います？」

「さあ、私には何とも……」

「あなた、どうでもいいって顔だな。まあいいでしょう。実際どうでもいい話だから」

想像以上にやりにくい相手だった。どうしたものか、と矢代は考える。咳払《せきばら》いをして、話の方向を変えようと努めた。

「江波誠一郎さんですよね？」

「そうです」

「今日は、ある人のことをうかがいたくてお邪魔しました。早速ですが……」

「矢代さん、ねえ矢代さん」

江波は強い調子で言った。ぎくりとして矢代は言葉を呑《の》み込む。江波は鋭い視線をこちらに向けている。

「あなた方、何かお飲みになりますか」

「……ああ、いえ、おかまいなく。大丈夫です」

「そうですか。……まあ、考えてみればお茶なんて出せる状態じゃないですね」

いちいち話を遮られるので、少し苛立《いらだ》ちを感じてきた。もう相手の言葉はあまり気にしないようにしよう、と思った。

「江波さん、武田千秋という人を知りませんか。あなたの小説のファンだという方です」

「武田千秋……。女の人ですか？」

「ええ。その人があなたにファンレターを送ったんじゃないかと思うんですよ」

「いつ？」

「八年ぐらい前です。当時、千秋さんは大学生でした」

江波は眉《まゆ》をひそめた。記憶をたどっているのか、しきりに首をかしげている。ややあって、彼は手近な本を一冊手に取った。ぱらぱらとページをめくっていたが、じきに髪を掻《か》きむしり始めた。

「いた……かもしれません。いや、いなかった……かも。すみません、よく覚えていなくて。……酒のせいかな」

「飲んでいらっしゃるんですか？」

「ええ。飲みながら映画のＤＶＤを見るのが一番楽しいものですから。そうこうするうちに眠くなります。昼寝をしようと思っていたんです」

そういうことか、と矢代は納得した。顔に出ないからわからなかったが、江波は酔っているのだ。だから支離滅裂な話をするのだろう。

「大変ですねえ」川奈部が口を開いた。「私の知り合いにも、浴びるように飲む人間がいましてね。少し控えるようにと注意しているんですがね」

「おう、そいつは奇遇だ。……しかし何でしょうね、気持ちが全然落ち着かなくて。ねえあなた、僕は小説家なんですけど、ご存じですか」

「もちろんです。さっき、その話をしていました」と川奈部。

「僕がデビューしたのは二十三のときだったんですよ。最初の本はすごく話題になってね。『風葬の家』というんだけど、読みました？」

「私、読みました」

そう言ったのは理沙だった。彼女は真剣な表情で続けた。

「主人公の青年が、ひとりで山に登りますよね。暖かい風が吹いてきて、気持ちがよくて……。でも視界が開けたとき、彼の前にはたくさんの墓石が現れるんですね。あのシーンが本当に好きでした。テーマへの切り込み方も秀逸ですし、傑作だと思います」

「読んでくれたんですね。ありがとう」江波はゆっくりとうなずいた。「そのあと僕は二冊本を出しました。それぞれ評判はよかった。でもそこまでだった。僕はもう十年も本を出していません。世間からはすっかり忘れられてしまったんじゃないかな」

「そんなことはありません。江波さんの新作を待っている人は多いと思います。この私もそうです」

「へえ、嬉《うれ》しいことを言ってくれますね。あなた、お名前は？」

「鳴海と申します。鳴海理沙です」

「ありがとう、鳴海さん。でも僕は駄目な人間なんです。いつ次の本が出せるかわからない。スランプなんです。僕は一生懸命やっているつもりなのに」

江波は髪の毛を右手でいじっている。枝毛を抜くような仕草をする。

「編集者と打ち合わせはしていないんですか？」理沙が尋ねた。

「書けないものはどうしようもありません。……僕の作品は繊細ですからね。売れればいいっていうわけじゃないんです。僕には崇高な目標があるんだ。文学というものは、そうでなくては」

そこで江波は咳《せ》き込んだ。セーターの袖《そで》で口の周りを拭《ふ》いてから、矢代たちのほうを向く。

「すみません。すぐに話が脱線してしまう。僕は駄目な人間です。本当にどうしようもない……」

江波は頭を抱えて、座卓の上に突っ伏してしまった。

その様子を見て、矢代は理沙と顔を見合わせた。夏目と川奈部も呆気《あっけ》にとられているようだ。

「江波さん、お願いがあるんですが」矢代は穏やかに話しかけた。「昔もらったファンレターを調べていただけませんか。武田千秋という人からの手紙が見つかったら、教えてほしいんです。我々の連絡先をお渡ししますから」

夏目に電話番号を書かせ、矢代はメモを差し出した。顔を上げてそれを受け取り、江波は何度かうなずく。

「わかりました。見つかったら、ここに電話すればいいんですね？」

「よろしくお願いします」

その後、理沙と川奈部がいくつか質問をしたが、たいした情報は得られなかった。これ以上話を聞いても仕方がない、という雰囲気になってきた。

礼を述べて矢代たちは立ち上がる。

「江波さん、私は新刊が出るのを待っていますから」

最後に理沙が言った。わかっているのかいないのか、江波は乱暴に手を振ってそれに応《こた》えた。

最後のひとりは渋谷区に住む水科駿《みずしなしゅん》、四十六歳だった。

水科は青春小説を得意とする小説家だという。覆面パトカーの中で、理沙が資料を読み上げた。

「……という経歴の方で、代表作として『サンクチュアリ』、『マジックスクエア』、『カットバック』などがあります。出版社によると水科さんは現在、取材旅行に出かけていて会えないとのこと」

「どこへ行ったのかな」

川奈部に訊《き》かれて、理沙は資料から顔を上げた。

「ヨーロッパだそうです。独身なので家族はいません。出版社の編集者も、旅行の詳しい日程は教わっていないようです」

「え？　取材って担当編集者が一緒に行くんじゃないのか？」

「そのへんは人によって違うらしいですよ。売れっ子なら出版社が旅行の費用を出して、同行してくれるようですが、そうでない場合は自腹で行くんでしょうね」

「ああ、そうか。白岡克樹なら出版社が同行してくれるけど、江波誠一郎だったら駄目ってことだな。なるほど、なるほど」

川奈部は無邪気な口調でそんなことを言う。理沙は困ったような顔をしたが、じきに小さくうなずいた。

「まあ、そうなると思います。厳しい世界ですから」

「でも不思議だな。江波誠一郎も三作目までは売れたんだろう？　そのころなら出版社も、先生先生って大事にしてくれたんじゃないのか」

「そうでしょうね」

「続けて四作目、五作目と書いていけばよかったんだ。そうしたら今も人気作家だったはずだよな」

「小説家にも、ひとりひとり事情があるでしょうから……」

「よくわからんなあ。仕事なんだから、どんどん書けばいいのに」

川奈部はひとり首をかしげている。

気を取り直した様子で、理沙は矢代のほうを向いた。

「水科さんに関しては今日、話を聞くのは無理ですね。帰国の日程がわかったら連絡をくれるよう、出版社に頼んでおきました」

今後の活動方針について、矢代たち四人は話し合った。

川奈部はこのあと、自分本来の捜査に戻るという。町田の社員食堂で見つかった男性について、身元の割り出しを急ぐとのことだ。それが急務だというのは矢代にもよくわかっている。

理沙は神田署に戻って、さらに武田千秋の段ボール箱を調べる、と言った。じつは今このときも、谷崎がひとりで箱の中身をチェックしているらしい。ＩＴ系の応援にやってきたのに、肉体労働をさせられているわけだ。彼のことだから、ぶつぶつ言いながら作業をしているのではないだろうか。

矢代と夏目はこのまま面パトを使って、武田千秋に関する情報を集めることにした。まだ話を聞けていない千秋の知り合いが何人かいる。時間はかかるが、地道な聞き込みは矢代たちが得意とするところだ。

そんなことを話し合っていると、川奈部の携帯電話が鳴りだした。彼はポケットを探って携帯を取り出す。

「ああ、俺だ。お疲れさん。どうかしたか？」

川奈部は相手としばらく言葉を交わしていたが、やがて大きくうなずいた。

「そうか。やったじゃないか。……うん、うん、了解した」川奈部はメモ帳を開いて、情報を書き込んでいる。「……え？　本当か？　おお、そいつは重要だな。わかった。伝えておこう」

一分ほどで電話は終わった。川奈部は矢代たちのほうを向く。

「町田署の捜査本部から連絡があった。被害者の身元が判明したそうだ」

「さすが四係。早いですね」夏目も自分のメモ帳を開いた。「何という人なんですか」

「藤吉健太《ふじよしけんた》、三十六歳。アパレルメーカーの社員だ。うちの部下が世田谷区三軒茶屋《さんげんぢゃや》にある彼のアパートを調べた。何が見つかったと思う？」

「犯人に繋《つな》がる証拠品ですか？」

「武田満夫の名前と住所を書いた紙が出てきたそうだ」

えっ、と言って矢代は川奈部の顔を見つめた。思ってもみない情報だった。

神田駿河台、笹塚、町田。三カ所で見つかったメッセージと写真は、いずれも武田千秋を連想させるものだった。そしてシュラフの中に押し込められていた藤吉健太は、千秋の父・武田満夫の住所を知っていた――。

「藤吉さんという人は、武田満夫さんの知り合いだったんでしょうか」

理沙がつぶやくのを聞いて、夏目も口を開いた。

「あるいは……武田さんのことを調べていた、とか？」

そうだな、と矢代は答える。

「その藤吉さんが、あんな形で殺害された。……もしかしたら、藤吉さんは千秋さんの失踪《しっそう》事件に関わっていたんじゃないでしょうか」

確証はない。だが、ひとつの想像が膨らみつつあった。藤吉健太という男が八年前、千秋を拉致《らち》したのではないか。そのあと彼は千秋を殺害してしまったのではないだろうか。

その彼が殺害され、シュラフに押し込められていたのだ。

——これは千秋さん殺しに対する復讐《ふくしゅう》じゃないのか？

矢代はこれまで集めてきた情報を、頭の中で組み立て始めた。

## 7

夕暮れの迫る商店街を、覆面パトカーが走っていく。

学校帰りの中高生や、買い物途中の主婦、犬を散歩させる住人たちに注意しながら、矢代は車を進めていった。川奈部は途中で降りて、電車で町田に向かった。今、車に乗っているのは矢代と夏目、そして後部座席の理沙だ。

　コインパーキングに車を停め、矢代たち三人は歩きだした。

　数分で見覚えのある店が見えてきた。こぢんまりしたケーキショップだ。ガラス戸の向こうには二、三人の客がいる。夕方のこの時間にはあの店も混むようだ。

　ケーキショップの前を通って、矢代たちは隣にある建物に向かった。

　一階の受付台で内線電話をかける。じきに総務部の社員がやってきた。前回応対してくれた四十代、丸顔の女性だ。

「昨日はどうも」矢代は言った。「社長はいらっしゃいますか。訊き忘れたことがあってお邪魔しました」

「すみません。武田は今、会議中なんですが」

と彼女が答えているとき、ちょうど廊下の先に武田満夫の姿が見えた。

　矢代たちに気づくと、彼は足早にこちらへやってきた。

「どうかしましたか、矢代さん」そこで武田ははっとした表情になった。「もしかして、捜査に進展があったんですか？」

　何かわかったら連絡する、と矢代は昨日約束している。武田が期待するのも無理はなかった。

「ええ、少しお訊きしたいことがありまして」

「奥で話しましょう。こちらへどうぞ」

矢代たちは今回も社長室に案内された。ソファに腰掛け、武田と向かい合う。

昨日同行していなかった理沙を、矢代は紹介した。

「私の上司です」

「鳴海と申します」理沙は警察手帳を呈示した。「突然お邪魔してすみません」

「いえ、かまいませんよ。お話を聞かせていただけたら、私のほうでも何か思い出せるかもしれません」

武田は真剣な表情でそう言った。昨日と同様、千秋のことを心配しているのがよくわかる。子供のいない矢代にも、武田の気持ちが伝わってくる。

「まずお訊きしたいんですが、藤吉健太という人をご存じですか」

「藤吉さん、ですか」武田は首をかしげた。「いえ、覚えがないですね。知り合いにそういう名前の方はいませんし……」

「取引先はどうです？」

「聞いたことがありません。……もちろん取引先の社員さん、全員を知っているわけではないんですけど」

少し考えたあと、矢代はスーツのポケットから携帯電話を取り出した。

「こういう人なんですが」

携帯の画面を相手のほうに向けた。そこには藤吉の社員証の写真が表示されている。川奈部が手配してくれたおかげで、捜査本部からメールを送ってもらえたのだ。

名前を知らないということだったから、あまり期待はしていなかった。だがその写真を見たときの武田の行動に、矢代はわずかだが違和感を抱いた。

表情が変わったわけではない。だが、視線の動きに不自然さがあった。武田は画面に顔を向けていたが、実際には目の焦点が合っていないように思えた。

——彼は写真を直視していない。

これは大きな気づきだった。見逃していたら、矢代はただ武田に同情するだけで終わっていたかもしれない。

「見たことのない方です」

そう言って、武田はゆっくりと首を左右に振った。

携帯電話を自分のポケットに戻してから、矢代はまた尋ねた。

「この方はあなたのことを知っていた可能性があるんです」

「……どういうことでしょうか」

「彼の自宅にメモがありました。そこに、あなたの名前や住所が書かれていたんです」

武田は眉《まゆ》をひそめて矢代を見た。しきりに首をかしげている。

「不思議ですね。もしかしてその人は、私のことを調べていたんでしょうか」

腑《ふ》に落ちないという表情で武田は言った。だが矢代には、その表情は作り物ではないかと思えてならない。

一呼吸おいてから、矢代は話題を変えた。

「これまでに、町田市鶴間に行ったことはありますか？」

「……町田には行ったことがありますが、鶴間ですか？　その場所は知らないですね」

「ヒラオカ産業という会社は？」

「聞いたことがありません。何の会社ですか？」

「飲料メーカーです。ペットボトル入りの水などを製造しています」

「大手ではないですよね。その会社の商品は見たことがないんじゃないかと……」

なるほど、と矢代はうなずいた。メモ帳を開いて次の質問を考える。

わずかな沈黙があった。その間に武田が尋ねてきた。

「矢代さん、さっきの藤吉さんのことですが、その人が何かしたんですか？」

「事件の捜査をする中で、その男性が現れまして……」

「現れて何をしたんですか。それとも、その人の身に何かあったんでしょうか」

武田は真剣な──というより、やや険しい表情になっていた。

どうしたものかと矢代は考えた。隣にいる理沙のほうに視線を向けてみる。彼女と目が合った。

咳払《せきばら》いをしてから、理沙は口を開いた。

「藤吉健太さんは今日、ご遺体で発見されました」

武田は何か言おうとしたが、その言葉を吞《の》み込んだようだ。しばらくして、彼は低い声で質問した。

「もしかして、誰かに殺害されたんですか？」

「ええ、そうです」

　矢代は黙ってふたりのやりとりを聞いていた。理沙はある程度情報を伝えることにしたらしい。夏目もそれを察したようで、注意深く武田を観察している。

「その人が私の住所を知っていたわけですよね。どうしてでしょう……。警察のほうで何かわかったことはあるんですか？」

「いえ、捜査はまだ始まったばかりですので」

「町田市鶴間の話が出ましたよね。もしかして藤吉さんはそこで殺害されたんですか？　あ……飲料メーカーの建物で事件が起こったとか、そういうことなんでしょうか」

　武田は次々と質問してくる。正解をぶつけられると、理沙としても返答が難しいところだろう。

「現在、捜査を進めているところです。……武田さん、ここまでの話で何か思い出したことはないでしょうか」

「……そうですね」

　武田は腕組みをして唸《うな》った。五秒ほどのち、彼は顔を上げて答えた。

「はっきりしたことはわかりません。でも、ひょっとすると取引先に藤吉という人がいるかもしれません。少し調べさせてください」

「お願いします」理沙は軽く頭を下げた。「これから先、もし何か思い出したことがあれば、私の携帯に連絡をいただけますか」

　彼女は紙に番号を書いてテーブルの上に置く。

　武田はそれを受け取り、書かれた番号をしばらく見てからポケットにしまった。

　午後八時、矢代たちは神田警察署に戻っていた。

　文書解読班は理沙、矢代、夏目、それに応援の谷崎の四名だ。財津係長は別件のため、会議を欠席するらしい。

　ＳＩＴの泉係長がホワイトボードの前に立った。定例の捜査会議が始まった。

「すでに聞いている者が多いと思いますが、本日午前、町田市鶴間にある飲料メーカーの元社員食堂で、男性の遺体が発見されました。藤吉健太、三十六歳、会社員。……遺体が出たことで捜査一課四係が町田署に捜査本部を設置しました。ここ神田署の本部とは役割分担をして捜査を進めていきますが、情報交換は密に行っています。この会議の内容も、のちほど向こうの捜査本部に伝える予定です」

　概況を説明したあと、泉はこう続けた。

「藤吉健太の遺体はシュラフの中に入っていました。そしてテーブルの上にはさまざまなものが置いてあった。壁の貼り紙やショーケース、メニューなどの状況もすべて、我々が写真で見ていたものと同じでした。犯人はメッセージや写真に謎を仕込んで、警察をその現場に誘導したかったのだと考えられます」

ある意味、矢代たちは犯人の思いどおりに動いたのだと言える。手のひらの上で踊らされるようだったのは不本意だ。しかし、謎を解いていかなければ遺体は発見できず、第三のメッセージと写真を手に入れることもできなかった。

「速報ですが、藤吉健太さんの死亡推定時刻は十一月四日、夜だと見られます。……ということは十一月七日の未明、ウインドブレーカーを着た人物が東京文学博物館に封筒を持ってきたときには、藤吉さんはすでに亡くなっていたわけです。犯人は早くアキチャンを助けろなどと書いていましたが、もともと救出はできなかったということです」

　それを聞いて、矢代は思わず眉をひそめた。犯人はフェアな問題設定をしているものと思っていた。実際、あの社員食堂を見つけるためのヒントなどは、かなり工夫されていたと言える。だが根本の部分で、アキチャンを救出するのは不可能だったのだ。

「その藤吉さんを調べてきた組、報告をお願いします」

　所轄の刑事が椅子から立ち上がった。

「被害者・藤吉健太は長らく母親の看護・介護をしていましたが、その母親が今年一月に亡くなりました。藤吉はかなり塞《ふさ》ぎ込んでいたそうです。鬱《うつ》の症状が出て、神経のクリニックに通っていたということでした」

「藤吉さんはアパレルメーカーに勤務していましたね。仕事のほうはどうなっていたんだろう」

「鬱の症状があったため、今年になってからは休みが増えていたようです。しかし休職はしていなかったそうで……」

人員配置の問題などから、容易に休職はできない環境だったということか。それとも会社幹部の無理解から、休ませてもらえなかったのか。いずれにせよ、本人にとってはかなり辛《つら》い状況だったに違いない。

そのほか藤吉の知り合い、近隣住民などから得られた情報を、刑事たちは報告した。泉は気になる点をホワイトボードに書いていく。それから理沙のほうに目を向けた。

「では文書解読班、今日の成果を聞かせてもらえますか」

はい、と言って理沙が立ち上がった。メモ帳を見ながら彼女は話し始める。

「私たちは午後、武田千秋さんの友人・知人を訪ねて情報を集めました。千秋さんは内向的な性格で、本好きだったということです。彼女が読んでいた本が残っていたので調べてみました。その結果、千秋さんが三人の作家にファンレターを送っていたことがわかって……」

理沙は今日集めた情報を説明していく。話はさらに、武田満夫を再訪したことに及んだ。

「このときの武田社長の様子を見て、感じたことがあるそうです。矢代さん」

理沙に呼ばれて矢代も席から立った。咳払いをしてから口を開く。

「気になったのは、私が藤吉健太さんの写真を見せたときです。そのとき武田社長は落ち着きを失い、写真をしっかり見ようとしませんでした。武田さんは藤吉さんを知っていたのではないか、と私は感じました。また、私が写真を出したあと、武田さんはやたらと捜査情報を聞きたがったんです。そういう行動に違和感がありました」

「疑いを抱いた、ということだな」

泉が真剣な目で尋ねてきた。そうです、と矢代は言った。

「私はこう推測しました。八年前、藤吉さんが千秋さんを拉致《らち》したのではないか。そして、その真相を知った武田さんが藤吉さんを恨み、殺害したのではないか……」

ホワイトボードに重要事項をメモしたあと、泉は首をかしげた。

「しかし矢代くん、もしそうだとしたら納得できないことがある。武田さんがメッセージや写真を用意したのなら、なぜ警察が自分の会社に来るようなヒントを仕込んだのか。壁のポスターやバーコードの数字まで撮影して、秋風のタルトの手がかりを残しているよな。自分が捕まるリスクがあるわけだから、かなり不自然だ。違うか？」

「そう……ですね。私もそこが変だと感じてはいたんですが……」

矢代は口ごもった。自分の推理に穴があることは自覚している。まだ何か足りない情報があるのだろうか。

――それとも、武田満夫は無関係なのか。

だが藤吉の写真を見たときの武田は、たしかに動揺しているように見えた。彼は何かを隠しているのではないか。

「わかった。武田満夫に不審な点があることは覚えておこう。……ところで文書解読班、第三のメッセージと写真については何かわかったか？」

今日、社員食堂で見つかったふたつの手がかりのことだ。矢代は隣に立っている理沙の様子を窺《うかが》った。彼女は渋い表情を浮かべている。

「すみません。それについてはまだです」

申し訳なさそうに理沙は言った。

ふふ、と鼻で笑う声がした。矢代は隣の島に目をやった。岩下管理官が腕組みをして、こちらを見ている。口元に笑みを浮かべているのがわかった。

矢代と理沙を座らせてから、泉は情報分析班に目を向けた。

「早峰くんのところはどうだ。何か報告すべきことはあるか？」

「あります」

早峰が素早く立ち上がった。彼女は捜査員たちを見回してから話しだした。

「武田満夫に関する情報です。私たちは武田が所有する鉄道系ＩＣカードの利用記録を調べました。カード自体を手に入れなくても、鉄道会社に保存されているデータを提出してもらうことで、武田の移動経路をたどることができました」

矢代は理沙と顔を見合わせた。そんなことができるとは考えてもみなかった。ＩＴ関係の得意な谷崎もかなり驚いているようだ。

「結果をご報告します」早峰は続けた。「この半年間で武田は七回、東急東横《とうよこ》線・祐天《ゆうてん》寺《じ》駅を利用しています。この駅の近くに何があるか調べたところ、重要なことがわかりました。藤吉健太は三軒茶屋に住んでいますが、祐天寺駅から彼の家までは歩いていける距離だったんです。武田はひそかに藤吉のことを調べていたんじゃないでしょうか。これは、武田が藤吉殺しの犯人であることを疑わせる情報です」

　理沙が身じろぎするのがわかった。夏目も谷崎も険しい顔をしている。もちろん矢代自身もそうだった。

「しかし、それだけでは弱いな」

　泉が言うと、早峰は深くうなずいた。

「もうひとつ情報があります。十一月四日、藤吉健太が殺害された日の夜間について、Nシステム――自動車ナンバー自動読取装置の記録を調べてみました。すると二十一時ごろ、武田満夫が所有する車のナンバーがヒットしたんです。武田の車は横浜市内の国道16号を走っていました。途中でナンバーは追えなくなりましたが、その車が走っていった方向を見ると、町田市鶴間に行ったと考えられるんです」

　矢代は思わず舌打ちをした。自分たちはそこまで調べていなかった。捜査三日目の今日、慌ただしくあちこちへ出かけていたせいで、それを調べるべきだと気がつかなかったのだ。悔しいとしか言えなかった。

「これらのデータにより、武田満夫が犯人である可能性が高いと考えられます」

　早峰の言葉に捜査員たちがざわめいた。その声の中に、早峰への賛辞が聞こえた。

「よくそこまで調べてくれた」泉が顔を輝かせて言った。「よし。明日、武田満夫に任意同行を求めよう。朝から事情聴取を行う。念のため、今夜は彼の家に監視をつける」

泉は小此木管理官と相談を始めた。明日の事情聴取の結果によっては、すぐに逮捕状の請求となるかもしれない。そうなれば一気に事件解決へと近づくことになる。

理沙は難しい顔をして捜査資料を見つめていた。谷崎は指先で机をこつこつと叩《たた》き、夏目は口を尖《とが》らせている。

会議が終わったあと、矢代は隣の島に目をやった。

唐沢は相変わらず余裕のある顔でパソコンを操作している。早峰は横からその画面を覗《のぞ》き込んでいたが、頬がほんのり赤くなっていた。捜査員たちを感心させた自分たちの分析に、少なからぬ誇りを感じているようだ。

彼女がこちらに視線を向け、わずかな時間だったが、矢代と目が合った。珍しく早峰が微笑を浮かべるのを、矢代は見た。

「ねえ矢代くん」岩下管理官が近くにやってきた。「財津係長はどこに行ってしまったのかしら。今夜、ここにあの人がいなくてとても残念だわ。被疑者を特定する、大事な情報が出た会議だというのに」

「そうですね」矢代は渋い顔をして答えた。「会議の内容は、我々から財津係長に伝えておきますよ」

「これも伝えておいてくれる？　明日は逃げないで、きちんと会議に出るようにって」

岩下はからかうように眉《まゆ》を上下させたあと、口元を緩めた。

「明日が楽しみね」

そう言って、彼女は矢代の肩をぽんと叩いた。

## 8

机の上にはさまざまなものが置いてある。性能のいいノートパソコン、使い勝手のいいビデオカメラ、データを保存するための外部メディア、メモ、鍵《かぎ》、三脚、そしてペンダント。

男はペンダントを手に取り、いろいろな角度から眺めた。チェーンの先端に付いているのは琥珀《こはく》だ。ねっとりと甘い飴《あめ》のような、いや、年代物のウイスキーを思わせるような美しい色合い。蛍光灯の明かりを受けて、石はきらきらと輝いている。

琥珀を顔に近づけ、男は中を覗き込んだ。そこにはいくつかの砂粒や、小さな植物の葉が閉じ込められている。

宝石というと、多くは鉱物の結晶を指すらしい。しかし琥珀は違っていて、長い時間をかけて天然樹脂が固まったものだそうだ。元が樹脂だから、気泡や砂粒、植物、虫などが混入することがあるという。今、目の前にあるものもそうだった。砂粒はともかく、明らかに植物の葉とわかるものが入っていて、何か不思議な感じがする。これが入っているせいで、特別な価値があるように思えてくる。

子供じみた想像だが、もし意識があったとしたら、この植物は自分の立場をどんなふうに感じていたのだろう。樹脂の中に閉じ込められ、もはや成長することも朽ち果てることもできないのだ。

永遠の時間！　この植物はどんな生き物よりも長く、その姿を保っている。だがその状態は、見方を変えれば幽閉されているのと同じではないか。絶望を感じたりはしなかったのだろうか。それとも、すでに考えることをやめ、ただそこに存在し続けることを受け入れたのか。

だが、と男は思う。自分にとって、永遠にこの姿を保つ植物は本当に大事だ。運命的なものを感じずにはいられない。

男はチェーンを首にかけた。宝石は胸の前、ちょうどみぞおちの辺りにぶら下がった。

オフィスチェアから立ち上がり、壁際に移動した。そこには小テーブルが用意してある。丸椅子に腰掛け、男はテーブルから大事なものをひとつ、つまみあげた。タオルを手に取り、丁寧に磨き始める。息を吹き掛け、表面の様子を確認した。またタオルで擦《こす》っていく。

元はかなり汚れていて、みすぼらしい姿だった。だがこうして磨き続けるうち、少しずつきれいになっていくのがわかった。それは男にとって喜びであり、やり甲斐《がい》の感じられることだった。男はその作業に没頭した。

しばらくののち、ふと腕時計に目をやると二時間も経っていた。楽しい時間はあっという間だ。

　男は大きく伸びをして、右の肩を回した。ずっと同じ姿勢でいたせいで、あちこちに凝りがある。少し体を動かしたほうがいいかもしれない。ああ、そうだ、と男は思った。運動すれば気分転換にもなるだろう。

　テーブルから離れ、机の横を通って、男は西側の壁際に行った。そこにはアウトドアチェアが置いてある。だらしなく腰掛けているのは囚人だ。

だいぶ弱っているようだったが、男が近づいてくるのに気づいたらしい。囚人は目を開け、小さな声で苦しそうに呻《うめ》いた。

　男は囚人の口からガムテープを剝《は》がしてやった。何度か貼ったり剝がしたりを繰り返したから、テープの粘着力が落ちてきたようだ。貼り替えたほうがいいだろう。

「なあ、おまえ、気分はどうだ」

　相手の目を覗き込みながら男は尋ねた。囚人は声を出そうとしたが、すぐ苦しそうに咳《せ》き込んだ。

　奴のつばが顔にかかった。くそ、と男は舌打ちをする。

「この死に損ないが」

　感情にまかせて、男は相手の頬を殴った。ひ、と声を上げて囚人は大きく顔を歪《ゆが》める。

　そしてまた咳き込む。

　相手の顎《あご》をつかみ、男は乱暴にぐらぐらと揺らした。

「おい、反省しろ。わかっているのか？」

「反省……します……許して……」

囚人の目には怯《おび》えの色があった。奴の右耳をつかんで、男は思い切りひねり上げた。

囚人は歯を食いしばって耐えている。

「おまえは本当にどうしようもない奴だな」男は言った。「だらしなくて、薄汚くて、嘘ばかりつく人間だ。とうてい許されるものではない。……だがそんなおまえにもできることがある。今までしてきたことを、すべて俺に話すんだ。そうすればまだ生かしておいてやる。わかっているな？」

「わかります……私はずっと……話してきました……正直に……」

「まだ全部聞いていないからな。おまえ、大事なことを隠すなよ。すっかり俺に説明するんだ」

「話します……全部……本当に……」

よし、と男はうなずいた。それから西側の壁に視線を向けた。びっしりと貼り付けられた紙。細かな字で書き込まれたメモ。それらを指先でたどりながら、囚人に問いかける。

「今日の話は、そう、ここからだ。この紙の、このメモが書かれたとき、いったいどんな状況だった？」

「そこは……はい、思い出しました……」

囚人はたどたどしい口調で、過去の出来事を説明し始めた。男はときどき確認の質問をしながら、その話を聞いていく。

細かい部分が明らかになるにつれ、男の感情は大きく波立った。すべてを聞き出さなければならない、という使命感がある。もはや途中でやめるわけにはいかない、という切迫感もある。自分は根気よく、奴の話を聞き続けなければならない。途中、気持ちを抑えられなくなったときには、容赦なく囚人を痛めつけなくてはならない。

今日もまた、長い夜になりそうだった。

# 第四章　最後のステージ

## 1

エンジンを切っているため、車内の温度は徐々に下がってきている。

矢代は腕時計を確認した。この場所に到着してから、そろそろ二十分が経とうとしている。窓の外に目をやると、関係する警察車両が二台見えた。いずれも気配を消して、ただの路上駐車のように見せかけている。

だが、それから数分後に動きがあった。

先頭に停まっていた覆面パトカーから、三人の男性が降りるのが見えた。泉、斉藤らSITのメンバーだ。二台目の車からも捜査員たちが降車する。

彼らにならって、矢代と夏目も車から降りた。

十一月十日、午前八時。

捜査員たちは足早に歩きだした。まだ閉まっているケーキショップ、営業を開始していない洋菓子製造会社の社屋。それらの前を通って、二階建ての民家に到着する。

数名の刑事が建物の裏に回った。ほかの捜査員たちは玄関から少し離れた場所に立つ。

泉の指示を受け、矢代はチャイムを鳴らした。ややあってインターホンから男性の声が聞こえてきた。

「はい……」

「朝早くにすみません。警視庁の矢代です。ちょっとよろしいでしょうか」

「え？　ああ、矢代さん……。お待ちください」

十秒ほどして玄関のドアが開いた。

顔を出したのは武田満夫だ。出勤の準備中だったのだろう、まだネクタイを締めていないワイシャツ姿だった。

矢代は軽く会釈をしたあと一歩うしろに下がった。代わりに泉が前に出る。

「警視庁の泉と申します。武田満夫さん、署まで同行していただけますか」

武田は目を大きく見開いた。それから泉のうしろに控えている刑事たちに気づいたらしく、身じろぎをした。

絞り出すような声で彼は尋ねてきた。

「いったい……どういうことです？　なんで私が警察に……」

「藤吉健太さんをご存じですか」

「……昨日、矢代さんが言っていた人でしょうか？　知らないと答えましたが」

「もう少し詳しく聞かせていただきたい。ご同行願います」

「そんなことを急に言われても」武田は隣にある会社の建物に目をやった。「これから仕事があるんです。大事な会議をしなければいけないし」

「このままだと、あなたの立場は不利になるばかりです。しっかり事情を説明したほうが、ご自身のためにも会社のためにもなりますよ」

「いや、しかしですね……」

しばらく押し問答が続いたが、埒《らち》が明かないと思ったのだろう。根負けしたという顔で武田はため息をついた。

「わかりました。準備をしますから待ってください。社員に電話もしておかないと」

十五分後、武田はスーツ姿で家から出てきた。そのころにはもう野次馬たちが集まっていて、何事かという目で様子を窺《うかが》っていた。

泉と斉藤に連れられ、武田は覆面パトカーに向かう。乗り込む前、彼は矢代のほうに視線を向けた。その表情からは、明らかな不快感が滲《にじ》み出ていた。


神田警察署の取調室で、武田満夫への事情聴取が始まった。

担当するのはＳＩＴの泉と斉藤だ。矢代たちが知っているとおり泉は紳士的な捜査員だが、今日は少し様子が違っていた。表面上は穏やかさを保っているものの、いつになく鋭い目つきで相手を見ている。任意の事情聴取とはいえ、ここで自供を取って捜査を大きく前進させたいという考えなのだろう。

「商売のほうは順調ですか、武田さん」泉が尋ねた。

　武田は緊張した表情のままだ。そもそもここへ連れてこられたことに不満があるだろうし、雑談と思えても何か裏があるのでは、と疑っているようだ。

「順調と言えるかどうかわかりませんが、事業はずっと続けていくつもりです」

「三十歳のとき洋菓子店の仕事を始めましたね。小さなケーキショップからスタートして、あちこちのスーパーに商品を納めるようになり、今では立派な社屋も持っている。相当努力されたんじゃないですか」

「まあ、事業を始めたころはいろいろありましたから」

「しかし早くに奥さんを病気で亡くした。あなたにとって、希望と言えるのは千秋さんだけだったでしょうね。その千秋さんが八年前に行方不明になりました。お辛《つら》いことでしたね」

　ええ、と武田はうなずく。だが彼の目から警戒心は消えていない。

「千秋さんがいなくなったことであなたはショックを受け、七年前には神経のクリニックに通っていますよね」

「そうですが……」

「五年前には睡眠導入剤を大量にのんで、救急搬送されかけています。もしかして、生きていくことが辛くなったのでは？」

「あれは違うんです。用量を間違えてしまっただけでね。決して自殺を図ったわけじゃありませんから」

武田は強く否定する。泉は追い打ちをかけるように言った。

「あなたは世の中に絶望していたんでしょう。ところがそこへ、何かのきっかけで藤吉健太さんのことを知った。あなたは彼に強い恨みを抱いた。なぜなら藤吉さんは、千秋さんをさらった犯人だとわかったから……」

「いったい何を言ってるんです？」

「あなたは復讐《ふくしゅう》のために藤吉さんを手にかけた。娘さんを殺害されたことへの復讐だ。そうじゃありませんか？」

武田の体がびくりと動いた。その直後、彼は数センチ腰を浮かした。

「千秋が死んだかどうか、わからないでしょう。それなのに、なぜ私が復讐しなくちゃいけないんですか？」

声を荒らげて、武田はそう言った。

苛立《いらだ》った武田の声は、隣室にいる矢代たちの耳にも届いていた。

マジックミラーを通して、矢代たちは事情聴取の様子を見ていた。今、この部屋には八名の警察官がいる。文書解読班からは理沙、矢代、夏目、上司の財津。情報分析班からは早峰、唐沢、岩下。そして町田署の捜査本部から、四係の川奈部も加わっていた。

「泉さん、かなり飛ばしてるな」

川奈部が感心したような声で言った。町田署のほうでは今、殺害された藤吉健太の関係者を当たっているはずだ。武田満夫がその犯人かもしれないと連絡を受け、川奈部はここ神田署にやってきたのだった。

「取調べは、川奈部さんたち殺人班のほうが得意だと思ったのよ」岩下が言った。「でも泉さんが自分で調べたいと言うから、そうしてもらいました。この捜査本部はＳＩＴが仕切っているから、仕方なかったの」

「けっこうやりますよね、あの係長」川奈部は口元を緩めた。「さっき、娘さんは殺害された、と断定したような喋《しゃべ》り方をしました。遺体も出ていないのにそんなことを言ったわけだから、普通に考えれば失言ですよ。でもあれ、わかっていて言ったんでしょう。武田を怒らせて、このあとボロを出させるつもりですよね」

殺人捜査のプロからも評価されたのだ。やはり泉はできる人間だ、と矢代はあらためて思った。

「このあと、いよいよ本題に入るはずよ」岩下は部下のほうを向いた。「早峰さん、唐沢くん。あなたたちが昨日調べたことを、泉係長は武田満夫にぶつける。反応が楽しみだわ。早ければ、数時間のうちに武田は落ちるかもしれない」

「そうなることを祈っています」早峰はこくりとうなずいた。「あとは、武田千秋さんの行方ですね。もし藤吉健太が千秋さんの失踪《しっそう》に関わった犯人だとしたら、一気にふたつの事件が解決できることになります。私たち情報分析班の活動が役に立ったのなら、こんなに名誉なことはありません」

「ええ、そのとおり。……財津係長、どうです、ご感想は」

岩下は笑みを浮かべて尋ねてきた。

眼鏡のフレームの位置を直してから、財津は答える。

「よかったじゃないですか。事件を解決するのが我々の役目ですから」

「あらそう。余裕の言葉ね」

「余裕も何も、それが捜査の目的でしょう」

「早峰たちの手柄だということを、お認めになるんですね？」

「おめでとうと言えばいいですか？　それとも、ビールでもご馳《ち》走《そう》しましょうか？」

「いいえ、間に合っています」

岩下は早峰に向かって、にこやかに何か話しかけた。それに応じる早峰も、表情が柔らかくなっている。

その様子を見て、財津は顔をしかめていた。

一方の理沙はというと、彼女はマジックミラーの向こうをじっと見つめている。

取調室では、泉がいよいよ相手を追い詰めようとするところだった。ふたりのやりとりがスピーカーから聞こえてくる。

「藤吉健太さんは三軒茶屋に住んでいます。ご存じですか？」

「いえ、知りません」

「我々は重要な事実を突き止めています。ＩＣカードのデータを調べさせてもらいました。この半年の間に、あなたは東急東横線の祐天寺駅に七回行っていますね。祐天寺駅から藤吉さんの家まで、歩いていくことができるんですよ」

「……え？」

「武田さん。あなたは藤吉健太さんを知らないと言いました。しかし本当は、彼の動向を探っていたんじゃありませんか？　理由はもちろん、娘さんの復讐のためです。あなたは藤吉さんの殺害計画を立てていたんだ」

「ちょっと……いったい何を」

「あくまで、自分は殺害していないと主張するんですか？」

「そうです。だって私は……」

「では、これはどうです？　十一月四日の二十一時ごろ、あなたの車が横浜市内を走っていたことがわかりました。その夜、あなたは町田市鶴間に行き、廃墟《はいきょ》となった社員食堂で藤吉さんを殺害した。事実ですね？」

「待ってください。どうしてそうなるんですか」

「違うと言うんですか」

「まったく違います。……祐天寺には大学時代の友人が住んでいるんです。彼が食品加工会社を設立するというので、洋菓子店をやっている私に相談が来ました。恩がある友人だったので、私は手伝いに行きました。七回……そうですね。それぐらい通ったと思います」

「大学時代の……友人？」

「それから、十一月四日ですか。その日はたしか、うちの営業部長の若槻に車を貸したんです。親戚《しんせき》が急に入院して、夜に出かけることになったそうです。彼の車が修理中だというので、私の車を使わせました。社有車が少ないので、普段の営業のときにも、社員に私の車を貸すことは多いんですよ」

「……でまかせじゃないのか？」

「そう思うのなら調べてみてください。……まさか、事実関係を調べないまま、私を疑っているわけじゃないですよね？」

「それは……」

スピーカーから聞こえる泉の声に、戸惑いが感じられた。

矢代たち隣室の捜査員からも驚きの声が上がった。中でも動揺しているのは、情報分析班の早峰だ。顔から血の気が失《う》せている。予想外の出来事に混乱しているようだった。

「裏付けを取っていなかったのか？」

川奈部が矢代のほうを向いた。口ごもりながら矢代は答える。

「そう……ですね。おそらく……」

「駄目だろう、それは」川奈部は舌打ちをした。「泉さんは焦りすぎだ。データはヒットしたかもしれないが、しっかり裏を取らないと」

「ええ、たしかに……」

「そもそもICカードの記録は誰が調べたんだ？」

川奈部に訊《き》かれて、矢代は分析班のほうに視線を向けた。

岩下は眉《まゆ》をひそめている。唐沢は壁際に立ったまま、指先でこめかみを掻《か》いている。

そして早峰は、落ち着かない目で辺りを見ていた。

川奈部に責められたと感じたのだろう、早峰は釈明を始めた。

「あの、でも……武田は大学時代の友人と口裏を合わせている可能性がありますよね。それに……そう、若槻という営業部長は武田の共犯者かもしれません。武田は社長ですから、営業部長にいろいろと命令することができます。すぐに営業部長を呼んで事情聴取を……」

苦しい説明だった。矢代たちも見落としていたわけだから、彼女の責任を問うつもりはまったくない。だが早峰の今の態度は、見苦しいとしか感じられなかった。

「早峰さん、私にも落ち度があった」岩下管理官が言った。「でも今、一番反省すべきなのはあなたよ。自分の非は認めなければいけない」

早峰は黙ったまま、肩を落とした。

大きく深呼吸をしてから、岩下はこう続けた。

「データだけを信用して捜査をすべきではなかった。なぜかというと、それは冤罪《えんざい》に繋《つな》がる可能性があるから。私たち警察官がもっとも注意しなければいけないことだった」

「それ、上司にも責任があるのでは……」財津がぼそりと言う。

「わかっています。私にも落ち度があったと、さっき言ったでしょう？」

岩下に睨《にら》まれて、財津は口を閉ざした。

ドアが開いて、廊下から泉が入ってきた。取調室のほうは斉藤に任せて、こちらにやってきたらしい。

泉は集まっている捜査員たちを見回した。室内の緊張が一段と高まった。捜査のリーダーとして泉は怒りをぶちまけるのではないか、と矢代は思った。だが、意外なことが起こった。

「失態だ」泉はため息をついた。「しっかり証拠を固めてから行動すべきだったんだ。焦りがあった。これは私の責任です」

そう言って彼は小さく頭を下げた。誰に向かってということはないが、たしかに詫《わ》びる姿勢を見せた。係長がそんなことをするのは異例だった。

「いや、俺が悪かったんだと思います」矢代は言った。「殺人の捜査経験があったんだから、きちんと裏を取るよう助言すべきでした。すみません」

自分たちが主導する捜査であれば、しっかり気を配っていただろう。だが今回はＳＩ

Ｔが指揮を執っていたから、サポートに徹すればいいという気持ちがあった。要するに、矢代は油断していたのだ。

「いいえ、違います」

女性の声が聞こえた。早峰が真剣な表情で泉を見ていた。

「私のせいです。調べたデータを都合のいいように解釈してしまいました。本当に申し訳ありません」

彼女は深く頭を下げた。そのまま何秒経っても頭を上げようとしない。泉は困ったような顔をして、彼女に声をかけた。

「反省は反省として、我々にはやるべきことがある。萎縮《いしゅく》するのが一番まずい。積極的に捜査を進めよう」

頭を上げた早峰が、はい、と答えた。岩下と唐沢は、泉に目礼をする。

「早峰さん、私から提案があります」そう言ったのは理沙だった。「情報分析班と文書解読班、互いに協力して捜査をしませんか。それぞれに得意なところがあるでしょうから、力を分散させてしまってはもったいないでしょう。いかがです？」

問いかけられて、早峰はしばらく考え込んだ。やがて、自分だけでは判断できないと思ったのだろう、岩下管理官のほうを向いた。

先手を打って、理沙は言った。

「事件が解決できなければ、私たち解読班だけでなく、分析班まで立場が悪くなります。

そうですよね、岩下管理官」

もう競争などをしている場合ではない、ということだ。それは岩下にも理解できているはずだった。

「鳴海さんの意見だというのが面白くないけれど……ええ、わかりました」岩下は部下に命じた。「早峰さん、文書解読班と情報を共有して、効率的に捜査を進めなさい」

了解です、と早峰は答えた。

これでわだかまりも消えるだろう。矢代は早峰に向かって、ひとつうなずいてみせた。早峰は戸惑うような顔をして、小さく会釈を返してきた。

会議室に戻る途中、分析班の唐沢に呼び止められた。

彼が声をかけてくるのは初めてだったから、矢代は意外に思った。

「何だい。どうかしたのか」

矢代が尋ねると、唐沢は困ったような表情を浮かべた。大柄で、いつものんびりした雰囲気を持つ彼が、真面目な顔で何か話そうとしている。

「気になることがあれば言ってくれ」

「ああ、いえ、そういうことじゃないんです」唐沢はこめかみを掻きながら言った。「じつは早峰主任のことなんですが……」

「うん。彼女が何か？」

「私は前の職場でも早峰主任の下で働いていました。早峰主任は真面目で几帳面《きちょうめん》な人ですから、こうあるべきということにこだわるんですよね。それで当時の上司と衝突してしまったんです。まあ、私から見てもその上司は仕事がルーズで、いつか問題になるんじゃないかと気になっていました。やがて心配していたことが現実になって、上司は幹部から厳重注意を受けました。早峰主任がたれ込んだわけじゃなかったんですが、その上司に恨まれて、主任は遠くへ飛ばされそうになったんです」

「とんでもない話だな」矢代は顔をしかめる。

「早峰主任の部下だった私も、一緒に異動させられそうになりました。そのとき手を回して助けてくれたのが、岩下管理官だったんです」

なるほど、と矢代は思った。それで早峰は、岩下に忠誠を誓ったのだろう。

「情報分析班という新しい部署で、早峰主任は実績を挙げようと必死なんです。今回はそれが裏目に出てしまって、こんなことになりました。主任の部下として、私も責任を感じています。一度立ち止まって、情報を見直すべきでした。本当にすみません」

「いや、俺に謝ることはないよ」矢代は慌てて首を横に振った。「早峰はさっきみんなに詫びていた。あれでもう済んでいるからさ」

「そうおっしゃっていただけて安心しました」

唐沢は、ほっとしたという表情になった。

「君は早峰のことをよく見ているんだな」矢代は言った。「彼女から信頼されているんじゃないのか？」

「いえ、そんなことはありません。……前の部署から異動させられそうになったとき、私は警察を辞めようと考えたんです。でも早峰主任を裏切ってしまうような気がして、思いとどまりました。ただ、もういつでも辞められると思うと、腹が据わったといいますか……。私の場合は、岩下管理官に忠誠を誓ったわけではないんです。早峰主任をサポートするのが自分の役目だと思っていますので」

それで腑《ふ》に落ちた。納得したという顔で矢代は言う。

「だからか。君はのんびりしているというか、余裕を持って仕事をしているように見えたからな」

「ああ、すみません」唐沢は軽く頭を下げた。「でも今回、矢代さんたちが全力を尽くしているのを見て気持ちが変わりました。特に谷崎くんは面白い人材ですね。彼と、もっと一緒に仕事をしてみたいと思うようになりました」

「それは気がつかなかった……」

「私はこれからも早峰主任を手助けしていきます。当然、その上司である岩下管理官にも従います」

「まあ、そういうことになるよな」

「ここだけの話ですが、ああ見えて手のかかる人なんですよ、早峰主任は」

唐沢は小声でささやくように言った。口元に笑いが浮かんでいる。

早峰はいい部下を持ったな、と矢代は思った。

## 2

四係の刑事たちが、緊急で裏付け捜査をしてくれた。

川奈部は神田署の捜査本部からあちこちに電話をかけ、情報を集めていた。やがて結果が出たらしく、彼はメモ帳を持って泉のところにやってきた。矢代や理沙、早峰たちも川奈部のそばに集まった。

「やはり武田満夫はシロですね」川奈部は言った。「本人の話のとおり、祐天寺駅に行ったのは友人に会うためでした。十一月四日の夜、車を運転していたのも営業部長の若槻で間違いありません。武田自身は四日の夜、居酒屋で食事をしていたことがわかりました。初めての店だったので証人はいないんですが、レジの近くの防犯カメラに武田がはっきり写っていました。アリバイ成立です」

「お手数をおかけしてすみませんでした。私たちの捜査に漏れがあって、本当に申し訳ないと思っています」

泉は姿勢を正し、相手に向かって頭を下げた。川奈部は苦笑いする。

「我々、こういう調べは得意ですので気にしないでください。それより、アリバイ成立となると武田はもう……」

「そうですね。帰らせることにします。どうにも恰好《かっこう》がつきませんが」

「なんだったら俺から武田に伝えましょうか。文句を言われるのは慣れてますので」

「ああ……いえ、それは自分でやります。私の責任ですから」

もう一度礼をしてから、泉は廊下に出ていった。取調室で武田満夫に事情を説明するのだろう。そして武田は無事に帰宅するというわけだ。

このあと川奈部は、町田署に戻って捜査を続けるという。

「川奈部主任、どうもありがとう」岩下が彼に声をかけた。「助かったわ」

「たいしたことはありませんよ。それより岩下管理官、俺が言うことじゃないと思いますがね、ここから先は財津さんのチームとうまくやってください」

「ええ、それはまあ……」

岩下は顔を曇らせたが、相手の言葉を拒絶したりはしなかった。

川奈部がドアの向こうに消えると、岩下は咳払《せきばら》いをした。財津に向かって、ゆっくりした口調で言った。

「情報分析班と文書解読班で、情報の交換や意見のすり合わせをしましょう」

「わかりました。記念すべき合同ミーティング、というわけですね」

「記念でも何でもありません」

「……それは失礼」

財津は首をすくめて矢代に目配せをする。

現在、SITや所轄の刑事たちは捜査に出かけている。新たな情報を集めようとして、関係先へ走っているところだ。彼らの活動を支援するため、矢代たちは自分たちの役目を果たさなければならない。

文書解読班と情報分析班、ふたつのチームはそれぞれ机を近づけ、ロの字形にした。夏目が予備のホワイトボードを借りてきた。

臨時のミーティングが始まった。机を囲んでいるのは全部で八人だ。解読班側は財津、理沙、矢代、夏目、谷崎の五名。分析班側は岩下、早峰、唐沢というメンバーだった。

代表して理沙がホワイトボードの前に立った。

「最初に問題点の整理をしたいと思います。お手元のコピーをご覧ください」

みな資料に目を落とす。そこにはいつものタスク管理図が書かれていた。

- □神田駿河台事件（第一のメッセージと写真）
  - □東京文学博物館付近の確認
    - ■防犯カメラ　★黒い上衣・フード着用の人物あり
    - □目撃証言
  - □遺留品
    - □メッセージ
      - □内容分析

- □文章の癖・特徴
- □文章の解読
  - □《アキチャン》　★武田千秋か？
  - ■《モアイのハナヅラ》　★町田市鶴間を示唆
  - ■《ジュウジのキズ》　★町田市鶴間を示唆
- □写真
  - □内容分析
    - □シュラフ
    - □ナイフとフォーク
    - ■液体の入ったコップ　★ヒラオカ産業を示唆
    - ■伏せてある食器★不審人物、東京都のチラシ
    - ■ペンダント★琥珀《こはく》
    - ■植樹のポスター★スーパー・ホリヨシを示唆
    - ■《２０１０４４０６０２０３８》★武田屋洋菓子店のケーキを示唆
- □笹塚事件（第二のメッセージと写真）
  - □遺留品
    - □メッセージ

- □内容分析
  - □文章の癖・特徴
  - ■文章の解読
    - ■《四　一六　五六　二四六》　★町田市鶴間を示唆
- □写真
  - ■内容分析
    - ■細長い台・食器　★ヒラオカ産業を示唆
    - ■ショーケース・メニュー　★ヒラオカ産業を示唆
    - ■窓・高速道路　★ヒラオカ産業を示唆

- □武田千秋失踪《しっそう》事件（八年前）
  - ■当時の資料確認
  - □関係者への聞き込み
- □町田事件（藤吉健太殺害事件）
  - □関係者への聞き込み
  - □遺留品
    - □メッセージ

- □内容分析
  - □文章の癖・特徴
  - □文章の解読
    - □《アクのゲンキョウ》
    - □《ナガタチョウ　ヒビヤ　アザブ》
- □写真
  - □内容分析
    - □アウトドアチェアの人物
    - □フェルトペン　カメラ　ノート
    - □《○○　○》
    - □《天文　生物　設備　回路》
    - ■ペンダント★琥珀

メンバーが資料を確認し終わるのを待ってから、理沙は再び口を開いた。

「黒い四角はすでに解決済み、白い四角は未解決の問題です。まだ白い四角がたくさん残っていますが、神田駿河台事件、笹塚事件については解決したと考えていいでしょう。その二カ所で見つかったメッセージと写真は、いずれも町田のヒラオカ産業を示唆していました。犯人は二カ所にヒントを残すことで、藤吉健太さんの遺体を警察に発見させたかったのだと思われます。それが済んだ今、おそらく犯行計画は次の段階に進んでいます。犯人はふたり目の被害者を殺害する可能性があります」

「たぶん第三の写真に写っていた人ですよね？」矢代は理沙に尋ねた。「アウトドアチェアに腰掛けている人物。うしろ向きなので年齢も性別もわかりませんが」

「私もそう思います」夏目がうなずいた。「今まで写真に写っていたものには、どれもクイズみたいなヒントが隠されていました。警察をからかうように……」

理沙は第三のメッセージがコピーされた紙を手に取った。

「第三のメッセージには『カワイイアキチャンは　ダレニコロサレタノカ』と書かれています。残念ですが、千秋さんはすでに死亡していると考えるべきでしょう。そして犯人は、千秋さん殺害犯に復讐《ふくしゅう》しようとしているのではないか……」

「ところが、父親である武田満夫さんの疑いは晴れましたよね」と夏目。

「そうです。つまり満夫さん以外にも復讐を計画した人間がいるんじゃないでしょうか」

その可能性が高い、と矢代も思う。だがそうだとすると、この捜査は振り出しに戻ることにならないだろうか。

財津係長が眼鏡のフレームを押し上げながら言った。

「第三のメッセージが手がかりになるよな。鳴海、ここに書かれている『アクのゲンキョウ』というのが、千秋さん殺害犯なんだろう？」

「ええ、おそらく」

「そいつを見つける手がかりが『ナガタチョウ　ヒビヤ　アザブ』だというわけだ。どうする？　その地域を調べてみるか」

「……どうやって調べるんです？」

怪訝《けげん》そうな顔をして理沙が問いかけた。

「たとえば、廃業したアウトドアショップを探すとか」財津は資料を指先でなぞった。

「ほかにも第三の写真に写っているものがあるよな。ええと、フェルトペンにカメラ、ノートか。これらは廃業した文具店を指しているかもしれないぞ。あるいは廃業したカメラ店とかな」

「探すのなら人手が必要です。所轄の捜査員を大勢投入してもらう必要があるでしょう。できることなら、もう少し場所を絞り込みたいところですが」

理沙はホワイトボードに《永田町》《日比谷》《麻布》と書き、クエスチョンマークを付けた。

「最後にまた脅すようなことが書かれていますね」理沙は言った。「『ハヤクシナイト　ギセイシャがフエル』と。これは信じるべきなのかどうか……」

「僕はその前の文章が気になります」谷崎が指摘した。「『アノヒトが　トクトウセキでミテイマス』……。たぶん『アノヒト』は『アクのゲンキョウ』とは別人ですよね。その人がいる『トクトウセキ』って何なんでしょう」

理沙をはじめ、みな黙り込んでしまった。

どこかに悪の元凶が潜んでいる。それを捜せと犯人は言う。そして警察が捜査を繰り広げる様子を、別の誰かが特等席で見ている――。そういうことらしいが、具体的なイメージが湧いてこない。

「あの……」

女性の声が聞こえた。矢代たちは一斉にそちらを見る。

小さく右手を挙げていたのは、情報分析班の早峰だった。

「どうぞ、早峰さん。こういう場ですから遠慮なく発言してください」

理沙から指名を受け、早峰は口を開いた。

「劇場型犯罪、ということは考えられないでしょうか。犯人が主役、被害者が脇役、それを見るのが観客たちです。すべてはステージで演じられるお芝居のように計算されていて……」

あっ、と理沙が声を上げた。

「だから特等席ですか。なるほど、それはあり得ますね」

「犯人は一連の事件を誰かに見せたかったんだと思います」早峰は言った。「そうだとすると、メッセージや写真にいろいろなヒントが隠されていたことも納得できます。犯人は警察をからかうためではなく、エンターテインメントのような面白さを演出するために、あんなことをしたんじゃないでしょうか」

つまり、誰かを楽しませるための工夫だったということか。これは新しい考え方だという気がする。

「いい発想じゃないか」矢代は早峰に話しかけた。「面白いと思う。今まで、なぜ犯人があれほど細かいヒントを仕込んでいるのかわからなかった。でも早峰の意見を聞いて、腑《ふ》に落ちたよ」

「あ……はい。ありがとうございます」

早峰は矢代のほうを向いて会釈をした。それから、彼女は話を続けた。

「比喩《ひゆ》的な表現かもしれませんが、犯人は特等席を用意したわけです。そして自分は舞台に立ち、誰かを招いて今回の犯罪を見せた。その客がどういう人なのかが問題ですね。犯人と同じように、自分の欲のためには犯罪をも厭《いと》わないタイプなのか。それとも、単に怖いもの見たさで席に着くような人物なのか……」

「重要な問題かもしれない。そこが動機に関わってくる可能性があるわね」

眉《まゆ》をひそめ、険しい表情で岩下管理官が言った。それを受けて財津係長がうなずく。

「誰かに見せるのが目的のひとつだったとすると、犯人の性格や行動パターンを見直す必要があるかもしれません。今の早峰くんの気づきは、価値のあるものだと思います」

犬猿の仲だった財津と岩下が、ミーティングを通じて意見を交わしている。彼らが同じ方向に推理を進めていくのを見て、矢代は軽い驚きを感じていた。犯人逮捕のための協力態勢が出来つつあるようだ。

理沙も同じように感じたのだろう。表情を引き締めて言った。

「この調子で意見交換をしていきましょう。……次の問題ですが、第三の写真には二枚の紙が写っていました。大きなヒントになりそうです」

矢代は手元の資料に目を向けた。《○　○　○　○》《天文　生物　設備　回路》という二枚のメモだ。

「これらについて、何か考えのある方はいますか？」

理沙が問いかけたが、みな資料を見つめたままだ。意見を述べようとする者はいない。

「では私のほうから、ひとつ手がかりとして……」

マーカーを手にして、理沙はホワイトボードに図を描いた。

天文 ← A ← ○
生物 ← B ← ○
設備 ← C ← ○
回路 ← D ← ○

「二枚とも項目が四つですから、もしかしたらそれぞれが対応しているんじゃないかと考えました。一枚目の『○《まる》』四つを一旦《いったん》『A』『B』『C』『D』と置き換えてみます」

「そうだな。そのほうがわかりやすい」財津が言った。「最初の『○』すなわち『A』は『天文』を意味する。あるいは『天文』と関わりがある、ということか」

「ただし、これだけでは解けませんから、四つの項目同士の関係を探らなくてはいけません。『天文』『生物』『設備』『回路』の間には何か繋《つな》がりがあるはずです。それと似たような繋がりが、『A』『B』『C』『D』にもあると思うんです」

面白い発想だ、と矢代は思った。その四つを探り当てれば、一枚目の『○』がすべて埋まるのだろう。

「……ということを前提に、みなさん、ここからは自由に考えを述べていきましょう。思いついたことを何でも言ってみてください。突飛な意見であっても、それがヒントになるかもしれません」

理沙は解読班、分析班のメンバーを見回した。だが、全員戸惑うような顔をしていて、誰も発言しない。

しばらくして、理沙は期待を込めた目で矢代を見た。

「どうですか、矢代さん。何かご意見を」

「え……。俺ですか。弱ったな、どうしましょう」

「本当に何でもいいんですよ。自由な発想で」

「そうですねえ……」矢代はホワイトボードを見つめた。「『天文』と『生物』は学校の理科と関係ありますよね。正確に言えば『地学』と『生物』でしょうか」

なるほど、と理沙はうなずいた。

「その線で考えると、『設備』って何でしょうね」

「……ああ、そんな教科はないか。すみません」

矢代が頭を下げると、谷崎が手を挙げた。彼はパソコンの画面を指差しながら言った。

「いや、ありますよ。今調べてみたんですが、大学や専門学校で建築を学ぶ場合、設備関係の教科があるみたいです」

「本当か。だったらこの線もありかな。しかし四つ目の『回路』はどうだろう」

「『物理』の中で扱うかもしれませんが、どうもぴんときませんね」

谷崎と矢代が首をかしげていると、分析班のほうから手が挙がった。早峰の隣にいる唐沢が、発言を求めていた。

お、と矢代は思った。唐沢もいよいよ積極的に動くことにしたようだ。彼は岩下管理官のために努力するわけではない。早峰のために知恵を絞っているのだ。

「唐沢さん、どうぞ」

理沙に促され、彼は椅子から立とうとする。

「あ、大丈夫ですよ。座ったままでけっこうですから」

「恐縮です」軽くうなずいて、唐沢は話し始めた。「電気工学関係の学科なら、『回路』

を深く学ぶ教科もあります。電気工学科のほか、電子、通信、エレクトロニクスといった学科にも、あるかもしれません」

「……なるほど。たしかにそれはありそうだ。よく思いついたな」

矢代が労《ねぎら》うと、唐沢はこちらを向いて、

「もともと知っていたものですから……。私は電気工学科を出ているんです」

「ああ、そうか。工学部出身だと言っていたよな」

「ソフトウェアの講義も受けましたが、専門はハードのほうです。家では、趣味で電気関係の工作をしたりします」

「物作りが得意なわけだ」

「はい。パソコンも自作していますし」

えっ、と谷崎が言った。興味を感じたらしく、目を輝かせている。

「僕も三台、自作しましたよ。専門はソフトウェアのほうなんですが、好みのスペックにしたいと思って」

「ああ、わかるよ、谷崎くん。私は高校のころから始めて、今までに六台……いや、七台自作したかな。新しいチップが出ると、やっぱり気になるんだよね」

同好の士を見つけて、唐沢も顔をほころばせた。

「デバイスもどんどんいいのが出ますよね。拡張用のボードをたくさん積んで、テストしたりして」

「でも、結局あまり使わなかったりして」

「そうそう。いやあ、唐沢さんとは話が合うなあ」

谷崎も唐沢も嬉《うれ》しそうな顔をしている。そんなふたりを見て、早峰が咳払《せきばら》いをした。

「雑談はそれぐらいで」

「ああ、すみません」

早峰に向かって唐沢は目礼をする。谷崎も口をつぐんだ。

ホワイトボードを見ながら矢代は言った。

「だとすると、これらは学校で教わる教科だという考え方ができるわけだ。それを頭に置いて、『○』四つのほうを推測できるかどうかだけど……。唐沢くん、どうだ？」

「いや、すみません。そこまではわかりません」

唐沢は申し訳なさそうな顔をする。

矢代は腕組みをして、大きく首をかしげた。

「何だろうな。学校の教科から連想できるもの……。学生、勉強、課題、試験、赤点、落第、留年、卒業できずに退学」

「嫌な連想ですね」夏目が顔をしかめた。「明るい方向で言うと……。友達、先輩、後輩、アルバイト、合宿、夏の海、嵐の山荘、閉じ込められたふたりの熱い夜」

「それは違うんじゃないのか」

今度は矢代が顔をしかめた。自由な発想とはいうものの、これといったアイデアは出てこない。

「振り出しに戻るけれど、教科ではないとしたらどうかしら」

そう言ったのは岩下だった。彼女も議論に参加する気になったようだ。だが問題提起をするだけで、自分からは意見を述べようとしない。

「岩下管理官、何かお気づきになったんですか？」

気を利かせて理沙が尋ねた。仕方ないわね、という顔をして岩下は言った。

「ざっくりとした感想よ。私はこう思ったの。マクロからミクロへと変わっていくのかな、と」

「……どういうことです？」

「『天文』と言ったら宇宙でしょう。そこから地表の『生物』へと注目し、さらに機械などの『設備』を見て、最後には電子的な『回路』に至る。視野というか視座というか、そういうものの変化を表しているような気がする」

「ああ、そう言われてみれば」理沙はうなずいた。「何かこう、ダイナミックな感じがしますね」

「そんなふうにして『A』から『D』も、大きなものから小さなものへと変わっていくんじゃないかと……。いえ、これは単なる思いつきよ。だって鳴海さんが何でもいいから案を出せ、と言うから」

岩下はなぜか不機嫌そうな顔になっている。

「ご意見ありがとうございます。……今の見方は面白いですね」

「別に面白がられるような話じゃないわ」

「ええと……はい、とても説得力あるご意見でした」理沙はばつが悪そうに訂正した。

「ほかの方、何か思いつくことはありませんか。……私は四つの言葉をそのまま英語に変えたらどうかと考えてみました。『天文』は『astronomy』、『生物』は『creature』、『設備』は『facilities』、『回路』は『circuit』という感じでしょうか。でもそこから先に発展させることができなくて……。それから、これらの言葉をヘボン式でローマ字表記してみると『temmon』、『seibutsu』、『setsubi』、『kairo』ですが、やはりぴんときません」

話を聞いて矢代は考え込んだ。着想はいいように思うが、理沙の言うとおり、その方向では行き止まりになりそうだ。

そのほかいくつかの意見が出たが、どれも決め手に欠ける。手詰まりという感じがしてきた。

周囲の様子を窺《うかが》っていた唐沢が、遠慮がちに尋ねた。

「鳴海主任、意見をよろしいでしょうか」

「ええ、どうぞ」

みなが見つめる中、唐沢は少しためらう様子を見せた。

「何を言ってるんだと思われそうですが……」

「そんなことはありません。どんなアイデアでも歓迎します」

「では失礼して……。不思議に感じたんですが、なぜ一枚目のメモは全部『○』なんでしょうか。伏せ字にしたいのなら普通は記号を変えると思うんですよ。たとえば白丸に黒丸、四角、菱形《ひしがた》とか。A、B、C、Dというふうに意味が違っているのなら、そうすべきですよね」

何度かまばたきをしたあと、矢代は唐沢に尋ねた。

「犯人が、そこまで気にしていなかったという可能性はないかな」

「でもこの犯人は、メッセージや写真に仕込むヒントをかなり丁寧に作ってきました。ここだけ手抜きをするようなことがあるでしょうか」

「……君はどう考えているんだ？　手抜きをしていないとすると、これは何なんだ？」

「変な言い方ですが、犯人を信じるなら、この『○』はすべて同じものだと思うんです」

矢代は理沙と顔を見合わせた。夏目や財津、谷崎も不思議そうな表情だ。

「四つとも同じ言葉で埋めるってことか？　それで意味が通じるかな」

「そこもちょっと発想を変えまして……。もしかしたらこの『○』は、そのまま『○』なんじゃないかと」

「どういうことだ？」

「さっきもお話ししたとおり、私は電気工学科を出ています。趣味でいろいろなものを作ります。それで思い出したんですが、電動工具のスイッチで、電源オフ側のマークは『○』なんです。工具の中で電気が流れる装置も『回路』と呼べますから、四つ目の『回路』に関係する『○』は『電源オフ』の意味ではないかと……」

予想外の話になった。矢代は手元の資料に目を落とす。

「そうだったとして、ほかの三つはどうなるんだろう」

「ええ、調べてみました。三つ目は『設備』ですよね。たとえば建物などに備え付けられている機械や道具で、『○』のマークで表されるものがあるんじゃないかと思いました。すると、見つかったんです。電気設備の図面記号で『○』は『天井付けの白熱灯』の意味だったんです」

唐沢は真剣な目でみなを見回した。隣に座った早峰は、驚きの表情を浮かべている。自分の部下がこんな発想をするとは思っていなかったのだろう。

「興味深いわ」早峰は言った。「じゃあ、その方向でさらに考えてみましょうか。一番目、二番目はどうなるのか……」

谷崎と唐沢が、同時に自分のパソコンを使い始めた。タッチの差で、谷崎のほうが早かったようだ。彼は報告した。

「当たりです。古い資料ですが、生物学で『○』は『雌性《しせい》』、つまりメスのことを表しています」

「もしかしたら『女性』ということかもしれません。ジェノグラムと呼ばれる家系図でも『○』は『女性』ですから」

すぐに唐沢がフォローした。うんうん、と谷崎はうなずいている。

「じゃあ、あとひとつは？」理沙は早口になりながら尋ねた。「天文学で『○』は何を意味するんでしょうか」

再び谷崎と唐沢がネット検索を始める。だが今回は結果が出てこないらしい。

「ヒットしませんね」唐沢は首をかしげた。「話がずれますが、日本式天気記号では『○』は『快晴』です。そのことでしょうか」

「でも、『天気』じゃなく『天文』と書いてあるからなあ……」

谷崎は納得いかないという顔をしている。

理沙がホワイトボードに新しい文字を書いた。

《○　女性　白熱灯　電源オフ》

それを指差しながら、彼女はみなに言った。

「谷崎さんと唐沢さんは、ネットでの検索を続けてください。私たちはほかを当たりましょう」

「何か当てがあるのか？」財津が尋ねた。

「ネットでは見つからなくても、紙の本には載っている可能性があります」

理沙は携帯電話を取り出し、どこかへ架電した。しばらく相手と話していたが、じきに通話を終えたようだ。彼女は矢代たちのほうを向いた。

「勝俣《かつまた》さんに調査を頼みました」

「あ……。自称・古本探偵ですか」と矢代。

「勝俣さんが言うには、サインやシンボルのデザインを集めた本があったはずだと。彼の店にはないんですが、同業者に問い合わせてくれるそうです」

「見つかりますかね」

「ええ、たぶん」理沙は微笑んだ。「特急料金を取られますけどね」

多少高くなっても、情報が得られるのなら依頼する価値はある。

そのとき、ドアが開いて泉が入ってきた。

「武田満夫は自宅へ戻らせましたよ。だいぶ文句を言われましたが……」みなの顔を見て、彼は何か妙だと気づいたらしい。「どうかしたんですか？」

「写真の謎が解けるかもしれません」理沙は言った。「財津係長、すみませんが泉係長に状況を説明していただけませんか」

「わかった。鳴海たちはどうする？」

「協力者のところに行ってきます。急がないと」

理沙は手早く資料をバッグにしまっていく。彼女に急《せ》かされ、矢代と夏目も外出の準備を始めた。

## 3

神田署から神保町の古書店街までは徒歩で五分ほどだ。

矢代たちは古書店の並ぶ靖国通りから一本裏に入り、足を速めた。黒い外壁のビルの一階に《カツマタ書店》という看板が掛かっているのが見える。

ここに来るのは二ヵ月ぶりだ。今年の九月、遺体のポケットから不可解な四行詩が見つかる事件があった。そのとき矢代はここの店主に協力を求めたのだ。

正面のドアを開け、店の中に入っていく。ほかの多くの古書店と同じように、この店も奥に長い構造だった。左右の壁には書架が設けられていて、いっぱいに本を詰めたら相当の量になるものと思われる。ところがどういうわけか、この店の書架には本が半分ほどしか置かれていない。いつ来ても店内はこんな状態だ。

「こんにちは。勝俣さん、いらっしゃいますか」

理沙は売り場の通路を、店の奥へと進んでいく。矢代と夏目もあとに続いた。

「いらっしゃいませ」

カウンターの向こうから五十歳ぐらいの男性が姿を見せた。しゃがんで本の整理をしているところだったようだ。

「おや、鳴海さんに矢代さん。それから夏目さんでしたね。血相を変えてどうしました？」

この店の主人・勝俣善文《よしふみ》だ。整髪料を使っているらしく、短めの髪を上へ逆立てている。彼を見るたび、ハリネズミのようだと矢代は思ってしまう。

「どうしました、じゃないですよ」理沙はカウンターの上に両手をついた。「さっき電話したとおりです。急いでいるんです」

「あなたたちが慌てても仕方ないでしょう。仕事を請け負ったのは私なのですから」

人を食ったような口調で勝俣は言う。以前からこういう喋《しゃべ》り方をする人なのだ。

「それで、どうなんですか。本はいつ手に入ります？」

身を乗り出すようにして理沙は尋ねた。ちょうどそのとき、店の電話が鳴りだした。

「少々お待ちを」

勝俣は受話器を取り、相手と何か話し始めた。矢代たちはじっと聞き耳を立てる。すぐに通話は終わって、勝俣はこちらを向いた。

「見つかりましたよ。鳴海さん、一緒に行きましょう」

「よかった」理沙は振り返った。「矢代さん、車を用意してもらえますか」

「了解です。ここで待っていてください」

矢代は神田署まで走って戻り、覆面パトカーに乗り込んだ。取って返して理沙、夏目、勝俣を乗せる。

行き先は西早稲田《にしわせだ》だという。矢代は西に向けて車をスタートさせた。

後部座席から話し声が聞こえてきた。

「私は古本探偵を名乗っていますが、これから会いに行くのは自称『古本ハンター』です。まあ、どちらが上かはおわかりでしょう」

勝俣の問いかけに、助手席で夏目が首をかしげた。

「ええと……どっちが上なんですか？」

「元請けと下請けの差は歴然。そういうことです」

「ああ、勝俣さんは元請けだから、立場が上だということですか」

「それが世の中の道理です」

「でも勝俣さん、中抜きをするだけですよね」

「なんてことを！」勝俣は不機嫌そうな声を出した。「私がいなければ、あなた方はその本を入手できないんですよ。人のネットワークも財産のうちです。それを充実させるには費用が発生するのであって……」

「すみません、わかりました」

夏目は首をすくめている。ぶつぶつ言っている勝俣を、理沙が宥《なだ》めていた。

十五分ほどで車は西早稲田に到着した。場所柄、学生の多い町だ。何軒かある古書店のうちのひとつが、今回の目的地だった。

雑居ビルの一階に《ブックス延岡《のべおか》》という看板が出ている。

車をコインパーキングに停めて、矢代たちはその店に入っていった。神保町の古書店に比べると、ややこぢんまりした印象だ。店内には大小の古本がぎっしり並んでいた。

足下にも本の入った段ボール箱があって歩きにくい。

　勝俣が先頭に立ち、店の奥へと進んでいった。

「お邪魔しますよ、延岡さん」

　カウンターの中にいる人物に、勝俣が声をかけた。延岡と呼ばれたその男性は、ゆっくりと顔を上げる。

「はあい、いらっしゃい」

　野太い声でその男性は言った。髪はスポーツ刈りで、体形はがっちりしている。もう十一月だというのに半袖《はんそで》シャツを着ていて、よく見ると腕や脚にかなり筋肉がついているのがわかった。古書店には似つかわしくない人のように思える。

「勝俣さん、見つけたよう」延岡は言った。「ほかの仕事を全部止めて探したよ。特急料金もらうからねえ」

「ええ、約束どおりに」

　勝俣はその男性に答えた。それから理沙に向かって彼を紹介した。

「延岡さんです。美術やデザイン関係の本を専門に取り扱っている方なのですよ」

「警察の方ですってねえ。これから、どうぞごひいきに」

　そんなことを言って延岡はにやりと笑う。彼はうしろの棚から大判の本を抜き出した。

　勝俣はオーバーな仕草でそれを受け取る。全体の状態を念入りに調べてから、矢代たちにその本を見せた。

学校の卒業アルバムを思わせるような、大きな書籍だ。表紙には《世界記号事典》とある。外国人の著書を翻訳したもののようだ。

勝俣は本をカウンターの上に置いて、目次を確認した。

「やはり、この本でしたか」勝俣はひとりうなずいた。「アメリカの工業デザイナーが刊行した書籍を、日本で翻訳したものです。世界中のさまざまなシンボルを蒐集《しゅうしゅう》し、一冊にまとめてあります。もちろん今となっては使われなくなった記号も多いでしょう。しかし記号から人類の歴史を紐解《ひもと》くという意味で、文化的にも科学的にも非常に価値の高い書籍なのです」

「ほら、そこに載ってる」

延岡は、目次の中からひとつの項目を指差した。

勝俣は慣れた手つきでページをめくっていく。矢代たちは一歩前に出て本を覗《のぞ》き込んだ。

見開きいっぱいにマスがある。それぞれに記号が印刷され、説明が書かれていた。ページの左上には《天文学》という見出しが付いている。

「これだ。見つけましたよ」

勝俣はあるマスを指し示した。そこには《○》のマークがあり、《満月》と説明されていた。

「あ……。『満月』ですか」と理沙。

「この記号ねえ、なかなか見つからないんですよう」延岡が間延びしたような声で言った。「ネット検索ではなかなか出てこなくてねえ。でもこの『世界記号事典』には載っていました。……お役に立ちますか？」

「もちろんです！」理沙は延岡に向かって大きくうなずいた。「おかげで捜査が大きく進展しそうです。ありがとうございました」

　そう言われて、延岡はまんざらでもないという顔になった。

「俺たちはお客さんのために本を用意していますからねえ。本を渡したとき、喜んでもらえるのが一番嬉《うれ》しい」

「延岡さん、このご恩は忘れません」

　理沙は深く頭を下げる。その姿を見て、勝俣が不満げな表情を見せた。

「手配したのは私なんですがね……」

「ああ、もちろん勝俣さんにも感謝していますよ。助かりました」

「あとで請求書を送りますので、どうぞよろしく」

　理沙たちがそんな話をしている間に、延岡は持ち手の付いた紙バッグを用意して、本を入れてくれた。そのまま、丁寧に理沙のほうへ差し出す。

「お買い上げ、どうもありがとうございました。ああそうだ、次からは直接ご連絡いただいてもかまいませんからねえ」

　微笑を浮かべながら延岡は言う。それを聞いて、勝俣が顔をしかめていた。

勝俣はこのあと西早稲田の古書店を見て回るという。

彼と別れて矢代たちは面パトに戻り、車内で相談を始めた。

「これで四つ目も埋まりそうです」理沙はメモ帳を取り出し、ペンを走らせた。

《満月　女性　白熱灯　電源オフ》

四つの言葉が並んだページを、矢代と夏目は覗き込む。

シートに身を埋《うず》め、理沙はひとり考え込んでいる。やがて彼女は顔を上げて、矢代たちを見た。

「どうですか？」矢代は尋ねた。「何かわかりましたか」

肩をすぼめ、理沙は困ったという表情を浮かべた。

「……すみません。さっぱりわかりません」

「何か思いつきませんかね、何か」

「満月の夜に、誰か女性が白熱灯を電源オフする。それがいったい何を意味するというのか……」

矢代も必死に頭を働かせた。だがその四つの言葉から、特別な意味を読み取ることはできそうにない。

「方向性が間違っていたんですかね」夏目が眉《まゆ》をひそめた。『○』はそのまま『○』だという唐沢さんのアイデア、面白いと思ったんですけど」

　車の中で、三人はそれぞれ思案に沈んだ。

もし進むべき方向を誤ったとすると、一からやり直しということになる。徒労感は仕方ないとして、いつまでも手探りが続くことには大きな不安があった。せめてもう少しヒントがあれば、と矢代は切実に思う。

　そこへ携帯電話の着信音が聞こえた。スーツのポケットを探って、矢代は携帯を取り出す。液晶画面を見ると、意外な人物からだった。

「はい、矢代です」

「早峰です。今、お話しできますか」

　前に仕事で一緒になったとき、彼女と携帯の番号を交換したことを思い出した。しかし、早峰からこのタイミングで電話がかかってくるとは、どういうことだろう。

「ああ、かまわない。何かあったのか？」

「私たちのチームで新しい可能性に気づいたので、お伝えしようと思って」

「本当か。それはありがたい」

「いえ、あのですね、私がそう判断したわけではないんです。岩下管理官が、鳴海主任たちにも知らせたほうがいいだろう、とおっしゃるので……」

「わかったわかった。早峰はただ連絡をしてきてくれただけなんだよな？」

　早峰という名前を聞いた途端、理沙と夏目が、おや、という顔をした。ふたりとも息をひそめて矢代を見つめている。

「それで、わかったことというのは？」

「第三のメッセージに書かれていた、三つの町を覚えていますか」

「たしか永田町、日比谷、麻布だったな」

「その三つの町にはいずれも大きな図書館があるんです。永田町には国立国会図書館、日比谷公園には千代田区立日比谷図書文化館、南麻布には都立中央図書館。もしかしたら、それらが悪の元凶と関係あるんじゃないかと思って……。いえ、確証があるわけではないんですが、何か手がかりになりそうな気がしたんです。それだけですから」

　電話は切れてしまった。なんともせっかちなことだ。

　理沙や夏目が何か言いたそうな顔をしている。携帯をポケットにしまいながら、矢代は理沙に報告した。

「早峰からなんですがね、永田町、日比谷、麻布に共通するのは図書館じゃないかと」

　一通り説明を聞いてから、理沙たちは疑うような顔で矢代を見た。

「なぜ早峰さんから電話がかかってきたんですか？」

「先輩、早峰さんと何か特別な関係でもあるんですか？」

「いや……前に早峰と同じ捜査本部にいた、と話したじゃないですか」

「だからといって、担当者同士で情報をやりとりするのは困りますね」

理沙が口を尖《とが》らせているので、矢代は、まあまあ、と手振りで示した。

「一刻も早く犯人を見つけなくちゃいけないんです。今は大目に見てください」

「まあ、いいでしょう」理沙は咳払《せきばら》いをした。「それで、早峰さんはどういう結論を出したんです？」

「まだ結論には至っていないみたいです。鳴海主任に早く伝えようとして、電話してきたんだと思いますよ」

　矢代が言うと、理沙は意外そうな表情を見せた。それから気を取り直したらしく、真剣な目になった。彼女は、空中に何か文字を書くような仕草をした。

「三つの町。三つの図書館。そこに潜んでいるという悪の元凶。もし共通項が図書館だとしたら、犯人が指しているのは本のことでしょうか。……いや、待ってください。潜んでいるというのなら人間かもしれません。図書館に潜んでいる人間といったら司書？　勉強中の学生？　それとも本を借りに来る一般市民？」

　図書館、図書館、と理沙はつぶやいている。それからバッグの中を探り、資料ファイルを取り出した。

「何かないでしょうか。今まで集めてきた情報の中で、まだ使っていないもの……」

　ファイルをめくっているうち、彼女はふと手を止めた。資料をじっと見つめる。

「そういえば第三の写真にフェルトペンとカメラ、ノートが写っていました。まだ使っていませんよね。……これらは何を指しているのか。矢代さん、どうですか」

「フェルトペンといったら筆記用具。ノートも筆記用具ですね」

「でもカメラは違います。……夏目さんはどうですか」

「ええと……」夏目は戸惑う様子を見せた。「そうですね。フェルトペンでノートにメモをとり、それをカメラで撮影する。……いえ、違いますね。フェルトペンで何か絵を描いて、それをカメラで……。やっぱり違うか」

夏目は困っているようだ。彼女をフォローするため、矢代は口を開いた。

「すまない、夏目。フェルトペンは筆記用具だと俺は言ったが、そうじゃないかもしれない。ノートに何か書くとき、フェルトペンは使わないよな。あれは太すぎる」

「……とすると、どうなります？」

「そうだなあ。フェルトペン、カメラ、ノートはそれぞれ別のことに使うとか？」

「別のことって何ですか」

矢代が答えに窮している横で、理沙が言った。

「記録、じゃないですか？　ノートは何かを書き留めるもの。カメラは風景や人物、事件、事故などを撮影するものです。ではなぜ記録するかというと、それはあとで資料として使うため。記録者、蒐集《しゅうしゅう》家、アーキビスト。……それは違うか。三つの図書館というヒントもある。でも本とフェルトペンは相性が悪すぎます。本を汚してしまうから、図書館でフェルトペンを使うなんてもってのほかでしょう。……いや、ちょっと待ってください。本にフェルトペンという組み合わせはあり得ます。そう、小説家！」

理沙は矢代たちのほうに真剣な目を向けた。

「取材先でカメラを使い、ノートにいろいろなことをメモする。さらに小説家はフェルトペンで自分の本にサインをします。三つの図書館に潜む悪の元凶とは、小説家のことじゃないでしょうか？」

今までその発想はなかった。理沙の説明を頭の中で反芻《はんすう》してから、矢代は言った。

「なるほど、そうかもしれません。小説家こそが悪の元凶。……ということは、犯人は小説家に恨みがある？」

「思い出しました」夏目が口を開いた。「武田千秋さんは三人の小説家が好きでしたよね。ファンレターを送ったということでした」

「売れっ子の白岡克樹、活動休止中の江波誠一郎、あとは……」矢代はメモ帳を確認した。「会えなかったのは水科駿だ」

理沙はしばらくぶつぶつ言っていたが、また資料ファイルをめくり始めた。あるページで手を止め、書かれた項目を指で押さえていく。

「あの三人の作品リストです。ここに何かヒントがあれば……」

やがて彼女の指が止まった。理沙は目を見開いて資料を凝視する。それから、のけぞるようにして車の天井に顔を向けた。

「ああ、そういうことだったんだ！」彼女は目を輝かせて言った。「文字の神様、どうもありがとう！」

矢代と夏目はまばたきをして、理沙をじっと見つめる。

「何かわかったんですか？」と矢代。

「第三の写真にあった『〇〇〇〇』は『満月　女性　白熱灯　電源オフ』で合っていたんですよ。ある作家の短編集『池のほとり、窓辺のスケッチ』の中に、風変わりなタイトルの小説があるんです」

理沙が指差した部分には、こう書かれていた。

《短編「満月の夜、彼女は静かに明かりを消した」》

まさにこれだ。矢代は勢い込んで尋ねた。

「その短編を書いたのは……」

「江波誠一郎さんです」

理沙は携帯を取り出し、どこかへ架電した。電話を取り次いでもらっているようだ。

一分ほど経って、目的の人物に繋《つな》がったらしかった。

「警視庁の鳴海と申します。……ああ、昨日はありがとうございました。じつは、江波誠一郎さんのことをもう少しうかがいたいんです。昨日、江波さんのところにお邪魔したんですが……。ええ、そうです」

電話の相手は江波誠一郎の担当編集者だろう。理沙は質問を続けた。

「江波さんは精神的にだいぶまいっているようでした。スランプでなかなか小説が書けないというんです。その件について何かご存じですか。……え？」

理沙は驚いたという顔でまばたきをした。

「……でも、生活も荒れているようでしたよ。お酒を飲んでいたので、話も通じにくかったし……。違うんですか？」

通話を続けるうち、理沙の顔色が変わった。視線が宙をさまよっている。落ち着かない様子で彼女は言った。

「すみませんが、江波誠一郎さんの写真を送っていただけませんか。……顔出しＮＧというのはわかっていますが、捜査ですのでどうかご協力ください」

電話を切って、理沙はぼんやりと窓外に目をやった。放心状態とでも言うべきだろうか。

おそるおそるという感じで、夏目が話しかけた。

「鳴海主任、いったい何が……」

そこへ理沙の携帯が鳴った。メールが届いたのだ。彼女は慌てて携帯を操作する。

画面をこちらに向けて、理沙は言った。

「これが江波誠一郎さんだそうです」

矢代と夏目はその画像をじっと見た。細長い顔に尖った顎《あご》。左目の横には豆粒大のほくろがある。

「馬鹿な！」矢代は声を上げた。「俺たちが会ったのはこの人じゃありませんよ」

「私も驚きました。……どうも話が噛《か》み合わなかったんですよ。担当編集者によると、江波さんは今、新作を執筆しているらしいんです。それに、もう何年も前からお酒はやめているんだとか」

「じゃあ、俺たちが昨日会ったのは誰だったんですか」

矢代は夏目と顔を見合わせる。理沙の話を聞いて、夏目も戸惑っているようだ。

「何かが起こっているんです。今すぐ江波さんの家に行きましょう！」

「了解です」

矢代は面パトのエンジンをかけ、サイドブレーキを解除した。江波の家は三鷹市にある。すぐに車をスタートさせた。

後部座席で夏目が電話をかけ始めた。現在の状況を、捜査本部に報告しているのだ。

ハンドルを操作しながら、矢代は考えを巡らした。

——あの男、何者だ。江波誠一郎のふりをして、俺たちに会うなんて……。

奴は、江波が世間に顔を出していないことを知っていたのだろう。だから成りすますことができると踏んだのだ。だが、それにしてもあまりに大胆な行動だった。

車を走らせるうち、理沙の携帯が鳴りだした。誰からだろう、と矢代は聞き耳を立てる。

「はい、鳴海です。……あっ、武田さんですか？」

それを聞いて矢代は思わずまばたきをした。武田といったら彼のことだろう。今日、朝から任意同行を求められ、身の潔白がわかったところで解放された武田満夫だ。そういえば理沙は、昨日、武田に会ったとき携帯の番号を渡していた。

「……そういうことですか。わかりました。我々は今、車で移動中です。また連絡します」

五分ほどで通話を終えて、理沙は渋い表情を浮かべた。眉間《みけん》に皺《しわ》が寄っている。

ルームミラーで彼女を観察しつつ、矢代は問いかけた。

「武田満夫さんからですか？」

「今、武田さんも江波さんの家に向かっています。……小説家の江波誠一郎さんが命を狙われている、と教えてくれました」

矢代は息を呑《の》んだ。助手席で夏目が身じろぎするのがわかった。

「なぜ、武田さんがそんなことを知っているんです？」矢代は尋ねる。

「犯人から連絡があったと……。このあとすべてを終わりにする、と言われたそうです」

この事件の犯人。それは昨日、矢代たちが会ったあの男ではないだろうか。酒を飲んでいると言い、話が通じにくかった黒い服の男。江波誠一郎だと名乗ったあの人物。

その男が武田に連絡してきたらしい。ふたりの間には繋がりがあったということだ。

強い焦りを感じながら、矢代はアクセルを踏み込んだ。

## 4

ＪＲ三鷹駅の近くを走っているとき、助手席の夏目が何かに気づいたようだ。

「先輩、停めてください！　ほら、あれを見て」

矢代はスピードを緩めてハザードランプを点《つ》けた。路肩に覆面パトカーを停車させる。

窓を開けて、夏目は歩道にいる男性に声をかけた。

「武田さん！」

足早に歩いていた男性は、はっとした様子でこちらを見た。武田満夫だ。

夏目は車を降りて彼のそばに駆け寄った。二言、三言話してから、武田を連れてこちらに戻ってくる。理沙が後部座席のドアを開けた。

「乗ってください。一緒に行きましょう」

「助かりました」息を切らしながら武田は乗り込んできた。「今日、営業の社員が車を使っているので、電車で来たんです。駅からまだしばらく歩きますよね」

「あの家――江波誠一郎さんの家をご存じなんですね？」

矢代が訊《き》くと、武田はこちらに視線を向けた。

「ある男性から教わっていました。でも決心がつかなくて、今まで行ったことはなかったんです」

バックミラーを確認したあと、矢代はウインカーを出して車をスタートさせた。

シートで揺られながら、武田は思い詰めた表情で外を見ている。やがて、ぽつりぽつりと話しだした。

「ひとりで行くつもりだったんです。でも途中で怖くなって、鳴海さんに電話してしまいました。はたして、その判断が正しかったのかどうか……」

「武田さんは正しいことをなさったと思います」理沙は言った。「こういうときのための警察です。連絡をいただけて本当によかった。そして、電話で事情を聞かせていただけたのは幸いでした。勇気のいることでしたよね？」

「そう言っていただけると、ほっとします。……黙っていることで、私自身も彼の犯罪を手助けしてしまったのかもしれません。ですが、わかってください。私も真相を知りたかった。八年前、千秋の身にいったい何が起こったのか。親としてはどうしてもそれが知りたかったんです」

武田は苦しそうな表情を見せる。そんな彼に、理沙は静かな口調で問いかけた。

「彼はあなたを、特等席に招こうとしたんですよね？」

武田から電話をもらったとき、理沙はしばらく彼と話していた。あのとき複雑な経緯が語られたのだろう。

「ええ、そうです」武田はうなずいた。「これまでは動画でした。私に見せるために、彼はビデオ撮影を繰り返していたんです。でも今回は違った。最後のステージだから直接見に来てほしい、と連絡がありました。そう言われては、出かけないわけにはいきませんでした……」

矢代はハンドルを強く握った。最後のステージ――それは第四の事件を意味するのではないか。神田駿河台事件から始まり、笹塚事件、町田事件を経て、今、犯人は計画を完遂しようとしているのではないだろうか。

車は住宅街に入った。歩行者に注意しながら、矢代は面パトを進めていく。

やがて江波の家が見えてきた。コインパーキングに車を停め、矢代たちは足早にその家へ向かう。

敷地の周りには生け垣が設けられている。西側の庭からツタが伸びて、黄土色の壁に絡まっている。近隣の住宅と比べても、特に違和感のない二階建ての民家だ。

だがその建物の内部では今、重大な犯罪が行われている可能性があった。

矢代は両手に白手袋を嵌《は》めた。それから、門扉を指し示して尋ねた。

「鳴海主任、どうします？　このまま進入しますか」

理沙はうしろを振り返り、武田に話しかけた。

「こんなときですが、武田さん、ドアを開けていただけますか？　招かれてここへ来た武田さんが中に入る。私たちはあなたの安全を守るため同行します。そこから先は警察に任せてください」

わかりました、と答えて武田は門扉を開けた。数歩進んで玄関のドアに手をかける。

ドアは簡単に開いた。招待した客を家に入れるため、犯人は施錠しなかったのだろう。

「武田です」彼は家の中に呼びかけた。「約束どおり、来ました」

返事はなかった。戸惑うような顔をして、武田は理沙のほうを向く。

我々が行きます、と理沙が手振りで示した。矢代は靴を脱いで廊下に上がる。夏目がすぐに続き、理沙と武田もあとからついてきた。

少し軋《きし》んだ音のする廊下を、慎重に歩いていく。埃《ほこり》っぽい床には輪ゴムやゼムクリップ、コンビニのレシートなどが散らばっている。納戸の前には、文庫本などによく挟まれている紙の栞《しおり》が落ちていた。

昨日訪ねてきたときはリビングルームに案内された。そっとドアを開け、矢代は中の様子を窺《うかが》ってみる。

誰もいない。部屋の中には昨日と同様、書籍の山があった。カーテンの隙間からわずかに日が射している。空気が動いたのか、ゆっくりと埃が漂っているのがわかった。

矢代は理沙たちに目配せをして、次の部屋へと進んだ。

台所、寝室、物置のようになった和室、風呂《ふろ》場、トイレ、納戸。一階をくまなく見て回ったが、人の気配はなかった。

二階を見に行った夏目が、階段を下りてきた。彼女も首を横に振っている。

「どういうことでしょう」矢代は理沙にささやきかけた。「一階にも二階にも異状はありません。この家じゃないんでしょうか」

「ですが、武田さんはこの家に招かれたんですよね？」

　理沙に問われて、武田は深くうなずく。

「江波誠一郎の家に来るように、と言われました。たしか、書斎で待っていると……」

　武田はしきりに首をかしげている。矢代は夏目のほうを向いた。

「二階はどうだった？」

「いえ、書斎なんてありませんでした。使われていない部屋がふたつあっただけです」

　腕組みをして、矢代はしばらく考え込んだ。

　四人は一階の各部屋をもう一度見て回った。昨日案内された、本だらけのリビングに再び入ってみる。数歩進むと本の山がひとつ崩れてしまった。書店のブックカバーや文庫の栞が床に散らばった。ひどい有様だな、と矢代は顔をしかめる。

　だがその様子を見て、理沙が何かに気づいたようだ。矢代のスーツの袖《そで》を引っ張って、彼女は廊下に出た。

「いったいどうしたんですか？」小声で矢代は尋ねる。

「これを見てください」理沙は廊下を指差した。

　納戸の前に文庫本の栞が落ちている。先ほど矢代もそれをちらりと見ていた。

「本を運ぶ途中で落としたんでしょう。ですが、納戸には本なんてありませんでしたよね」

「そうですね。わりと、がらんとしていました」

「詳しく調べてみましょう」

ドアを開け、理沙は納戸の中に入った。壁のスイッチを押すと、小さな明かりが点くようになっている。そこは奥行き二メートルほどの、ごく小さなスペースだ。

中には古い扇風機やカラーボックス、分解した室内物干しのパイプなどが無造作に置かれている。

理沙は奥の壁を探っていたが、やがて「これだ」とつぶやいた。ぎー、ぎぎぎ、と音がした。ドアの形に切り取られた明かりが、納戸の中に射してきた。

——隠し部屋か！

この家の主、江波誠一郎は本を持って、隠し部屋とリビングの間を移動していたのだろう。そのとき、栞が納戸の前に落ちてしまったのではないか。

こんな仕掛けだったとは、想像もつかなかった。隠し部屋を造った者にも驚かされるが、それを見つけた理沙もたいしたものだ。

彼女を一旦《いったん》下がらせ、矢代はドアの向こうを覗《のぞ》き込んだ。

思っていたよりも広い部屋があった。和室で言うと八畳ほどだろうか。室内には青白い明かりが灯《とも》っている。左手の壁には、天井まで届く書棚が設置されていて、本がぎっしり詰め込まれていた。右手の壁にはＡ４サイズの紙が大量に貼ってある。その一枚一枚に何かがメモされていた。

間違いない。ここが書斎だ。

矢代はさらに観察した。正面、奥には大きな机があった。その上にはノートパソコンやビデオカメラなどが並んでいる。

矢代から見て机の右手には椅子が置かれていた。あれはアウトドアチェアだ。誰かが座っているのがわかる。そして机の左側、暗がりの中には小さいテーブルと椅子があるようだ。そこにも誰かが座っている気配があった。

「警察です」

矢代は暗がりにいる人物に声をかけた。返事はない。

「武田満夫さんの安全を守るため、同行してきました」矢代は続けた。「質問します。東京文学博物館や保育園に封筒を持っていったのも、町田の廃工場で藤吉健太さんを殺害したのも、すべてあなたの仕業ですね？」

相手は黙ったままだ。

納戸から理沙が入ってきた。暗がりのほうに注意を払いつつ、彼女は矢代の横を通ってアウトドアチェアに近づいた。向こう側に回り込み、腰掛けている人物を見つめる。

「写真の人です」理沙は強張《こわば》った顔をこちらに向けた。「小説家の江波誠一郎さん、本人です」

理沙は江波の脈を調べているようだ。続いて呼吸や、胸の動きの有無を確認している。

「どうですか？」

「駄目ですね」彼女は矢代に向かって首を横に振った。「亡くなっています」

矢代は天を仰いだ。

わずかなヒントを手がかりに、ここまで捜査を続けてきた。ひとり目の藤吉健太は駄目だったが、せめてふたり目は助け出したいと思っていた。それなのに、自分たちは第二の殺人を許してしまったのだ。悔しさがこみ上げてきた。

「体温がずいぶん下がっています」理沙は言った。「亡くなってから、かなり時間が経っているようです」

矢代は左手奥の暗がりに目を凝らした。

「なぜ殺害したんだ？」矢代は咎《とが》める口調で問いかけた。「俺たちは君の出した問題を、真剣に解いてきたというのに」

怒りを抑えることができなかった。途中で勝手にルールを変えられた、という憤りがある。犯罪者との間に信頼関係など成り立たないのはわかっている。しかし、それでも、今までの努力は何だったのだという思いがあった。

「千秋は可愛い。可愛いね……」

薄暗い部屋の隅から、男の声が聞こえてきた。矢代は身を硬くして相手を見つめる。

男が丸椅子から立ち上がったようだ。彼は暗がりから出て、大きな机のそばに立った。

蛍光灯の明かりが、その姿を照らし出す。

黒いズボンに黒いセーター、角張った顔に細い目。黒縁の眼鏡をかけた、三十代後半の男。

昨日この家のリビングで、江波誠一郎と名乗った人物だ。ただ、あのときとはずいぶん印象が違っている。昨日は酔ったふりをし、考えもしっかりまとまらないという様子だった。だが今、男の目にはたしかな光が宿り、強い意志を持っていることがわかる。

「あなた方警察は能なしですよ。何もかも遅すぎる」

彼は琥珀《こはく》のペンダントを首にかけていた。そして左手には、短い棒のようなものがある。黄ばんだ白色の物体。あれはもしかしたら――。

「それは骨じゃないのか？」

「正解です。無能な警察でも、さすがに気がつきましたか」

「誰の骨なんだ」

矢代が強い調子で尋ねると、意外なことにうしろから声が聞こえた。

「元村《もとむら》くん。それが千秋の骨なのか」

千秋の父・武田満夫の声だった。夏目とともに、ドアを抜けて隠し部屋に入ってきていたのだ。

その男――元村は、ふん、と鼻を鳴らした。

「そうですよ。八年前、江波誠一郎が土の中に埋めた、あなたの娘さんの骨です。昨日ようやく掘り出すことができました」

元村は骨を顔の高さまで掲げて、じっと見つめる。何かつぶやきながら、右手で骨を撫《な》でた。すぐそばに警察官がいるというのに、まったく意に介さないという態度だ。

「武田さんから聞きました」理沙が元村に話しかけた。「八年前、あなたは千秋さんと交際していたそうですね。ふたりの仲は武田さんにも認められていた……」

　理沙の言葉を聞くと、元村の表情が変わった。彼は不機嫌そうな顔で武田を責めた。

「ひどいじゃないですか。どこまで喋《しゃべ》ったんです？」

「ああ……大部分、話してしまった。だって、私だけでは君を止めることはできないと思ったから」

「ひとりで来てくださいって、僕は言いましたよね。それなのにあなたは警察と結託した。僕の信頼を裏切ったんだ」

　違うんです、と理沙は話に割って入った。

「私たちはあなたの出した問題を解いて、ここへやってきました。その途中で武田さんと合流したんです」

「あなたが解いたんですか？」

「チームで協力して正解にたどり着きました。複数のメンバーで考えれば解くことができた。……たぶんあなたはヒントを出しすぎたんです」

　不快に思ったのか、元村は小さく舌打ちをした。机の天板に座り、抗議する口調で理沙に言う。

「でも、あなたたち警察は計画を阻止できなかった。僕はもう目的を果たしてしまいましたよ。僕は藤吉を殺した。江波を痛めつけて、千秋の埋まっている場所を聞き出した。

そう、あいつはこの家の庭に遺体を埋めていたんです。そして僕は、その江波も昨日殺しました」

「昨日のうちに……」矢代は唸《うな》った。「卑怯《ひきょう》じゃないか。もともと俺たちと勝負をするつもりなんてなかったのか？」

「出題者にはルールを決める権利があるんです。僕は今回、その当然の権利を使っただけですよ。……あなた方警察は八年前、武田さんの訴えを聞かず、行方不明になった千秋を捜してはくれなかった。そのせいで、千秋はずっと土の中に埋められていたんです。僕は警察が許せなかった。あなたたちは罰を受ける必要があるんですよ。そのために僕はいろいろな問題を作り、警察を動かそうとしたんだ」

「しかし、君のやり方は……」

「矢代さん、あなたにはわかりますか。武田さんの八年、僕の八年、それがどれだけ長い時間だったのか……。僕らは届を出して、お願いしますと頭を下げるしかない。警察が動いてくれなかったら、一般市民はいったい誰を頼ればいいんですか？」

反論できなくなり、矢代は唇を嚙《か》んだ。

元村の犯行には大きな目的がふたつあったのだ。ひとつは藤吉や江波を殺害すること。もうひとつは警察を思いのままに振り回して、復讐《ふくしゅう》すること。彼がクイズのような問題をしつこく出し続けた背景には、そういう理由があったのだろう。

矢代の様子を見て、元村は口元を緩めた。

「武田さんにはすべてを見届けてほしかったんですよ。藤吉を痛めつけたときも、殺したときも、僕はビデオカメラですっかり撮影していました。江波のときもね。そのデータをサーバーに上げて、アクセス方法を武田さんに伝えた。ねえ武田さん、見てくれましたよね？」

「ああ、見たよ！」武田は苛立《いらだ》つような声を出した。「本当は嫌だったんだ。でも誘惑には勝てなかった。千秋を殺した連中がひどい目に遭う場面を、私はすべて見てしまった……」

「それでいいんです。あなたは自分の手を汚すことなく、ひとりの観客でいればいい。そのために、僕は特等席を用意したんですから」

矢代は黙ったまま、元村を睨《にら》みつけた。

武田は事件に関わる必要はなかった、ということだろうか。パソコンの前に座り、指定された方法で動画をただ視聴すればよかったのか。それが、元村の用意した特等席だったのか。

「そして武田さん、いよいよ最後のステージですよ。これだけは直接その目で見届けてほしかった」

「元村くん、何をする気だ？」と武田。

「後始末をするんです。僕はこの腐った、薄汚い世界から退場するんだ」

いつの間にか、元村は右手にナイフを握っていた。その切っ先を自分の喉《のど》に押し当てる。

「待て、元村。やめろ！」

戸惑いながら矢代は声を上げた。こんな形で犯人を死なせるわけにはいかない。

「やるべきことはやった。もう未練はないんです」

「そんなはずはない。落ち着いて考えてみろ」

相手との距離は約五メートル。飛びかかり、あのナイフを叩《たた》き落とすことは可能だろうか。

矢代の右方向にはアウトドアチェアがあり、そばに理沙が立っている。彼女もまた、青ざめた顔をしていた。

「千秋、可愛い千秋！」元村は声をうわずらせた。「待っててくれ！」

蛍光灯の下、ナイフが冷たい光を放つ。その刃先が喉を切り裂こうとする。

そのとき、矢代の左手方向で何かが動いた。

咄嗟《とっさ》の判断で、矢代は右に走った。理沙のところへ行き、アウトドアチェアを引きずり倒す。がたん、と大きな音がした。ロープで縛られた江波の遺体が、椅子とともに床の上に転がった。

みな、江波の遺体に注目した。彼は白目を剝《む》き、大きく口を開けている。

その一瞬の隙を衝《つ》いて、夏目が元村のほうへ突っ込んでいった。

大きく踏み込むと同時に、彼女は長さ一・五メートルほどの棒を振り出した。あれは納戸の中で見たものだ。分解した室内物干しのアルミパイプだった。夏目はそれを、剣道の要領で使ったのだ。

パイプの先端が元村の右手を直撃する。元村はナイフを取り落とした。

チャンスを逃さず、矢代は猛然と突進した。動揺する相手を組み伏せ、関節技を極める。夏目と理沙が加勢に来た。元村は呻《うめ》き声を上げながらも、まだ抵抗しようとする。

「もうやめてくれ、元村くん」

武田が近づいてきた。彼は元村の顔を覗《のぞ》き込んで、こう続けた。

「君までいなくなったら、みんな千秋のことを忘れてしまう。そうなってほしくない」

「終わりにしたいんですよ。僕はもういいんだ」

「違うよ、私のためだ。私のために生きていてほしい。お願いだ。どうか、あの子との思い出を、この世に残しておいてくれ」

武田は真剣な目で、組み伏せられた元村を見つめている。元村は獣のように唸っている。だが、徐々に抵抗する力が弱まってきたのがわかった。

矢代は荒い息をつきながら関節技を解き、元村を立ち上がらせた。

がっくりと肩を落とし、元村はうなだれた。

## 5

白い壁、白い天井、そして青白い蛍光灯の明かり。

殺風景な部屋の中で、理沙は男性と向かい合っている。矢代はそれを、補助官として横から見守っている。

テーブルの向こうにいるのは、一連の事件の被疑者だった。喉の右側にガーゼが貼られている。昨日の身柄確保の前、ナイフの刃で自分を傷つけた痕《あと》だった。

被疑者はぼんやりと机の上を見ている。ふてくされているわけではないし、苛立っているわけでもなさそうだ。気力を失い、もはや何事にも興味がないというふうに見えた。

「元村隆義《たかよし》さん、体調はいかがですか」理沙は彼に話しかけた。「医師から、取調べの許可は出ています。昨日は何も喋ってくれなかったそうですが、どこか具合が悪いということはありませんよね？」

昨日、三鷹市で元村を逮捕してから、矢代たちは彼を神田警察署に移送した。ＳＩＴの泉たちが取調べをしたのだが、元村は犯行について話さなかったという。泉は方針を変え、理沙と矢代に取調べを依頼してきた。逮捕前、元村と会った理沙や矢代がいたほうがいいと考えたのか。あるいは文書解読班なら情報を引き出しやすい、と考えたのかもしれない。

そういう経緯で、理沙と矢代は元村と対峙《たいじ》しているのだった。

元村は机の表面を見つめたまま、低い声で答えた。

「僕は話したくありません。武田さんから事情は聞いていますよね？　それをそのまま記録してください」

「あなたの口からすべてを話してもらう必要があります」理沙は言った。「事件を起こしたあなたには責任があります。それから……」

「僕はもう、世の中のルールから逸脱した人間ですよ。今さら責任なんて知ったことじゃない」

理沙は少し考えたあと、元村の顔を覗き込むように前屈《まえかが》みになった。

「でも、責任と同時に、あなたには権利もあるんです」

「黙秘権ですか？」

「いいえ。あなたが感じたこと、思ったこと、もっと言えばあなたの怒りや悲しみを、ここで話すことができるんです。私たちは文章にしてそれを記録します。その文章はやがて裁判の資料となる。裁判はあなたの気持ちを述べる場でもあります。その権利を捨ててしまうのは惜しいと思いませんか」

彼女の言葉を聞いて、元村は身じろぎをした。彼は顔を上げた。心を許したという様子ではなかったが、少なくとも対話をしようという姿勢にはなったようだ。

ひとつ呼吸をしてから、理沙は話しだした。

「今回あなたが立てた計画は、どれも非常に手の込んだものでした。あなたは東京文学博物館のメッセージと写真で、私たちを武田屋洋菓子店に誘導しました。それは八年前の事件――武田千秋さんの失踪《しっそう》事件を警察に思い出させ、再捜査させるためだった。あなたは千秋さんが囚《とら》われているように見せかけ、実際にはシュラフの中に藤吉健太さんの遺体を入れて、警察に発見させました。慌てふためく捜査員たちを想像して、溜飲《りゅういん》を下げたことでしょうね。それが、警察に対する復讐だったわけです」

「……警察には恨みがありましたからね。無駄足を踏ませて、空回りさせて、悔しがるように仕向けたかったんですよ」

「あなたが藤吉健太さんを元社員食堂で殺害したこと、江波誠一郎さん宅に押し入って本人に成りすましていたこと、これらは東京文学博物館で封筒が見つかる前の出来事だったはずです。つまり最初の封筒を届けに行くときには、千秋さん失踪事件の真相はつかんでいたと推測できます。……千秋さんの身に何が起こったのか、あなたは個人でいろいろ調べたんですよね？　おそらく、我々警察が知らなかったことまで」

「そのとおりです」元村はうなずいた。「ずいぶん苦労しましたけどね」

この調子なら細かい供述が得られそうだ。矢代はふたりの会話に耳をそばだて、記録をとり始めた。

「あなたに関する基礎情報は入手できています」理沙は元村を見つめた。「そしてあなたの言うとおり、私たちは武田満夫さんからも事情を聞きました。それらを踏まえた上で、話を進めさせてください。……元村隆義さん、あなたは十年前から、武田屋洋菓子店でよく買い物をしていました。目当ては、店を手伝っていた千秋さんです。商品の中では、彼女を連想させる『秋風のタルト』が特に気に入っていた。季節限定ですが、スーパー・ホリヨシでもそのケーキを見つけると買っていたようですね。だからインストアコードも知っていた。……千秋さんとは小説の趣味が合ったんですよね。当時あなたは小説の新人賞に何度も応募していて、将来は作家になってみせる、などと話していた。武田満夫さんはあなたの性格を気に入り、千秋さんとの交際を認めた。冗談半分で将来の結婚のことなども話題にしていました。それは千秋さんが大学に入ったころのことでした。ところが八年前、千秋さんは行方不明になってしまった……」

「娘がいなくなった、何か知らないか、と満夫さんは僕に連絡してきました。僕はすぐに駆けつけて満夫さんといろいろ話した。でも彼女が失踪する理由は見つかりませんでした」

「武田満夫さんは警察に相談し、捜索してほしいと頼みました。そのとき、あえてあなたの名前を警察には話さなかった。千秋さんの失踪事件に、元村さんは関係ないとわかっていたからです。警察に対して、あなたのアリバイは説明できたかもしれません。でも事情聴取などであなたに心労をかけさせたくない、と武田さんは考えたんです」

「……僕たちは警察に期待していたんですよ。でも本気で調べてくれる様子はなかった。当てにならないと気づいて、僕と満夫さんはふたりだけで情報を集めようとしました。

それでも千秋の行方はまったくわからなかった……」

一般市民が事件の真相を追いかけるのはかなり難しい。それでも元村たちは、調べずにはいられなかったのだろう。

「転機となったのは何だったんですか」理沙が尋ねた。

「今年の二月、僕は江波誠一郎に関するネットニュースを読んだんです。かつて話題になった小説家へのインタビュー、というものでした。そこで思い出したんです。たしか、千秋は江波のファンだと言っていたんですよ。

記事によると、江波は現在、新作を準備中だということでした。約八年前から構想をあたためていた自信作らしい。八年前というのが気になりました。さらに記事を読むと、主人公の女性が千秋とよく似ているんです。交際していた僕しか知らないようなことまで書かれていた。これはおかしい。もしかしたら江波が千秋の失踪に関わっているんじゃないかと思いました。……僕がその記事を読んだのは偶然です。でも、僕はそれを読むよう何かに導かれていたのかもしれない。天啓のように感じられました」

真剣な顔で元村は言う。天啓というものが本当にあるのかどうか、矢代にはわからない。だが元村にとっては、そう表現するしかないものだったのだろう。

「僕は江波のことを調べ始めました。千秋がわずかに残したメモを満夫さんから見せてもらい、江波の住所らしきものを発見しました。三鷹のあの家です。何度も出かけていって、そこがたしかに江波の自宅であることを確認しました。近くの住民に話を聞いたところ、九年前から八年前にかけて、千秋らしい女性が家に出入りしていたらしいんです。……一方で、江波のエッセイやＳＮＳをよく読むと、彼は自分のファンが運営するウェブサイトで、読者たちと交流していたことがわかりました。その管理人が藤吉健太だったんです」

ここで藤吉が出てくるのか──。矢代は黙ったまま、元村をじっと見つめる。

理沙は話の続きを促した。元村は記憶をたどる表情になった。

「本来、小説家とファンが関係を深めすぎるのはよくないことでしょう。でも江波は本が出せなくて、自信がなくなっていた。それで十年ほど前から、自分の熱烈なファンである藤吉と会っていたようです。そういうことなら、藤吉から何か情報が得られるかもしれない、と僕は思いました。僕は江波作品のファンを装って、藤吉にメールを送りました。今年三月のことです。

そのころ藤吉は、母親が亡くなったことで気持ちが弱っていたようでした。僕はそれを利用して頻繁にメールを送り、彼と親密な関係を築いたんです。いろいろアドバイスしたり相談に乗ったりしているうち、彼に信用されるようになりました。ネット上のつきあいだけでなく、実際に会って酒を飲むようになった。僕は頃合いを見計らって八年前の失踪事件について質問しました。酔った藤吉は『ここだけの話』だと言って、僕に真相を打ち明けました。まあ、ここだけの話が、ここだけで済んだ試しはないですよね」

当時を思い出したのだろう、元村は小声で笑った。

「藤吉さんは、千秋さんの失踪事件に関わっていたんですね？」

理沙が問いかけると、元村は深くうなずいた。

「江波から聞いた話も交えて、藤吉は僕にこう説明しました。……今から九年前、大学生だった千秋は小説家・江波誠一郎にファンレターを送った。その返事が届いて、ふたりは手紙をやりとりするようになった。しばらくして、江波が個人的に会いたいと希望してきた。大好きな小説家だったから、千秋は応じることにしたそうです」

「当時、千秋さんはあなたと交際していましたよね？」

「そうです。でも千秋にとっては、それはそれ、これはこれという感じだったんでしょう。僕は小説家志望ではあるものの、ただの会社員でしかない。でも江波はかつてヒットを飛ばした小説家です。その後、新刊を出していなくても、やめたと言わない限りは現役の小説家なんです。

江波はスランプに陥ってなかなか本が出せずにいたから、慕ってくれる読者がいるのは嬉《うれ》しかった。しかも若い女性となれば、いろいろ期待するところもあったんでしょう。ただ、いきなりふたりで会うのはまずいと思ったらしく、ファンサイトを運営している藤吉に相談した。藤吉も江波のファンですから、喜んで会食の段取りをしました。三人は食事をして意気投合し、さらに数回会った。……そこまではよかったんですが、やがて千秋はひとりで江波の家に行くようになったそうです。小説家と親しく接して、たぶん舞い上がってしまったんでしょう」

語りながら、元村は顔を曇らせた。さすがにその内容は辛《つら》いだろう、と矢代も同情してしまう。元村という交際相手がいるのに、千秋は小説家のところへ通うようになったのだ。聞き込みの結果では、千秋は内向的でおとなしい人という印象があった。だが、実際には奔放な一面もあったようだ。

「ここからは、江波本人から聞いた話が交じります」元村は言った。

「あなたは江波さんとも話していたんですか？」

「話していたというか……口を割らせたんですよ。思い切り痛めつけてやりました」

元村の顔に冷酷な笑みが浮かんだ。彼がそんな表情を見せるのは、取調室に来てから初めてのことだった。

「千秋は江波とうまくやっていたようですね。あいつが新作を執筆できるよう、気分転換だと言って外出に誘ったこともあったそうです。取材を兼ねて、ふたりでキャンプにも出かけたらしい」

キャンプと聞いて、矢代は写真のことを思い出した。元村が用意したあの写真には、キャンプを示唆するものが写っていた。シュラフや食器、アウトドアチェア。それらは今の話と繋《つな》がっていたのだろう。

「サイト運営者の藤吉さんは、千秋さんと江波さんの件には口出ししなかったんですか」

「そうですね。千秋とのつきあいが刺激になって、江波が新作を書いてくれたら嬉しい、くらいの気持ちだったんでしょう。……ところで、千秋と江波の間には、少し特別な関係があったらしいんです。千秋は江波の作品に憧《あこが》れていた。一方で、江波は千秋の才能に惹《ひ》かれていたというんですよ」

「千秋さんの才能？」

怪訝《けげん》そうな顔をして、理沙は相手の表情を窺《うかが》う。

「書斎の壁いっぱいにメモが貼られていたでしょう。あれはすべて千秋が残したものなんです」

「あのメモは、いったい何だったんですか」

「物語の種子ですよ」元村は言った。「すべて彼女が考え出しました。そして、江波はそれを欲していたんです」

矢代は江波宅の書斎を思い浮かべた。

向かって右側の壁いっぱいに、白い紙が大量に貼り付けられていた。それぞれの紙には細かな文字が書かれていた。一見するとアート作品のようにも思えるが、あれは千秋の手によるものだったのだ。

「物語の種子……」理沙は首をかしげた。「小説のプロットやあらすじのことですか？」

ええ、そのとおり、と元村は言った。

「千秋には、一度見たものはほとんど忘れないという並外れた記憶力があったんです。それは高校生ぐらいから顕著になっていたようですね。彼女は博物館や美術館、資料館などに行って、いろいろな創作の技術を吸収していきました。映画館にもよく通って、ストーリー展開などを学んでいた。そして、それを自由自在に引き出すことができたんです。僕と散歩をしていても、町で見かけた光景を指して、あの小説の一シーンに似ているとか、あの映画の出来事に似ているとか、その都度教えてくれました。大袈裟《おおげさ》な言い方になりますが、彼女は歩くデータベースのようだったんです。僕は彼女のその力に、いつも驚かされていました。

　やがて彼女は吸収した知識をもとにして、オリジナルの設定やストーリーを考えるようになりました。勉強の合間に、ノートにびっしりとメモしていたんです。一時期、自分で小説を書いたこともあったそうですが、どうしてもうまくいかなかった。それで、アイデアを出すことに専念したらしいですね。千秋いわく、私の心の中には発想の泉がある、ということでした。メモしておかないと息苦しいような気分になる、すべてを書き留めたいという気持ちがある、と……。僕は小説家を志望していましたから、ぜひ設定やストーリーを読ませてほしいと頼んだことがありました。でも彼女は、人にはとても見せられない、と苦笑いするばかりでした」

　そういえば、大学時代の友人が話していた。講義のノートを貸してほしいと友人が頼んだとき、千秋はわざわざページの内容をパソコンに打ち込み、プリントしてきたそうだ。あまりに書き込みの多いノートだったから、見せたくなかったのかもしれない。

「千秋は琥珀《こはく》のペンダントを大事にしていました。中に砂や植物が入っているのが面白いと感じたようですね。アイデアはどんなところにもある、小さな宝石の中にも隠されている。そんなふうに彼女は考えていたんです。アイデアが出ると、千秋は我を忘れてメモしていました。没頭して時間が経つのも忘れてしまう、と話していました。本人はそんな行動を恥ずかしく思って、親や友達には隠していたそうです。高校時代から寮暮らしだったので、満夫さんもそのことを知りませんでした」

「でもあなた以外にもうひとり、それを知っていた人がいた。江波さんですね」

元村は言葉を探す様子だったが、理沙に向かってゆっくりとうなずいた。

ため息をついてから、彼は話を続けた。

「江波本人から聞き出しました。……エネルギーに満ちた千秋が、江波には眩《まぶ》しかったそうです。彼女は書き溜《た》めたアイデアをどんどん壁に貼って、興奮した口調で説明していたらしいですね。あの勢いには圧倒された、と江波は話していました」

「江波さんは、千秋さんの力を借りて、新しい小説を書こうとしたわけですね」

「ええ。彼は共同執筆を持ちかけました。しかし千秋は、申し訳ないという感じで断ったそうです。アイデアはいくらでも出せる、でも私には書く才能はないから、と」

矢代は千秋の心中を想像してみた。共同執筆とはいえ、自分が小説を書くのは無理だ、と尻込《しりご》みしたのだろうか。あるいは、江波をスランプから抜け出させるために、今までどおりひとりで書くよう勧めたのか。

「スランプで精神的に追い込まれていた江波は、協力を拒まれて大いに落胆したようです。小説が書けなくなってからアルコール依存になっていたんですが、ますます酒を飲んで塞《ふさ》ぎ込んだ。自殺を仄《ほの》めかしたりもした。そんな江波を放っておけなくて、千秋はその後も江波の家を訪ねていました。あなたには才能があるから大丈夫だよ、と慰めたりして」

「そんなことになっていたんですか……」

「千秋は献身的だったと思います。でも酔った江波は自虐的な発言を繰り返し、暴れたりした。さすがの千秋も、うんざりしてしまったんでしょう。口論になることもあったようです。そして八年前の十月、事件が起こりました。……二階の部屋を掃除しているとき、千秋は言ったそうです。あなたには社会経験が足りない、いっそアルバイトでもしてみたらどうか、と。おまえだって働いたことなんかないだろう、と江波はふてくされた。私は大学を出たら就職する、そうしたらもうあなたの応援はできなくなる、と千秋ははっきり言ったそうです。そしてその勢いのまま、江波の堕落ぶりを責めてしまった。彼が練習で書いた文章を批判してしまったんです。かっとなって、江波は千秋を突き飛ばした。千秋は階段から落ちて、頭を強く打ちました」

「彼女はどうなったんです？」声を低めて理沙は尋ねる。

「死んでしまいました。あっけなく……ごく簡単に……」

ずっと嫌な予感はあった。だが実際にそれを聞いて、矢代は唇を嚙《か》んだ。おそらく自分でも何が起こったかわからないまま、彼女は亡くなったのではないだろうか。

「江波は動揺しましたが、酔っていたこともあって、自分ではまともな判断ができなかったようです。電話をかけて藤吉を呼びました。……駆けつけた藤吉は、警察に届けるべきだと進言した。当然のことです。しかし江波は拒絶しました。今、構想中の原稿はデビュー作を上回る傑作になる、これが小説家・江波誠一郎の代表作になるのだ、と。さらに江波はこう言った。もしかしたら、これは天の配剤かもしれない。人を殺すという経験を活《い》かして究極の小説を書け、と天が命じているのかもしれない、と。……まったく馬鹿げた考えです。でも、藤吉の心には迷いが生じました。江波の新作を読みたい、という気持ちが強かったからです。
江波に押し切られ、藤吉は死体遺棄を手伝いました。江波の家の庭に穴を掘り、遺体を埋めた。当時から隣は町会の自治会館だったので、見られずに済んだみたいですね。彼女が身につけていた琥珀のペンダントは、江波が保管することになりました。そのあとふたりは千秋のアパートに行って、ノートや日記などを探した。ノートには大量のアイデアメモが残されていました。その中に江波のことが書かれている可能性があるので、持ち去ることにしたんです」

それで、千秋が残した品物の中にノートやメモがなかったのだ。

大学に入ったころの千秋は、江波という小説家に憧れていた。当時のノートに江波のことや作品のことがメモされている可能性は充分にあっただろう。

「警察が来るんじゃないかと江波は怯《おび》えていたようですが、千秋が江波宅に出入りしていたことは、父親の満夫さんも知りませんでした。もちろんこの僕もね……。そのまま時が過ぎていきました。これは天の配剤だなどと言っていた江波も、千秋を死なせたショックでさらにスランプに陥りました。その結果、まったく原稿が書けなくなった。しかし八年経ってようやく気持ちが変わり、千秋をモデルにした作品を書くことにしたんです。それがネットニュースに載り、僕の目に触れた。そして僕は、ファンサイトを運営していた藤吉に接触したというわけです」

　ここで話は元に戻るわけだ。元村は藤吉と酒を飲み、重要なことを聞き出したのだ。

　元村は天井を見上げたあと、再び理沙のほうを向いた。

「藤吉から失踪《しっそう》事件の真相を聞いて、僕はショックを受けました。どこかで生きているんじゃないかとわずかに期待していたのに、千秋は死亡していた。しかも転落事故だったとはいえ、男に殺害され、遺体を埋められていた。彼女は冷たい土の中で八年間も過ごしてきたんです。絶対に許せない、と思いました。僕は復讐《ふくしゅう》計画を立て始めました。その間、満夫さんには一切相談しませんでした。あの人に迷惑をかけるわけにはいかないと思ったからです。そして半月前、僕は計画をスタートさせました」

　記録をとりながら、矢代はやりきれない気分を感じていた。

　本来、警察官としてはよくないことだろう。だがこれまでの話を聞いて、矢代は元村に同情してしまっていた。親しくしていた女性を、突然殺害されてしまうことの恐ろしさ。深い悲しみと憤り。犯人を憎む気持ちは埋《うず》み火のように残る。その気持ちが、矢代にはわかる気がする。

理沙が元村に質問した。

「犯行の細部を確認させてください。町田市鶴間のヒラオカ産業に目をつけたのはいつですか？」

「半月前ですよ。昔、会社の仕事で鶴間に行っていたから土地鑑があったんです。計画に使えそうな場所はないかと歩いているうち、あの廃工場を見つけました」

「あそこを現場にすると決めてから、『モアイのハナヅラ』や『ジュウジのキズ』をヒントとして考えたわけですね」

「そうです。……十一月三日に社員食堂を最終確認しました。そして四日の夜、藤吉を拉致《らち》して食堂へ連れていき、痛めつけて殺した。そのあとテーブルに小物を配置して写真を撮りました。これは、東京文学博物館に持っていくためのものでした。一方、江波の書斎で撮ってきた写真とメッセージを、僕はシュラフに仕込んでおいた。……尋問や殺害の様子は動画撮影してあったので、サーバーに保存しました。ＵＲＬを満夫さんに伝えたら相当驚いていましたよ。でも結局、彼は動画を最後まで見たようでした」

武田満夫の複雑な心境は、矢代にも想像がつく。なぜそんな事件を起こしたのだ、と元村を責める一方、どうしても動画を見たいという思いもあったのではないか。

「江波誠一郎さんの家に押し入ったのはいつです？」

「四日の昼間です。奴をアウトドアチェアに座らせ、縛り上げた。それ以降、僕は江波に成りすまし、あの家を活動拠点にしました。江波を思い切り痛めつけてやりました。家の中を調べて、箪笥《たんす》の引き出しから琥珀のペンダントを見つけました。千秋のものに間違いありませんでした。五日には、八年前に千秋を埋めた場所を聞き出し、夜になってから庭を掘り始めた。でもなかなか見つけられなかったんです。嘘をついているんじゃないかと、さらに何度もあいつを殴りました。……六日はずっと江波宅で過ごしたんだったかな。夜にはまた庭を掘ったけれど、まだ遺体は発見できなかった」

「そして七日の午前四時過ぎ、あなたはメッセージと写真を東京文学博物館に持っていきましたよね。帰りはどうしたんです？」

「靖国通りに停めていた車で引き揚げました。行きも帰りもなるべく大きい道は避けるようにしましたよ」

その日、矢代たちはSITに呼び出され、今回の捜査に参加することになったのだ。

「七日も江波の家で過ごしました。だいぶ弱っていたけれど、江波はまだ生きていた。庭で千秋の遺体が見つかったのは、その日の夜のことです。江波の記憶違いで、場所が少しずれていたようでね。……八年です。八年経って、ようやく僕は千秋を発見することができた。可愛い千秋、そしてかわいそうな千秋。僕は骨をすべて掘り出して洗いました。なかなか汚れが落ちない部分もありましたが、しっかり掃除していきました。仕上げにきれいな布で磨き上げたんです」

それが書斎の隅のテーブルに置かれていたのだ。愛《いと》しげに骨を掲げた元村を、矢代は今でも忘れていない。元村自身は気づいていなかったかもしれないが、あれは鬼気迫る情景だった。

「八日の夜になると、あなたは笹塚の保育園に封筒を持っていった。発見されたのは翌九日。私たちの捜査は三日目を迎えていました。メッセージには小学生や中学生を捕らえるといったことが書かれていましたが、あれはハッタリですね？」

「そうです。警察には、もう少し真剣に捜査をしてほしかったものでね」

「九日の午後、あなたは江波さんに成りすまして、私たちの聞き込みに応じました。江波さんは世間に顔出ししていない作家でしたが、それにしてもあなたは大胆でしたね。リスクがあったはずなのに……」

「僕はこのイベントの『出演者』ですからね。刑事の聞き込みに応じるという経験をしてみたかったんです。それに、あの問題を解いた人物の顔はぜひ見ておきたかった」

「もともと危険を承知の上で、警察を自分のところへ呼び寄せたわけですか」

「そうでなければ面白くないでしょう」

元村は意味ありげに笑った。あれだけ手の込んだ問題を作った人物だ。すべてを勝負だと考えていたのだろう。そして彼がそこまで問題作りにこだわったのは、小説家志望だったことと関係があるのではないか。

「九日になってようやく私たちは、町田市鶴間で藤吉さんの遺体を発見しました。シュラフからまたメッセージと写真が出てきた。夕方、警察は再び武田満夫さんのところに行きました。そのころあなたは……」

「千秋の骨を磨き終わったので、最後の仕上げにかかろうとしていましたよ。夜遅くに江波を殺して、その様子を動画撮影した。満夫さんにまたＵＲＬを伝えました」

「そして十日、江波さん宅へ武田満夫さんを呼んだ」

「僕が自殺するところを見せようと思ったんです。僕は警察をからかって、さんざん振り回してやった。江波と藤吉を殺すという目的も果たせた。それでおしまいです。もともと逃げ延びようというつもりはなかったんですよ。だって逃げるつもりだったら、警察を呼び寄せるようなヒントを出したりしないでしょう」

「ええ、それはたしかに……」

「武田さんには、僕の最期をしっかり見届けてほしかったんだ。……でも、あなた方のせいで失敗しました。これから先、無駄に生きながらえることになってしまった。鳴海さん、そして矢代さんのことを、僕は恨んでいますよ」

急に名前を呼ばれて、矢代は戸惑った。補助官としては黙っているべきなのだが、ひとつ咳払《せきばら》いをしてから口を開いた。

「元村隆義。君はメッセージや写真に手がかりを仕込んで捜査員を誘導した。我々が武田満夫さんを訪ねるのは計算のうちだったし、我々が偽の江波さん、つまり君を訪ねていくことも織り込み済みだった。……だが、君はやりすぎたんだよ。江波さんに成りすましたときの演技、あれは明らかに過剰だった」

「主演男優賞を狙えるかと思ったんですけどね。ああ、脚本賞もほしかったな」

「短編のタイトルをヒントに出したのもやりすぎだろう。我々が江波誠一郎に注目すれば、君は不利になる。実際、君は踏み込まれ、逮捕された」

「まあ、その点に関しては僕の読みが甘かったかもしれません。でも、最後まで面白い勝負でしたよ」

　そんなことを言って元村は鼻で笑う。矢代はその様子を黙って見守る。

　しばらくして元村は小さく息をついた。思い出したという調子で、理沙に尋ねた。

「武田さんはどうなります？　あの人に罪はありませんよね。すべては僕ひとりがやったことなんだから」

「いや、そうはいかないでしょうね」理沙は首を横に振った。「武田さんは警察の事情聴取に対して、正確に答えませんでした。あなたとの関係を隠していた。つまり、犯人を隠避したことになります」

「……え？」元村は眉《まゆ》をひそめる。

「あなたは武田さんを巻き込むべきではなかった」重々しい口調で理沙は言った。「あなたが特等席などを用意したせいで、こんな事態になってしまったんです。よけいなことをしたという意識はありませんか？」

　理沙の質問に、元村は少し戸惑う様子を見せた。

「でも……満夫さんは動画を見たあと、メールで礼を言ってくれたんですよ。満足していたはずなんだ」

「そうでしょうか。自分だけでは済みません。今回、あなたは武田さんの人生までおかしくしてしまったんです。その責任は重いと思いますよ」

真剣な表情で理沙は被疑者を見つめた。

何か言おうとしたようだが、元村はその言葉を呑《の》み込んでしまった。目を伏せて机の上をじっと見ている。椅子の上で彼はわずかに身じろぎをした。

取調室の中に、長い沈黙が降りてきた。

## 6

十一月十二日、捜査開始から六日目――。

朝八時半から神田署の会議室で、一連の事件の捜査会議が開かれていた。今回捜査の対象となったのは四件。まずは不審なメッセージと写真が貼り付けられていた神田駿河台事件と笹塚事件。そして殺人・死体遺棄が行われた町田市鶴間事件と、最後の三鷹事件だ。

会議室にはこの捜査本部のメンバー全員が集まっていた。

ＳＩＴ、文書解読班、情報分析班、さらには神田署および近隣署からの応援人員、それに加えて捜査一課四係からも数名が参加している。それぞれ専門分野の異なる捜査員が集まっているから、今さらながら、かなり珍しい構成だと感じられた。このメンバーを指揮して捜査を進めてきたSITの泉には、頭が下がる思いだ。

いつものように泉が前に立ち、司会を務めた。

「一昨日《おととい》逮捕された元村隆義に対して現在、取調べを進めているところです。当初は黙秘しようとする雰囲気がありましたが、昨日からは自供を始めています。これについては文書解読班・鳴海主任の功績が大きいかと思います」

泉は文書解読班の島をちらりと見た。理沙は軽くうなずき、目礼をした。

「一方、武田満夫にも取調べを行っています。武田の場合はほとんど抵抗することなく、事件への関わり方や、元村から聞かされた過去の事情などを、事細かに供述しています。みなさんもご存じのように、武田は元村の犯行を知りながら我々警察に隠していました」

矢代は昨日夕方の、武田への取調べを思い出した。担当したのは別の捜査員で、矢代や理沙は隣室からマジックミラー越しにそれを見ていたのだった。

武田はこう答えていた。

「元村くんが残した第三のメッセージには《アノヒトガ　トクトウセキデ　ミテイマス》とあったそうですね。『あの人』というのは私のことです。元村くんは、被害者を痛めつけたり殺害したりする様子を撮影していました。その動画がサーバーに保存してある、と彼は連絡してきたんです。私は動揺しました。元村くんから事情を聞き出し、復讐《ふくしゅう》などはやめて自首するべきだと諭しました。でも彼は聞こうとしなかった」

「元村くんは言いました。『何を我慢しているんですか。父親であるあなたが、悔しくないはずはないでしょう』と。『この計画はすべて僕が実行するから、あなたは見ていればいい。特等席で見物していてください』と。私は迷いました。でもたしかに犯人を見てみたかったし、罰を与えたい気持ちは強かった。決心して動画を見ました。目を覆いたくなるような場面ばかりでしたが、見ている間はとても興奮しました。私は画面の中の藤吉を、汚い言葉で罵《ののし》っていました」

「元村くんの犯行を、私は警察に通報しませんでした。彼のやっていることが間違いなのはわかっている。でも自分の中に、彼を支持する気持ちが生まれていました。このころから私は、彼を応援し始めていたんです。そして九日の夜、元村くんは江波誠一郎を殺害し、その動画も見るよう連絡してきました。私はためらいながらも、また見てしまいました」

「十日に任意の事情聴取がありました。警察は私に藤吉殺害の疑いをかけていましたよね。でも私はやっていないわけだから、いくら叩《たた》かれても埃《ほこり》は出ません。身の潔白を主張して、最後には解放されました。……しかし聴取が終わって自宅に戻ったとき、また元村くんから連絡がありました。千秋の骨を見つけ、江波を殺害したので、このあとすべてを終わりにするという内容でした。江波の家の書斎にいるので、最後の瞬間を直接見守ってほしい、と彼は言いました。今までとはどうも様子が違う。ただごとではないと察して、私は元村くんから教わった江波の家に向かいました。さすがに今回は放置できないと思い、鳴海さんに連絡をとったんです」

「元村くんは小説家・江波誠一郎に千秋を奪われてしまった。しかも、その千秋は江波に突き飛ばされて死亡した。死体遺棄を手伝った藤吉も同罪だ、と元村くんは考えたんでしょうね。江波たちに復讐しようと決意した彼の気持ちはよくわかります。……元村くんが今回、メッセージと写真にあれほど凝ったのは、彼が小説家を目指していたからでしょう。本来なら小説の中で書くべきだったアイデアを、彼は現実の世界で使ってしまった。そうすることで、元村くんはかつて売れっ子だった江波に、意趣返しをしたかったのかもしれません」

昨日、武田はそんなふうに告白を続けていたのだった。

ホワイトボードのそばに立ち、資料を見ながら泉が言った。

「武田満夫が難しい立場に置かれていたことは、我々にもわかります。何度も勧められるうち、元村が用意した動画を武田は視聴してしまった。自分の娘の死に直接関わった男たちがどんな釈明をしたのか。それを知りたいという気持ちが強く、理性による制止が利かなかったんでしょう。しかし、彼の行ったことは犯人隠避です。罪を逃れることはできません」

泉は資料から顔を上げ、幹部席にいる小此木管理官のほうを向いた。

ひとつうなずいて、小此木は椅子から立ち上がった。

「諸君の働きにより、無事に被疑者を逮捕することができました。……ところで捜査を見直してみると、今回の事件はかなり特殊なものだったことがわかります。最初から我々は振り回されていたし、最後は危うく犯人の自殺で終わってしまうところだった。全力を尽くしたものの、警察が成果を挙げたとは言いがたく、本当に悔しい気持ちがあります。今後こうした犯罪がまた発生するかもしれません。我々ＳＩＴと、川奈部くんたち殺人班との連携をスムーズにするよう、体制を整える必要があるかもしれない」

　自分の名前が出てきたので、川奈部は少し驚いたようだ。

「そうですね……」彼は考えながら言った。「普段ＳＩＴが担当している略取・誘拐事件などは、人質が死亡してしまった場合、そこで犯行が終わってしまう場合がありますよね。ところが今回は殺人が起こっても、もともとの略取・誘拐事件は終結しなかった。管理官がおっしゃるとおり、ＳＩＴと殺人班が同時に動くケースになってしまったわけです」

「情報共有の仕方や、捜査本部の設置方法、捜査の割り振りなど、再検証していく必要があると思っている」

「ええ、たしかに。犯罪の形は時代とともに変わっていきますからね」

　川奈部は深くうなずいている。

　泉はホワイトボードに連絡事項をいくつか書いたあと、今日の活動方針を確認した。それから捜査員たちに告げた。

「では会議を終わります。今日もよろしくお願いします」

起立、礼の掛け声で挨拶《あいさつ》をして、捜査員たちは活動を開始した。

これから先、矢代たちは解読したメッセージや写真の報告書を作ることになる。

その作業内容について、チームで打ち合わせを行った。財津、理沙、矢代、夏目、谷崎の五人で話を進めていく。

そこへSITの泉がやってきた。理沙は彼に向かって目礼をする。打ち合わせは一時中断となった。

「協力してくださって、どうもありがとうございました」泉は言った。「今回の捜査では、文書解読班と情報分析班に力を貸してもらいました。その功績は大きいと思っています。感謝しています」

「いえ、私たちは自分の職責を果たしただけですから」

理沙が答えると、泉は続けてこう言った。

「財津係長、いかがでしたか？　情報分析班と一緒に仕事をした感想は」

「ああ……。鳴海から報告を受けましたが、思ったよりうまく動けたようですね。それぞれのチームの個性が活《い》かされたんじゃないでしょうか」

泉は隣の島に目を向けた。

「そちら、岩下管理官はいかがです？」

急に問いかけられて、岩下は少し戸惑う様子を見せた。だが、こちらでの会話は聞こえていたらしい。咳払《せきばら》いをしたあと、彼女は答えた。

「まあ悪くはなかったと思います。結論から言えば、という話ですが」

なるほど、と泉はうなずいた。彼は両チームのメンバーを見回して、

「本来、私が申し上げることではありませんが、個人的な感想として聞いてください。……ふたつのチームにはそれぞれ長所がありますよね。文書解読班には矢代くん、夏目くんの行動力と、鳴海くんのひらめきがある。一方の情報分析班には早峰くん、唐沢くんのデータ収集能力と優れた情報分析力がある。今回の捜査では、長所がうまく嚙《か》み合っていたと思うんです」

「それもまた、結論から言えばですがね」

岩下が不機嫌そうに口を挟んだ。それにはかまわず、泉は続けた。

「聞くところによると、ふたつのチームは競争していたそうですね。ライバルとして競い合うのは必ずしも悪いことではありません。切磋《せっさ》琢磨《たくま》して伸びていくケースもありますから。しかし緊迫した捜査の現場においては効率がよくない。なぜかと言えば、ふたりの人間が同じことを調べていたりするからです。時間の無駄でしょう」

「それはそうですね」と理沙。

「私は、両者が協力して活動を行ったほうが、より多くの成果を得られるだろうと思うんです。実際、今回の捜査の後半では、協力態勢を敷くことで被疑者逮捕まで進むことができました。別々に動くのはもったいないですよ」

たしかに、矢代も感じていたことだった。もともと自分は、情報分析班とコミュニケーションをとろうと考えていた。だが早峰に拒絶されてしまった。上司である岩下管理官が早峰に対し、そのように指示していたのだろう。

「今の件、財津係長はどうお考えになりますか？」

そう泉に問われて、財津は何度かうなずいた。

「事件を解決するのが目的ですからね。おっしゃるとおり、手柄争いで時間を無駄にするのは避けるべきでしょう」

「では、岩下管理官は？」

数秒の間があった。岩下は硬い表情のまま、不承不承という顔で答えた。

「全面的に賛成とはいきません。協力し合っているうち、いずれ誰かがやってくれるだろうという油断が出るおそれがあります。そうではなく、個人が努力を重ねる態勢であれば、強い責任感が生まれてくると私は思います」

「たしかに責任感は大事ですが、より重要なのは組織としての目標達成なのでは？」

泉が訊《き》くと、岩下はわずかに眉《まゆ》をひそめた。

「その組織を活性化させるために、情報分析班が作られたのだと理解しています。今ここで競うことをやめたら、チームを新設した意味がありません。馴《な》れ合いはご免です」

棘《とげ》のある岩下の言い方に、泉も財津もしばし言葉を失っていた。

ややあって、泉は気を取り直したという表情になった。

「失礼しました。やはり私がよけいなことを言うべきではなかったですね」

「わかっていただければけっこうです」

岩下管理官のほうが階級は上なのだ。これ以上、何か言っても仕方がない、と泉は判断したようだった。

泉が去っていったあと、矢代と理沙は小さくため息をついた。

夏目は不満げな顔で谷崎と何か話している。財津は頬杖《ほおづえ》をついて捜査資料を睨《にら》んでいる。せっかく泉が仲を取り持ってくれようとしたのに、岩下のせいで振り出しに戻ってしまった。どうにも面白くないという空気になっていた。

すぐ打ち合わせを再開する気分にはなれない。少し休憩をしましょう、と理沙が提案した。そうですね、とみな賛成する。

「やっぱり私、岩下管理官のことが好きになれません」夏目が小声で言った。「協力していこうなんて、もともと無理な話ですよ」

「僕もそう思いますね」谷崎も同調した。「もしあの人が自分の上司だったら、仕事を辞めるかもしれません」

「それはまた、ずいぶんだな」矢代は谷崎を見つめる。

「この人のためなら頑張ろう、と思えるような上司が必要なんですよ。そういう人がいてこそ、きつい仕事も頑張れるんです」

「あれ……。俺はどうなのかな」

微笑を浮かべながら財津が言った。だが、夏目や谷崎に冷たい視線を向けられ、ばつが悪そうな顔で首をすくめた。

何か相談があるのだろう、財津は幹部席にいる小此木のほうに向かった。夏目と谷崎はふたりでぼやいていたが、飲み物を買いに行くと言って廊下に出ていった。

席に残ったのは理沙と矢代だけだ。少し考えたあと、矢代は彼女に話しかけた。

「ひとつわからなかったことがあるんです。元村のことです」

「ああ……。彼はかなり個性的というか、こだわりが強いというか……」

「元村は最後に自殺しようとしましたよね。復讐《ふくしゅう》を為し遂げて満足したからでしょうか。でも彼はまだ三十七歳ですよ。これからまだ、いろいろなことができるはずなのに」

「今回の事件には、何か呪いのようなものを感じますね」

「呪い？」

捜査の現場では、まず聞かない言葉だ。どういう意味かと矢代は興味を感じた。

「江波誠一郎は若くしてデビューしたのに、その後、書けなくなって苦しみました。元村隆義のほうは小説家になれず、やはり苦しんでいたはずです。そんなふたりの前に、ひたすら自由で、いくらでもアイデアを出せる千秋さんが現れた。彼女は琥珀《こはく》の中から何かを取り出すように、いとも簡単に斬新なストーリーを生み出すことができました」

そうだ。千秋は琥珀に砂や植物が入っているのを面白いと感じていたらしい。アイデアはどんなところにもあり、小さな宝石の中にも隠されている、というのが彼女の考え方だったのだ。

理沙は続けた。

「無邪気とも言えるその姿に、江波も元村も強く引きつけられ、縛られてしまったんだと思います。千秋さんの特殊な才能が呪いとなって、ふたりの男性の人生を大きく変えた。……元村は、彼女の骨を見つけることで自分の役割は終わる、呪縛《じゅばく》から解放される、と思っていたのかもしれません。千秋さんの遺体を発見してしまえばもう生きている意味もない、というふうに考えていたんじゃないでしょうか」

少しためらったあと、矢代は声のトーンを落として言った。

「鳴海主任にだけは話しますが……元村の取調べをしているとき、俺は奴に同情してしまったんです」

「どういう部分に同情したんですか。恋人を奪われてしまったところ？」

「いえ、千秋さんが殺害されてしまった、というところに」

「ああ、なるほど。わかります。警察官という立場であっても、そういう状況を想像してしまうとね」

「いえ、俺の場合は想像というわけでもなくて……」

歯切れの悪い言葉を聞いて、理沙は首をかしげる。しばらく考えていたが、やがてはっとした表情になった。

「ごめんなさい！　私、前にその話を聞いていたのに……」

「気にしないでください。あれは、きわめて個人的な事情ですから」

今から七年前、矢代の幼なじみの水原弘子《みずはらひろこ》が何者かに殺害された。矢代は元村の取調べのとき、そのことを思い出していたのだ。

弘子とは家族ぐるみのつきあいがあった。互いに社会人になってからも、年に一度は飲みに行く間柄だった。その弘子が殺害されたと知って、矢代は衝撃を受けた。犯人は捕まっていない。人相や年齢なども不明だ。ただ、当時、弘子宅の近くをうろついていた不審者が、手にフィルムカメラを持っていたことがわかっていた。

矢代は同型のカメラを買い求め、鞄《かばん》に入れて持ち歩いている。最近はフィルムカメラを扱う店やDPEショップがかなり減った。だが、たまに町で見かけるとフィルムカメラを見せて、これと同じものを使っている人を知らないかと尋ねていた。

「デリケートな話だったのに、すみません」

理沙は肩を落とし、申し訳ないという顔をする。いやいや、と矢代は笑ってみせた。

「昔のことですから……。でも何かの折にふと思い出してしまいますね。元村の場合は交際相手が亡くなったという話でしたから、聞いていて特にきつかった。まあ、俺と弘子はつきあっていたわけじゃないんですけど」

「だとしても、辛《つら》いですよね」

「そう、辛いですね。気持ちが理解できるから同情してしまったんです。……でも、どんな事情があったとしても彼の罪が許されるわけではない。それもよくわかっています。

だから、俺は元村とあまり話をしてはいけないと思いました。取調べのとき、そう決めていたんです」

　理沙は黙ったまま何度かうなずいた。それから、丁寧に頭を下げた。


　腕時計を見て、矢代は小さくため息をついた。

　夏目と谷崎は飲み物を買いに行ったままだ。財津はまだ小此木管理官のところにいる。その財津に呼ばれて、理沙も先ほど話に加わっていた。

　チームの打ち合わせが再開されるまで、手持ち無沙汰《ぶさた》な状態だ。

　情報分析班の島を見ると、そちらも早峰ひとりだけが残っていた。少し迷ったが、矢代は立ち上がって彼女に近づいていった。

「お疲れさん。調子はどうだ」

　資料に目を落としていた早峰は、顔を上げて矢代を見た。

「体調のことだったら、まあまあです。精神面の話だったら……あまりよくはないですね」

「気持ちが落ち込むのか。それともイライラするとか？」

「両方ですね。ついでに言うと、矢代さんのことが憎くてたまりません」

　冗談のようにも聞こえるが、彼女の顔は真剣だった。どうも、中途半端な気持ちではなさそうだ。

こめかみを指先で掻《か》いてから、矢代は尋ねてみた。

「前の部署で何かあったらしいな。どういう経緯だったんだ？　いや、話したくなければいいんだが……」

早峰は黙ったまま矢代を見つめる。数秒そうしていたが、やがて軽く息をついて話しだした。

「私、上司に疎まれていたらしいんですよ。理由はわかりません。失礼な態度をとったつもりはないんですが、人は些《さ》細《さい》なことで他人を嫌いになりますからね。喋《しゃべ》り方だとか、顔つきだとか、両親の職業だとか、そんなことが原因だったのかもしれません。気がついたときには、もう取り返しがつかないぐらい嫌われていたようでした。逆に私のほうから見ると、その上司は組織上のルール違反が多くてすごく気になっていたんです。関係がぎくしゃくしてきたことから、私のほうでも上司の問題点に疑問を述べて、反発するようになりました。その結果、私と唐沢くんはとんでもない場所へ赴任させられそうになりました。まあ、彼は私に巻き込まれた形だったんですけどね」

本人からその話は聞いている。運が悪かったと言うべきか、唐沢も苦労人だ。

「そのとき助けてくれたのが岩下管理官だったんです」早峰は続けた。「あの人は、前に特捜本部で私の仕事ぶりを見て、覚えていてくれたそうです。不本意な異動をさせられるぐらいなら、こちらに来て働かないか、と誘われました。迷うことなく、私はその話を受けました。そのときから、私は岩下管理官のために働くようになったんです」

以前、矢代も岩下から誘いを受けたことがあった。矢代が殺人班に行きたがっていたのを知って、岩下はスカウトしてきたのだ。

「厳しい方ですが、やればやっただけきちんと評価してくださいます」早峰は言った。「助けていただいた恩がありますから、岩下管理官には今でも感謝しています」

「君が鳴海主任を敵視するのはなぜだ？　岩下管理官にそうするよう命令されているのか」

　それは、と言いかけて早峰は口ごもった。戸惑いを感じているのだろうか。しばらく考えを整理する様子だったが、やがて彼女は意を決したという表情になった。

「正直、はっきりしないところもあります」彼女は言った。「でも、分析するのが私の仕事ですから、自分の気持ちだって解明できないと」

「そうだな。ぜひ聞かせてもらいたい」

「あまり認めたくないことですが……嫉妬《しっと》でしょうか。鳴海主任はあまり苦労もせず、自由に活動しているのに、いくつも成果を挙げていましたから」

　なるほど、とうなずいたあと、矢代はやんわりと指摘した。

「でもな、あの人はあの人で苦労しているんだよ。鳴海さんは、自己主張が強いタイプの女性がすごく苦手なんだ。たとえば岩下管理官とか、君とかね」

「私ですか？」早峰は不思議そうな顔をした。「でも、こちらのほうが年下ですよ。それに鳴海主任は、あんなに立派な執務室を与えられて、厚遇されているのに」

「立派なもんか。あの部屋はもともと文書の倉庫なんだよ。あちこちに段ボールの山が出来ているし、めちゃくちゃ埃《ほこり》っぽい。俺たちが何と呼ばれているのか知ってるかい？　倉庫番だ」

え、と言って彼女はまばたきをする。

「矢代さんたちは、そんな扱いを受けているんですか？」

「あの倉庫みたいな部屋で、鳴海主任はずっと本を読んでいるんだ。あの人はそもそもコミュニケーションに難があってね」

早峰は記憶をたどる表情になった。そのうち、何かに気づいたようだ。

「そういえば今回の捜査中、近くのコンビニで一緒になったことがありました。そのとき、鳴海主任の様子が変だったんですよ。私から目を逸《そ》らして、逃げるように出ていってしまって……」

「それだ」矢代はうなずいた。「あの人は君のような女性の前だと、動揺してうまく喋れなくなるんだよ」

「私、鳴海主任に嫌われているんだとばかり……」

「違うんだよ。鳴海主任は君のことを恐れていたんだ」

真相を聞かされて、早峰は拍子抜けした様子だった。顔をしかめて思案していたが、やがて再び矢代のほうを向いた。

「矢代さんはこのまま、鳴海主任と一緒に仕事をしていくんですか？」

「ああ、そのつもりだけど」

「だったら仕方ありませんね。矢代さんと私は、この先ずっと敵同士です」

だろうな、と矢代はつぶやいた。泉係長による仲裁も効果がなかったのだから、協力態勢を敷くことは望めない。今後も競い合うことになるのだろう。

「鳴海主任はいつもひらめきで事件を解決しているんですよね？　だったら私は、データ分析の技術を使ってあの人を越えてみせます。そのとき文書解読班は不要になりますよ」

「いや、それは困るなあ。俺の居場所がなくなってしまう」

矢代がそう言うと、早峰は即座に提案した。

「うちの部署に来ればいいんですよ。席を用意しておきますから」

「本気かい？」

「とにかく、私は文書解読班には負けません」

口を尖《とが》らせて早峰は言う。白い頬に少し赤みが差している。

彼女はこんなに強情だったかな、と矢代は不思議に感じた。前の上司と揉《も》めた結果なのか、それとも岩下管理官の影響があるせいなのか。

幹部席のほうから理沙が戻ってきた。だが矢代のそばに早峰がいると気づいて、彼女はぎくりとしたようだ。急に進路を変え、窓際のほうから自分の席へ向かっていく。それでもこちらが気になるのだろう、ちらちらと様子を窺《うかが》っている。

早峰が理沙に向かって頭を下げた。すると理沙は、ぎこちない動作で会釈を返してきた。動揺しているのがよくわかる。

やれやれ、と矢代は思った。これから先のことを考えると、いろいろと不安がある。データ分析については早峰たちのほうが得意なのかもしれない。次回以降、また一緒に捜査する機会があれば、情報分析班に手柄を奪われるおそれもある。

だが、文書解読に関しては自分たちにしかできないことがあるはずだった。今までどおり、理沙をリーダーとして矢代と夏目、谷崎がサポートしていくべきだろう。

理沙に続いて財津係長も戻ってきた。ちょうどそのタイミングで、夏目と谷崎も廊下から入ってくるのが見えた。メンバーが集まった。目礼をして早峰は去っていく。

「ではみなさん、続きを始めましょう」

ノートやメモを取り出して理沙が言った。矢代たちは席に着き、理沙が作ったタスク管理図に注目する。

文書解読班の打ち合わせが始まった。

## 参考文献

『シンボルの原典』H・ドレイファス編　八木酉訳　グラフィック社

本書は書き下ろしです。

本書はフィクションであり、登場する地名、人名、団体名などすべて架空のもので、現実のものとは一切関係ありません。

# 琥《こ》珀《はく》の闇《やみ》

## 警《けい》視《し》庁《ちよう》文《ぶん》書《しよ》捜《そう》査《さ》官《かん》

麻《あさ》見《み》和《かず》史《し》

令和５年　２月25日　初版発行

発行者●山下直久

発行●株式会社KADOKAWA
〒102-8177　東京都千代田区富士見2-13-3
電話　0570-002-301（ナビダイヤル）

角川文庫 23533

印刷所●株式会社暁印刷
製本所●本間製本株式会社

表紙画●和田三造


ISBN 978-4-04-111329-5　C0193

◇◇◇

# 角川文庫発刊に際して

角川源義

第二次世界大戦の敗北は、軍事力の敗北であった以上に、私たちの若い文化力の敗退であった。私たちの文化が戦争に対して如何に無力であり、単なるあだ花に過ぎなかったかを、私たちは身を以て体験し痛感した。西洋近代文化の摂取にとって、明治以後八十年の歳月は決して短かすぎたとは言えない。にもかかわらず、近代文化の伝統を確立し、自由な批判と柔軟な良識に富む文化層として自らを形成することに私たちは失敗して来た。そしてこれは、各層への文化の普及滲透を任務とする出版人の責任でもあった。

一九四五年以来、私たちは再び振出しに戻り、第一歩から踏み出すことを余儀なくされた。これは大きな不幸ではあるが、反面、これまでの混沌・未熟・歪曲の中にあった我が国の文化に秩序と確たる基礎を齎らすためには絶好の機会でもある。角川書店は、このような祖国の文化的危機にあたり、微力をも顧みず再建の礎石たるべき抱負と決意とをもって出発したが、ここに創立以来の念願を果すべく角川文庫を発刊する。これまで刊行されたあらゆる全集叢書文庫類の長所と短所とを検討し、古今東西の不朽の典籍を、良心的編集のもとに、廉価に、そして書架にふさわしい美本として、多くのひとびとに提供しようとする。しかし私たちは徒らに百科全書的な知識のジレッタントを作ることを目的とせず、あくまで祖国の文化に秩序と再建への道を示し、この文庫を角川書店の栄ある事業として、今後永久に継続発展せしめ、学芸と教養との殿堂として大成せんことを期したい。多くの読書子の愛情ある忠言と支持とによって、この希望と抱負とを完遂せしめられんことを願う。

一九四九年五月三日

# 角川文庫ベストセラー

**警視庁文書捜査官**　麻見和史

警視庁捜査一課文書解読班――文章心理学を学び、文書の内容から筆記者の生まれや性格などを推理する技術が認められて抜擢された鳴海理沙警部補が、右手首が切断された不可解な殺人事件に挑む。

**永久囚人　警視庁文書捜査官**　麻見和史

文字を偏愛する鳴海理沙班長が率いる捜査一課文書解読班。そこへ、ダイイングメッセージの調査依頼が舞い込んできた。ある稀覯本に事件の発端があるとわかり作者を追っていくと、更なる謎が待ち受けていた。

**灰の轍　警視庁文書捜査官**　麻見和史

遺体の傍に、連続殺人計画のメモが見つかった！　さらに、遺留品の中から、謎の切り貼り文が発見され――。連続殺人を食い止めるため、捜査一課文書解読班を率いる鳴海理沙が、メモと暗号の謎に挑む！

**影の斜塔　警視庁文書捜査官**　麻見和史

ある殺人事件に関わる男を捜索し所有する文書を入手せよ――。文書解読班の主任、鳴海理沙に、機密命令が下された。手掛かりは1件の目撃情報のみ。班解散の危機と聞き、理沙は全力で事件解明に挑む！

**愚者の檻　警視庁文書捜査官**　麻見和史

頭を古新聞で包まれ口に金属活字を押し込まれた遺体が発見された。被害者の自宅からは謎の暗号文も見つかり、理沙たち文書解読班は捜査を始める。一方で矢代は岩下管理官に殺人班への異動を持ち掛けられ!?

# 角川文庫ベストセラー

## 銀翼の死角
警視庁文書捜査官

麻見和史

新千歳から羽田へ向かうフライトでハイジャックが発生！　SITが交渉を始めるが、犯人はなぜか推理ゲームを仕掛けてくる。理沙たち文書解読班は理不尽なゲームに勝ち、人質を解放することができるのか!?

## 茨の墓標
警視庁文書捜査官

麻見和史

都内で土中から見つかった身元不明の男性の刺殺遺体。そのポケットには不気味な四行詩が残されていた。理沙たち文書解読班は男性の身元と詩の示唆する内容を捜査し始めるが、次々と遺体と詩が見つかり……。

## 緋色のシグナル
警視庁文書捜査官エピソード・ゼロ

麻見和史

発見された遺体の横には、謎の赤い文字が書かれていた――。「品」「蟲」の文字を解読すべく、所轄の巡査部長・鳴海理沙と捜査一課の国木田が奔走。文書解読班設立前の警視庁を舞台に、理沙の推理が冴える！

## 脳科学捜査官 真田夏希

鳴神響一

神奈川県警初の心理職特別捜査官・真田夏希は、医師免許を持つ心理分析官。横浜のみなとみらい地区で発生した爆発事件に、編入された夏希は、そこで意外な相棒とコンビを組むことを命じられる――。

## 脳科学捜査官 真田夏希
イノセント・ブルー

鳴神響一

神奈川県警初の心理職特別捜査官の真田夏希は、友人から紹介された相手と江の島でのデートに向かっていた。だが、そこは、殺人事件現場となっていた。そして、夏希も捜査に駆り出されることになるが……。

# 角川文庫ベストセラー

**脳科学捜査官 真田夏希　エキサイティング・シルバー**　鳴神響一

キャリア警官の織田と上杉の同期である北条直人が失踪した。北条は公安部で、国際犯罪組織を追っていたという。北条の身を案じた2人は、秘密裏に捜査を開始するが――。シリーズ初の織田と上杉の捜査編。

**脳科学捜査官 真田夏希　ストレンジ・ピンク**　鳴神響一

神奈川県茅ヶ崎署管内で爆破事件が発生した。捜査本部に招集された心理職特別捜査官の真田夏希は、SNSを通じて容疑者と接触を試みるが、容疑者は正義を掲げ、連続爆破を実行していく。

**脳科学捜査官 真田夏希　エピソード・ブラック**　鳴神響一

警察庁の織田と神奈川県警根岸分室の上杉。二人には、決して忘れることができない「もうひとりの同期」がいた。彼女の名は五条香里奈。優秀な警察官僚だった彼女は、事故死したはずだった――。

**鳥人計画**　東野圭吾

日本ジャンプ界期待のホープが殺された。ほどなく犯人は彼のコーチであることが判明。一体、彼がどうして？　一見単純に見えた殺人事件の背後に隠された、驚くべき「計画」とは⁉

**探偵倶楽部**　東野圭吾

「我々は無駄なことはしない主義なのです」――冷静かつ迅速。そして捜査は完璧。セレブ御用達の調査機関〈探偵倶楽部〉が、不可解な難事件を鮮やかに解き明かす！　東野ミステリの隠れた傑作登場‼